KB191118

밀크티와 고양이

밀크티와 고양이

무라야마 사키 지음   최윤영 옮김

빈페이지

일러두기

1. 모든 각주는 옮긴이 주입니다.
2. 이 책은 국립국어원의 외래어 표기법을 따랐으나 내용 특성상 일본어 표현 일부를 살렸으며, 발음상 혼동이 생길 우려가 있는 인명은 예외를 두었습니다(예시: 게이 → 케이).
3. 주인공을 제외한 사람이 아닌 대상의 목소리는 ―로 표시하여 구분하였습니다.
4. 책 속에 등장하는 곡명은 「」, 도서명은 《》, 영화명은 『』 안에 표시하였습니다.

차 례

마법의 시작

늦가을의 비가 은빛으로 조용히 내린다.

역 앞 상점가 뒤편으로 이어지는 좁은 골목에 물웅
덩이가 여기저기에 생겨나면서 물결들이 일다가 사라
졌다. 차갑게 식은 공기는 비에 젖은 아스팔트 냄새로
가득했다. 리쓰코가 평소 좋아하는 냄새였지만 오늘
은 아침부터 계속된 두통 때문인지 관자놀이가 울리
는 것 같았다.

평소 같으면 진한 밀크티 한 잔이면 마법의 약이라
도 먹은 듯 편안해졌는데 오늘은 아니었다. 회사 전기
포트로 일하는 짬짬이 대충 우려낸 홍차라서 효과가
없었나? 리쓰코는 우유로 정성껏 우리지 않고 티백에
분말 크림으로 뚝딱 만든 탓이라고, 집에 가면 잔잔한
음악이라도 들으면서 다시 제대로 된 밀크티를 만들

어야겠다고 생각했다.

마음에 드는 기문홍차*를 작은 냄비에 갓 받은 물과 맛있는 우유로 살짝 우려낸 다음 설탕도 넣어 달게 한다. 하얀 김이 피어오르는 달콤한 향기가 나는 따뜻한 차를 머그잔, 아니 이럴 때는 카페오레용 잔에 듬뿍 담아 마셔야지.

리쓰코는 상상만 해도 콧속에서 좋은 향이 느껴져 통증이 아주 조금 가라앉는 것 같았다.

낡은 연립주택이지만 오랫동안 살면서 애정이 깃든 작은 부엌 창문의 레이스 커튼 너머로 지금쯤이면 해질 녘의 빛이 들어오고 있을 것이다. 리쓰코는 비 오는 저녁, 고요한 회색빛 부엌이 자신의 퇴근을 기다리고 있을 것만 같았다.

좁은 골목길에는 지나가는 사람 하나 없이 리쓰코 혼자였다.

우산을 쓰고 있어도 고요히 내리는 빗방울은 얇은 코트 속 어깨에 차갑게 젖어 들었다. 이렇게 계속 몸이

• 기문홍차(祁門紅茶). 중국 차의 일종으로 안휘성(安徽省)의 대표적인 차 중 하나로 홍차에 속한다.

식으면 난처했다.

"아, 아파라……. 난감하네, 정말."

혼잣말을 하며 걸어가던 리쓰코는 두통은 아무래도 지금은 세상을 떠난 아빠에게 물려받은 유전으로, 젊은 날의 아빠도 비 오는 날이면 머리를 싸매고 있던 기억을 떠올렸다. 사진으로만 남은 아빠는 키가 크고 인물이 훤해 두통으로 미간을 찌푸려도 그림처럼 보였을 것 같았다.

리쓰코는 이왕 물려받을 거면 두통 말고 잘생긴 얼굴이나 고운 목소리, 남 앞에 나설 때도 위축되지 않는 용기 같은 것을 물려받고 싶었다. 리쓰코의 아빠는 사람을 무척 좋아해서 웃는 얼굴로 자연스럽게 무리 안으로 들어가는 타입이었다. 한편 그의 외동딸 리쓰코는 어릴 때부터 즐겁게 노는 무리를 밖에서 바라만 볼 뿐 그 안에 들어가지 못했다. 단체 줄넘기 안으로 혼자만 들어가지 못하는 느낌. 리쓰코는 늘 미안하다고 사양하며 가재처럼 뒤로 빼기 일쑤였다.

'나도 사람 좋아하는데.'

리쓰코는 일찍이 세상을 떠난 아빠의 나이를 훌쩍 넘긴, 여차하면 그 무렵 아빠의 부모라고 해도 될 만한 나이가 되었지만 아직도 생각한다. 좀 더 다른 점을 닮았으면 좋았을 텐데, 하고.

　뮤지컬 스타를 꿈꾸며 해외로 건너간 리쓰코의 아빠는 꿈을 이루기 일보 직전에 객사했다. 더 오래 살았다면 후세에 이름을 남길 인물이 되었을지도 모른다고 생각하는 건, 그래도 같은 핏줄이라 마음이 기울어서일까. 그는 아무도 모르게 세상에서 사라져 버렸다. 집에는 리쓰코 아빠의 평온한 노랫소리나 소소한 이야기를 주고받는 대화, 웃음소리를 녹음한 테이프가 가득 있었다. 할아버지와 할머니는 돌아가시기 전까지 그것들을 자주 틀어놓으며 먼저 떠난 자식을 그리워했다. 리쓰코의 목소리는 아빠와 닮은 부분이 있었고 때때로 나오는 말투와 억양도 비슷했다. 그러나 아빠가 가진 밝고 힘찬 기운만은 물려받지 못했다.

　리쓰코는 아빠를 떠올리며 세상에는 깨어나기도 전에 끝나버린 꿈의 알들이 얼마나 될지 생각했다. 꿈을 이루지 못한 채 세상을 떠난 사람들이 얼마나 많을까, 하고. 지금도 거리에서 커다란 꿈을 안고 가는 사람이 있을 거라고 생각하면 리쓰코는 저절로 마음이 쓰였다. 스쳐 지나가는 아줌마에게 멋대로 그런 관심을 받으면 곤란하겠다고도 생각했지만 리쓰코는 살짝만이라도 응원하고 싶었다. 누군가의 꿈이 이루어지도록 남몰래 기도하고 싶은 마음……

그러면서도 리쓰코는 이 세상에는 신 같은 건 없을 거라고, 열심히 기도해 봤자 아무것도 이루어지지 않을 거라고 생각했다. 하지만 만약 마법이 있다면, 그걸로 누군가를 위해 바라는 마음이 이루어진다면 리쓰코는 지나가는 사람들을 위해 기도하고 싶었다.

이 세계 곳곳에서 꿈을 품은 누군가를 조용히 응원하고 축복하며 행운의 주문을 걸고 싶었다. 아마도 그건 신데렐라의 착한 마법사 같은 느낌이랄까. 마법 지팡이 한 방으로 누군가를 행복하게 할 수 있다면. 그런 마법을 쓸 수 있다면. 어릴 적 동화책을 읽으며 리쓰코가 동경한 것은 신데렐라가 아니라 마법사 할머니였다.

'뭐, 지금 당장 마법을 쓸 수 있다면 이 두통이나 멈추고 싶지만.'

리쓰코는 계속되는 두통을 주체하지 못하면서도 입술을 작게 말아 웃으며 빗길을 걸었다.

원래 이 주변에는 사람이 별로 없다. 옛날 상점가가 활기를 띠던 시절에는 그 뒤편인 이 부근도 사람이 가득했다. 이미 먼 옛날 일인 전쟁 후 불탄 자리가 개방되면서 가게나 주택지가 지어진 곳에는 아이들이 많았다. 이 시간대면 하교한 아이들이 멜로디언을 불며 돌아다니고 야구를 하러 공원에 가거나 피아노 연습을 하는 소리도 들렸다. 리쓰코 역시 그런 아이 중 한 명이었다.

지금은 주민들 모두 노인이 되었거나 세상을 떠났고, 인근에 대형 상업시설이 들어선 이후 상점가는 점점 쇠퇴해 버렸다. 번화가로 이전한 시장 터도 몇 년 안에 곧 재개발될 예정이라 가게나 시장에서 밥을 얻어먹던 길고양이들은 깡마른 채 텅 빈 시장에 웅크리고 있곤 했다.

모든 게 변하고 지나가고 사라지는구나. 리쓰코는 가끔 그런 생각이 들었다.

무조건 오래된 게 좋다고. 사라진 것만 아름답다는 건 아니지만 그래도 문득 쓸쓸해질 때가 있었다.

'이맘때 내리는 비를 좋아하지만⋯⋯.'

리쓰코는 가녀린 어깨를 떨어뜨리며 후우, 하고 한숨을 내쉬었다. 오늘은 두통 때문인지 내리는 빗방울이 유독 차갑게 느껴졌다. 평소 같으면 빗속에서 빛을 찾을 수 있었다. 리쓰코는 빗소리 속에서 오래된 곡의 희미한 선율을 떠올리며 마음을 편안하게 다독이는 걸 잘했다. 갑자기 내린 비를 맞아가며 걷는 것도, 물

14

웅덩이도 싫지 않았다. "싱잉 인 더 레인" 리쓰코는 이렇게 흥얼거렸다.

"그런데 왠지 오늘은 기분이 별로야."

세찬 바람에 얇은 흰머리가 뺨에 들러붙었다. 얼음장 같은 가느다란 손가락으로 그것을 살짝 떼어내면서 리쓰코는 문득 생각했다. 초등학생 때 자신의 옅은색 곱슬머리를 칭찬하던 젊은 담임선생님을.

"사랑스러운 고양이 털이네."

따뜻한 그 손길을 받은 이후 리쓰코는 제 머리카락이 은근히 마음에 들었다. 혼자 거울 앞에 설 때면 살짝 넋을 잃고 공주님 같은 미소를 짓기도 했다. 하지만 그 사랑스럽던 머리카락도 지금은 눈에 띄게 얇아져 엉성한 곱슬머리가 되었다.

'지금은 늙은 고양이 털 같은 느낌이려나?'

문득 웃음이 났다.

리쓰코도 벌써 오십 대.

먼 학교로 전근을 간 선생님에게 리쓰코는 연하장을 보내고 싶었지만 망설이다가 때를 놓쳤다. 반면 선생님은 리쓰코에게 연하장을 보내주었다. '너는 그림을 정말 잘 그린단다. 커서 꼭 화가가 될 거야. 그러니 계속 그림을 그리렴'이라고.

풍문에 의하면 그는 얼마 전 세상을 떠났다. 나이로 볼 때 장수한 거나 다름없지만 리쓰코는 행복했을 선생님의 생애 중 역시 한 번쯤은 연하장을 보냈어야 했다고 생각했다. 무엇보다 선생님의 말씀이 기뻤다고. 그 연하장은 여전히 제 보물이며 지금도 그림을 그리고 있다고 전해야 했다. 비록 화가는 되지 못했지만 그리는 일이 변함없이 너무 좋아서 혼자서 계속 하고 있다고.

그러다가도 리쓰코는 이런 건 혼자 마음 쓰고 있었을 뿐, 오래전 담임을 맡았던 아이 같은 건 잊어줬으면 좋겠다고. 그렇게 바라기도 했다.

리쓰코는 물웅덩이를 내려다보며 한숨을 깊게 내쉬었다. 삶이 항상 후회뿐인 것 같았다. 늘 해야 할 일을 생각하며 열심히 살았지만, 세월이 흐른 지금에서야 그때 다른 선택을 했다면 삶이 달라졌을지도 모른다는 생각이 들었다.

'내 인생은 이대로 끝나는 걸까?'

길을 잘못 선택한 채로.

다른 길로 갈 걸 그랬다고. 추억 속에 매듭 같은 후회가 남은 채로.

리쓰코는 낡은 우산의 살짝 바랜 아라베스크 무늬

에 비치는 하늘을 바라봤다. 어느새 해 질 녘의 어스름이 깔리고 있었다. 곧 밤이 된다. 리쓰코는 우산을 통해 비치는 은빛 빗방울의 차가운 기운이 몸과 마음을 더욱 시리게 만드는 것 같아 우울했다.

리쓰코는 집에 가자마자 밀크티를 내릴 준비를 하면서 전에 사둔 독일 입욕제와 프랑스 배스솔트를 넣고 따뜻하게 목욕을 하고 싶었다. 차가워진 어깨와 목덜미를 따뜻하게 녹이면 끈질긴 두통이 좀 나아질 것 같았다.

오늘은 저녁을 차려 먹기도 귀찮았고 식욕도 별로 없었지만 근처 슈퍼에 들러 김초밥이라도 사갈까 싶었다. 오래된 동네 슈퍼가 상점가 끝자락에서 여전히 장사를 하고 있었다. 주인은 나이가 꽤 있었지만 아직도 팔팔했고 동네를 위해 열심히 노력 중이었다. 그러나 슬프게도 슈퍼를 이어받을 후계자가 없었기에 곧 문을 닫을지도 몰랐다. 그 슈퍼는 이 동네 주민들에게 최후의 보루였다. 그래서 리쓰코는 그 슈퍼를 약간의 사명감에 이끌려서 가곤 했다. 구매 의욕으로 이 보루를 지키는 힘이 되어야 한다는 마음으로.

마찬가지로 슈퍼를 찾는 동네 주민들도 딱히 길게 대화를 나누지 않아도 리쓰코와 같은 마음이라는 걸 서로의 눈빛에서 느낄 수 있었다. 어쩌면 오늘도 그런 동지를 만날지도 몰랐다. 리쓰코는 눈이 마주치면 가볍게 인사하고 진열대 앞에서는 서로 양보하려는 담담한 인간관계가 좋았다. 한동네에 살고 있지만 정확히 어디에 살고 있는지는 모르는 그런 관계가 편했다. 젊은 엄마가 어린아이를 데리고 있으면 살며시 멀리서 손을 흔들거나 웃는 얼굴로 어르는 것도 즐거웠다.

리쓰코는 가정을 가진 적이 없다. 아이를 키워본 적도 없는데 겉모습만으로 육아 경험자처럼 보였는지, 리쓰코는 엄마들이 때때로 그런 신뢰의 눈빛을 보내는 게 아주 조금 기쁘기도 하고 멋쩍기도 했다. 그런 일은 없겠지만 만약 지금 갑자기 대지진이 일어난다면 한 몸을 바쳐 아이를 지키겠다고 남몰래 맹세하기도 했다.

리쓰코는 고개를 끄덕이며 슈퍼에 가야겠다고 마음먹었다.

'노란 박스 티백도 다 먹어가던데 사갈까?'

오래전부터 마시던 차는 마음을 차분하게 했다. 출근 전이나 피곤할 때나 후딱 마셔야 할 때는 값비싼 홍차보다 전통 브랜드의 노란 박스 티백이 더 나았다.

티백에는 차를 우리는 방법이 있어서 그 방법대로만

하면 충분히 차를 즐길 수 있었다. 주전자로 팔팔 끓인 뜨거운 물에 티백을 우려서 달콤한 과자와 함께 먹으면 햇빛 맛이 나는 것 같았다.

마침 리쓰코는 회사 사장이 선물로 준 양과자가 떠올랐다. 잼과 말린 과일이 올려진 서양 전통 과자였다. 회사는 곧 문을 닫을 예정이었다. 사장은 온갖 과자와 잡화를 출장지에서 사다주었다. 미안한 마음 때문이었는지도 모른다. 리쓰코는 자신을 신경 쓰지 않아도 괜찮다고, 때가 때인 만큼 어쩔 수 없다는 걸 안다고, 얼마간의 저축도 있고 정년이 조금 빨라진 것뿐이라고. 리쓰코는 이런 마음을 전하고 싶었지만 말이 잘 나오지 않았다. 그래서 최대한 기쁜 미소로 주는 것들을 받았다. 그러면 사장은 안도하는 듯한 얼굴에 울컥하는 눈빛으로 웃어주었다.

리쓰코는 작지만 역사가 깊은 지역 인쇄소에서 젊은 시절부터 오랫동안 일했다. 선대 사장이 돌아가신 조부모의 소꿉친구였기에 리쓰코는 고등학교를 졸업하고 자연스럽게 그곳에 취직했다. 그림을 배우고 싶어서 집에서 멀리 떨어진 미대로도 가고 싶었지만 사랑하는 조부모가 쇠약해지면서 리쓰코가 곁에서 돌볼 수밖에 없었다. 아빠는 오래전에 세상을 떠났고 엄마는 먼 곳에서 일하고 있었다.

리쓰코를 아끼며 소중히 보살핀 건 낡은 찻집을 운영하던 늙은 두 사람이었다. 하지만 세월이 흘러 병이 들면서 그 찻집도 문을 닫게 되자, 완전히 낙담한 두 사람을 두고 리쓰코는 혼자 도시로 나갈 마음이 들지 않았다.

리쓰코가 다닌 인쇄소는 쇼와시대* 때부터 시작한 회사였다. 리쓰코는 나무 선반이나 상자에 쌓여 있는 형형색색의 종이 견본들이 예뻐 보였다. 사무실의 하얀 벽에 늘어선 동서고금을 막론한 명화 포스터들은 불빛을 받으면 그 색채가 홍수처럼 넘쳐흐르는 것 같았고 고객에게 견본으로 내놓은 자비 출판 화집이나 그림책, 화보집은 종이로 만든 보석 상자 같았다.

그 아름다운 공간에 매일 출근할 수 있다는 사실이 리쓰코는 행복했다.

마을 사람들을 위해 오랫동안 다양하고 아름다운 인쇄물을 만들어온 회사였다. 리쓰코는 젊었을 때부터

* 1926년부터 1989년까지를 일컫는 일본 연호

그 모습을 봐 왔는데 이제 그 역사가 끝난다.

쇼와시대 때 인근 지역 신문에 끼워지는 광고를 도맡던 잘나가는 인쇄소였다. 동네 서점과 편의점에서 인기 있게 팔리던 지역 잡지를 발행할 만큼 기세 좋은 곳이었다. 그 시절에는 거리에 새로운 상점이나 식당이 생기면 지역 잡지에서 취재를 나갔다. 잡지에는 지역 행사 소식이 실렸고 독자 투고도 성황을 이뤘다. 지역 잡지는 불티나게 팔렸고 사람들은 잡지에서 얻은 정보로 가게와 행사를 이곳저곳 찾아다녔다. 그러나 지금은 예전처럼 신문을 읽지 않고, 신문 사이에 끼워진 전단지를 보는 사람도 드물어졌다.

그렇게 인쇄소의 지역 잡지는 오래전에 폐간되었다. 그 많던 직원과 아르바이트생들도 어느새 다 사라지고 없었다. 리쓰코는 인쇄 현장이 아닌 사무 일을 맡곤 했는데, 지금은 창고지만 당시에는 벽을 사이에 둔 잡지 편집실이었던 그곳에서 왁자지껄한 편집 회의 모습을 문 너머로 가만히 지켜보는 걸 좋아했다.

그때 그 젊은 사람들은 지금 어디서 무엇을 하고 있을까? 거리에서 잡지를 들고 있던 청년들은 아직도 그 잡지를 기억하고 있을까? 당시 잡지에 실렸던 가게들이 지금도 같은 장소에 있을까? 그중 지금 몇 군데는 이미 폐업을 했고 떠들썩했던 그 많은 이벤트도 다 사라진 뒤였다.

'그때도 사장님이 양과자를 자주 사주셨나?'

백화점 지하에서 팔던 그 양과자는 옛날에는 몰라도 지금 회사 형편으로는 비쌀 거라고 리쓰코는 씁쓸하게 생각했다.

'그래, 그 양과자를 식후 디저트로 먹어야지. 홍차는 전에 펜팔 친구가 보내준 잼을 넣어 러시아식으로 만들어도 되겠다. 양과자와 같이 먹으면 너무 달려나? 그래도 오늘처럼 몸이 차고 기분이 우울할 때는 달콤한 게 좋을지도 몰라.'

다행인지 불행인지 리쓰코는 살이 찌는 체질이 아니었다. 나이에 맞게 속이 꽉 찬 과일 같은 체형을 동경했지만 옷가게에서 가장 작은 사이즈밖에 못 사는 게 늘 아쉬웠다. 물론 몸집이 작고 호리호리해도 몸태가 아름다운 사람이 있다는 걸 알았지만 리쓰코는 자신의 몸이 그저 궁상맞아 보였다.

멀리 떨어져 살았던, 지금은 고인이 된 엄마 역시 몸집이 작고 말랐지만 리쓰코와 달리 에너지가 넘치던 사람이었다. 리쓰코는 엄마에게 닮지 않아도 될 것만 물려받은 것 같았다. 활기차고 강인한 모습, 긍정적이고 똑똑한 부분을 닮고 싶었다.

  젊었을 때부터 도시와 멀리 떨어져 있는 도서 벽지에서 의사로 일했던 엄마는 국내의 외진 곳뿐만 아니라 해외까지 발길을 넓혀 모험자처럼 살던 사람이었다. 리쓰코는 흰 가운과 흰머리를 바람에 휘날리며 해외 어느 산에 염소처럼 서 있는 엄마의 사진을 본 적이 있다. 하늘 가까이 있던 엄마의 모습은, 엄마 인생 그 자체 같았다.

  생명을 지키며 대지에 서 있는 삶. 함께 오래 살지 못하고 가장 사랑하는 배우자를 잃었던 엄마였기에 스스로 그런 삶을 선택했을 거라 생각하면 리쓰코는 그저 엄마가 멋있게 느껴졌다. 영웅 같은 삶이었다고.

  소꿉친구였던 아빠와 엄마는 오랜 친구 같은 연인으로 고등학교를 졸업하자마자 결혼했다. 엄마가 의대에 진학한 건 리쓰코가 태어난 뒤였다. 아빠가 병으로 갑작스럽게 세상을 떠나자 엄마는 어린 리쓰코를 안으며 눈물로 밤을 지새웠다. 죽은 사람은 다시 돌아올 수 없기에 더 이상 아무도 죽게 놔두고 싶지 않다고, 엄마는 그런 마음으로 의사가 되었다.

  '내 엄마지만 참 드라마틱한 사람이었네.'

리쓰코는 엄마의 강인함도, 똑똑함도 그리고 한계
없는 체력도 물려받지 못했다. 그저 산 위에 올라선 엄
마의 환상을 우러러보며 고향 땅에서 조용히 평범하게
살았다. 리쓰코는 그런 자신이 싫지는 않았다. 하루하
루를 묵묵히 살아가는 사람들 속에서 사는 일상도 나
쁘지 않았다. 그래도 가끔은 엄마 같은 삶이 동경스러
울 때도 있었다.

엄마는 운전면허를 딴 뒤 지프차로 사막을 달리곤
했다. 아프리카에서 기린과 경주를 벌인 적도 있다고
했던가. 그런 자랑은 지프차에서 웃고 있는 엄마의 사
진과 함께 있었던 편지에서 읽었다.

영웅 같은 엄마였는데. 사소한 병이 악화되는 바람
에 먼 이국에서 허무하게 죽고 말았다. 장례는 리쓰코
가 일본에서 치렀지만 임종을 지켜보지 않아서인지 지
금도 엄마가 어딘가에서 지프차로 세계를 누비고 있
을 것 같았다.

'나도 면허를 딸걸.'

리쓰코는 젊고 기억력이 좋았을 때를 떠올렸다. 조
부모의 간병과 바쁜 일에 치여 살다보니 어느새 시간
이 많이 흘러버렸다. 리쓰코는 부모님과 달리 운동신
경이 좋은 편이 아니었다. 면허를 땄더라도 화려한 운

전 기술 같은 건 못 보였겠지만, 익숙하게 타고 다니는 귀여운 자동차가 있었다면 어디든 자유롭게 갈 수 있으니 참 좋았겠다고 몽상에 빠질 때가 있었다.

나만의 자동차가 있었다면 사진이나 영상, 책에서만 봤던 아름다운 바다나 먼 거리를 혼자서 훌쩍 떠날 수 있었을까? 멀리 떨어진 도시의 도서관에 가거나 미술관에 전시된 그림을 보러 가진 않았을까?

마음만 먹으면 먼 곳에서 일하는 엄마를 찾아가서 맛있는 차나 커피를 내리고 과자나 갓 만든 따뜻한 요리를 내어줄 수 있었을까. 엄마에게 고생 많았다고 말해줄 수 있진 않았을까.

리쓰코는 가끔 그런 여행을 꿈꾸며 스케치북을 펼쳤다. 투명한 수채로 하늘과 대지의 색을 연하게 칠해 말린 다음 그 위에 색연필로 여행을 떠나는 자신의 모습을 그려보기도 했다. 깔끔한 디자인의 가볍고 짧은 원피스와 레깅스, 그 위로 얇은 코트가 걸쳐져 있다. 가벼운 숄더백을 어깨에 메고 선글라스를 쓴 리쓰코 옆에는 상상의 애차도 세워져 있다.

'초소형 경차 MidgetⅡ나 예전에 자주 봤던 폭스바겐처럼 좀 특이하고 귀여운 자동차도 좋고 작은 승합차도 괜찮겠어. 작은 부엌이 딸려 있어서 차를 끓이거나 요리를 할 수 있는 캠핑카처럼. 누군가를 대접할 때는 테이블과 의자를 꺼내 푸른 하늘이나 별빛 아래에서 차를 마시고 식사를 하는 거야.'

차라리 하늘을 나는 자동차라면 좋을 텐데, 리쓰코는 그런 상상을 하며 웃었다. 상상은 자유니까. 리쓰코는 스케치북에 세상에서 존재하지 않을 법한 자동차를 그렸다.

멋진 짝꿍이 될 귀여운 꿈의 애차를. 하늘빛과 행복을 상징하는 파랑새 깃털 같은 색이 좋을 것 같았다. 상상 속에서 리쓰코는 이 자동차를 타고 먼 여행을 떠난다. 다양한 곳을 가보고 누구든 만나러 간다. 그리고 여러 사람에게 맛있는 차와 소소한 요리를 만들어주는 것이다. 목마른 사람의 갈증을 풀어주고 허기로 쓰러질 것 같은 사람을 배불리 먹인다. 꿈을 품은 사람에게는 힘이 나는 음식을 만들어주고 격려와 함께 배웅도 해줄 것이다.

한때 조부모의 찻집이 그런 곳이었다는 걸 떠올린 리쓰코는 그리움에 잠겼다.

조부모가 젊은 시절부터 운영했던 찻집은 유명하지도 않고 작고 촌스웠지만 온 동네 사람들이 사랑하고 아끼던, 시간이 지나도 사람들에게 추억으로 남아 있는 곳이었다.

차도, 과자도, 조촐한 요리도 애정과 정성이 듬뿍 담겨 맛있었다. 지금 리쓰코가 만드는 음식들도 모두 어릴 적 가게에서 그 맛을 익히면서 레시피를 배운 것이다.

사실 리쓰코는 찻집을 지키고 싶었다. 대놓고 말은 못 했지만 자신이 대를 잇길 원했다. 지금은 주차장이 된 과거의 찻집 안뜰에는 아스팔트 틈새로 가느다란 가지와 잎을 뻗는 노란 목향장미가 피었다.

리쓰코는 그 색을 떠올리며 자동차를 감싸듯 주변에 목향장미를 그렸다. 그리고 그 곁에는 사랑스러운 고양이들을 그렸다. 엎드려 누워 있거나 리쓰코를 올려다보거나 바람에 흔들리는 꽃과 풀을 건드리며 장난치는 모습. 한때 함께 살았던 고양이들이었다.

리쓰코의 어깨에 올라타 하늘을 향해 목을 뺀 고양이는 리쓰코가 십 대 시절 귀여워했던 아이였다. 병이 잦아 오래 살지는 못했다.

'그림에서는 계속 함께할 수 있으니까.'

그 아이를 무지개다리로 보낼 때 다시 태어나 달라고 부탁했지만 아직 돌아오지 않았다. 그래서 리쓰코는 아마도 죽은 고양이가 언젠가 다시 지상으로 돌아온다는 이야기는 따뜻한 동화에서만 일어나는 일이라고 생각했다.

두서없이 생각하며 걷다보니 리쓰코의 기분이 차츰 좋아졌다. 리쓰코는 다소 파도가 치더라도 계속 가라앉아 있을 사람은 아니었다. 엄마에게서 물려받은 장점이 아주 조금일지라도 강인하고 활기차며 긍정적인 면도 있었다.

비 오는 길모퉁이에 멀리 슈퍼 불빛이 보였다. 리쓰코는 자신도 모르게 발걸음을 빨리했다.

'어라?'

잿빛 아스팔트 골목길, 나뒹굴고 있는 시든 관엽식물 화분 옆에 작은 검은 그림자가 웅크리고 있었다. 리쓰코는 눈을 한 번 깜빡인 뒤 살며시 다가갔다. 가로등 불빛을 받으며 검은 얼룩처럼 힘없이 쓰러져 있는 물체의 정체는 검은 고양이였다.

작고 약해 보이는 게 아직 새끼 고양이 같았고 방울은 없었다.

'주인이 없는 길고양이일까?'

리쓰코는 비에 젖은 전단지를 반쯤 뒤집어쓴 채 작은 머리와 등을 기대고 있는 고양이가 불쌍했다. 너무

추워서 저렇게 있다고 생각하니 가슴이 아팠다.

'해피 할로윈'이라고 쓰인 전단지에는 검은 고양이와 귀신이 그려져 있었다. 할로윈 때 어딘가에서 뿌려진 전단지였을 것이다. 재밌는 로고와 춤을 추는 듯한 자세로 웃고 있는 검은 고양이와 귀신 모습이 너무 밝아서 오히려 잔혹해 보였다.

리쓰코는 치맛자락이 젖는 것도 개의치 않고 몸을 쭈그려 웅크린 검은 고양이에게 우산을 씌웠다. 그리고 살며시 손을 뻗었다. 손끝으로 쓰다듬듯 조심스럽게 만졌다.

얼음을 만지는 듯한 차가움과 싸늘함이 느껴졌다. 리쓰코는 고양이가 너무 가여워서 울고 싶어졌다.

'더 일찍 발견했더라면 살았을까?'

그때 고양이가 몸을 살짝 비틀며 작은 목을 치켜들려고 했다. 희미하게 눈을 뜬 고양이의 눈동자는 청포도 같은 초록색이었다.

그 순간, 리쓰코의 가슴이 철렁 내려앉았다. 오래전에 떠난 고양이와 똑 닮은 눈동자였다. 리쓰코는 그 아이가 다시 돌아와 준 게 아닐까 하고 무심코 생각했다. 말도 안 되는 생각이라 부정하면서도.

"아, 다행이야. 살았어……."

리쓰코가 그렇게 중얼거렸을 땐 이미 우산을 땅에 내팽개치듯 내려놓고 코트를 벗은 뒤였다. 아끼는 코트였지만 망설임 없이 젖은 검은 고양이를 감쌌다.

리쓰코는 고양이를 안아 올려 우산을 고쳐 쓰고서 축축하게 젖은 골목을 뚜벅뚜벅 걷어차듯이 걸었다. 예전부터 친하게 지내던 동물병원 쪽으로 걷기 시작했을 때는 자신이 영화 속 주인공이 된 기분이 들었다. 어린아이를 안고 싸우는 멋진 여주인공 같은.

'『글로리아』? 아니, 총을 가지고 있지는 않잖아. 『레옹』 같은 킬러도 아니고.'

고양이는 비에 젖어 몸이 많이 식은 상태였다. 리쓰코는 그 작은 몸을 끌어안고 서둘러 길을 걸었다.

"힘내렴, 힘내. 죽으면 안 돼. 죽으면 끝이니까."

이 세상과 작별하니까.

리쓰코는 이 아이가 길고양이든 집과 주인이 있는 고양이든, 비 오는 어두운 골목길에서 혼자 조용히 죽어갈 뻔했다는 게 끔찍했다.

상점가 끄트머리에 동물병원이 불을 밝히고 있었다. 리쓰코는 고양이를 안은 채 우산을 접으며 안으로 들어갔다.

"안녕하세요."

아무도 없는 대기실에서 소리 내어 인사하자, 인기척이 들려왔다.

"오, 뭐야. 리쓰코구나. 무슨 일이야, 또 고양이야?"

그나저나 오랜만이네,라며 낡은 흰 가운을 어깨에 걸친 백발의 원장이 진료실에서 불쑥 얼굴을 내밀었다. TV 소리가 들렸다. 지역 저녁 뉴스일 것이다. 리쓰코가 소리가 들려오는 곳을 살피자 그가 변명하듯 웃으며 말했다.

"아, 오늘은 손님이 더 안 올 것 같더라고. 그래도 문을 닫기엔 이른 것 같아서 시간 좀 때울 겸 TV를 보고 있었지."

원장은 어디 보자, 하면서 몸을 숙여 리쓰코 품속에 안긴 고양이를 살폈다.

이 병원의 3대째 원장인 그는 젊은 시절부터 이곳을 이어받았다. 리쓰코의 눈에는 그때와 다름없는 잘생긴 수의사 오빠였지만 이미 어린 손자가 있는 할아버지로 이 병원도 슬슬 끝내려고 한다는 이야기를 언젠가 들려주었다.

이 동네 주민들이 눈에 띄게 줄어들면서 개와 고양이도 함께 사라졌다. 그 몇 안 되는 주인들이 이곳과 조금 떨어진 곳에 생긴 대형 동물병원이 있는 동네로 모두 옮겨간 탓이다. 이 병원도 다양한 기구를 들여 새로운 영업 방식을 시도하려 했지만, 그렇게 병원을 재정비한들 후계자가 없는 게 문제였다.

병원뿐 아니라 흔하게 들리는 이야기였다. 그렇게 리쓰코가 좋아했던 상점가의 작고 오래된 가게들이 하나둘씩 사라지면서 동네를 밝히던 불빛도 꺼져가고 있었다.

리쓰코가 이 병원에 이따금 얼굴을 내미는 것도 그 때문이었다.

한때 상점가를 지키던 가게 주인들에게 밥을 얻어먹던 길고양이, 새로운 일자리나 이사로 주인이 동네를 떠나면서 홀로 남겨진 고양이, 리쓰코는 그런 고양이들을 그냥 지나칠 수 없었다.

리쓰코가 사는 연립주택은 고양이 출입이 가능했고, 동네 어디나 빈집이 많아서 고양이 수가 다소 늘어도 불평하는 주민은 없었다.

다행이라고 해야 할지, 리쓰코가 데려온 고양이들은 이미 늙은 경우가 많았고 가혹한 야외생활로 병을 얻어 손이 많이 가는 아이들은 머지않아 세상을 떠났다.

이런저런 사정으로 리쓰코는 남겨진 고양이들의 수호자가 되어 이 동물병원의 단골이 되었다. 그리고 보니 마지막으로 돌봤던 큰 얼룩 고양이가 심장병으로 세상을 떠난 뒤 처음 온 거였다.

'그게 몇 년 전이었더라?'

리쓰코에게 돌봄의 괴로움과 이별의 슬픔은 여전히 새롭고 생생했지만, 그렇게 어느새 3년이라는 시간이 지나버렸다.

리쓰코의 집에는 조부모와 아빠의 위패가 있는 불단에 고양이들의 유골함도 나란히 놓여 있었다. 리쓰코는 떠나보낸 아이들을 반려동물 묘지에 맡기는 것도 생각했었다. 하지만 그런 곳은 집에서 꽤 먼 산속에 있었고 상점가나 골목에서 동네 사람들에게 사랑과 보살핌을 받으며 살았던 고양이들이었기에, 낯선 곳으로 데려가자니 안쓰러운 마음이 들어 리쓰코가 제 곁에 남겨두었다. 리쓰코는 매일 가족의 불단과 고양이들의 유골함을 지켰다. 그때마다 리쓰코는 자신이 묘지기가 된 것 같았다. 조부모와 부모, 그리고 이 땅의 추억을 지키는 묘지기.

이 동네는 역사적으로 중요한 곳도 아니고 저명한 인물이 나온 곳도 아니었다. 이 나라의 많은 곳이 그렇듯 평범한 사람들이 살고 있었다. 그 소소하지만 귀중한 삶이 희로애락으로 이어지는 어느 한 동네일 뿐,

그렇게 머지않아 조용히 묻히게 될 곳이었다. 언젠가는 한때 이곳에 살았던 사람들의 기억 속에서만 존재하다가 그들마저 세상을 떠나면 지상에서 사라질 땅이었다.

진료실에 고양이를 맡긴 뒤 리쓰코는 혼자 대기실에 앉아 빗소리를 듣고 있었다. 기분 전환 겸 스마트폰을 꺼냈지만 두통이 심해져서 SNS나 전자책 화면을 볼 마음이 생기지 않았다.

대기실에서 풍기는 독특한 냄새는 세월이 흐른 건물에 스며든 개와 고양이, 또는 약 냄새일 것이다. 리쓰코에게는 그리움이 느껴지는 차분한 냄새였다. 리쓰코는 문득 그리워졌다. 십 대였을 때도 비 오는 날 검은 고양이를 안고 이 병원에 왔었다.

새끼 고양이일 때 길가에서 주워 여동생처럼 애정을 주며 키우던 고양이가 병이 난 것이다.

그때는 선대 원장이 있을 때였고 당시 수의대 학생이었던 지금의 원장이 보조를 서고 있었다. 리쓰코가 데려온 고양이를 살릴 수 없다고 판단한 두 사람은 리쓰코를 향해 미안하다며 머리를 숙였다.

"이 병을 고칠 수 있는 약이 없단다. 미안하구나."

그들은 눈시울을 붉히며 말했다.

리쓰코는 눈물을 흘리면서 검은 고양이를 데리고 집으로 돌아왔다. 고양이는 마지막까지 사랑스럽게 리쓰코에게 어리광을 부렸고 리쓰코를 걱정하는 듯한 다정한 눈빛으로 조금 괴로운 듯 숨을 쉬더니 조용히 세상을 떠났다.

"돌아와."

죽은 고양이에게 리쓰코가 울면서 말했다.

"다음엔 꼭 살려줄 테니까, 다시 돌아와."

반드시 다시 태어나서 돌아와 달라고. 리쓰코는 기도했다.

원장이 말하길, 리쓰코가 데려온 고양이는 어린 암컷 고양이로 불쌍하게도 상태가 별로 좋지 않은 듯했다. 탈수 증세 때문에 일단 링거를 맞힌 다음 리쓰코는 캐리어를 빌려 그 아이를 받았다.

각종 검사를 하기엔 너무 쇠약한 상태라 원장은 오늘은 그냥 놔둬야 할 것 같다고 말했다. 이 아이가 어떻게 될지는 운에 달렸다고. 리쓰코는 원장의 표정에서 그 뜻을 읽을 수 있었고, 그렇다면 병원에 입원시키기보다는 집으로 데려가고 싶었다.

리쓰코는 고양이가 든 캐리어를 받은 뒤 고양이용 통조림을 사기 위해 대기실의 호출을 기다렸다. 그리고 캐리어를 무릎에 올린 채 반쯤 멍하니 있다 고개를 떨궜다.

운이라면, 애초에 이 고양이가 지금의 리쓰코를 만나 구조된 게 행운인지 아닌지는 알 수 없었다. 만약 목숨을 부지하고 건강해진다고 해도, 리쓰코는 조만간 일자리를 잃고 저축을 갉아먹는 생활을 해야 했다. 조부모나 부모로부터 물려받은 재산과 자신이 모은 돈으로 검소하게 살아갈 수 있다고 생각했지만, 고양이를 키우려면 의외로 돈이 많이 들었다. 리쓰코는 어린 고양이 한 마리를 책임져야 할지도 모른다는 생각에 걱정이 들었다.

리쓰코는 한숨을 크게 내쉬고는 고개를 들어 손등으로 이마의 땀을 닦았다. 그리고 입술을 깨물었다.

'정신 차려, 기운내야지.'

그렇게 리쓰코는 생각을 돌렸다. 집에 가면 비상용으로 챙겨놓은 고급 양갱을 한 조각 자르자. 차와 달콤한 것을 배 속에 넣고 긍정적으로 생각하자. 동시에 욕조에 몸도 담그자. 몸과 마음을 따뜻하게. 따끈따끈하게 데우자.

오십 대든 머지않아 환갑이든, 무직이 눈앞에 있든 간에 리쓰코는 아직 살아 있다. 저승사자를 맞닥뜨리지도 않았다. 아직까지는 지병도 없었다. 두통이 있긴 했지만 리쓰코는 그 정도는 늘 그랬듯 뜨겁고 달콤한 밀크티 한 잔이면 나을 거라고. 그러니 괜찮을 거라고. 아직 안 죽고 건강하다고 생각했다.

'여차하면 아르바이트라도 찾으면 돼.'

리쓰코는 나이도 많았고 조금 이른 정년퇴직을 계획하며 은퇴를 생각 중이었지만 일하는 것을 싫어하진 않았다. 조부모의 간병 생활이 지속되었고 좋은 직장에 있었기 때문에 어디로 갈 생각을 하지 않았을 뿐이었다. 리쓰코는 기계도 잘 다뤘고 일찍 일어나는 것과 밤새는 건 자신 있어서 어떻게든 일자리를 찾을 수 있을 것 같았다.

'사람들과 이야기하는 게 어렵고 재치도 없지만.'

그런 건 어떻게든 근성으로 해보기로 했다. 이 정도의 나이라면 더 이상 실패 따위 두렵지 않다고. 창피를 당해도, 비웃음을 사도 죽지 않는다는 것을 리쓰코는 알고 있었다.

고양이를 구한 이상 어쩔 수 없다는 것도.

'아, 퇴직은 아직 어려우려나?'

리쓰코의 입가에 미소가 떠올랐다.

사라져 가는 상점가 옆, 유령 도시로 변해가는 동네의 낡은 연립주택에서 먼저 떠난 가족과 고양이의 영혼을 돌보며 화초가 시들어가듯 자연스럽게 늙고 싶었는데. 그렇게 언젠가 조용히 숨을 거두는 삶을 생각했었는데.

그만두고 일어서야 했다. 작은 목숨을 짊어지고 말았으니.

그때였다. 신기한 목소리가 들려왔다.

— 돌아왔어. 나야, 내가 왔어. 어서 나를 불러줘.

가늘고 날카로운, 사랑스럽고 다정한 목소리였다. 그 목소리는 리쓰코의 무릎 위에서 들리는 것 같았다. 깜짝 놀란 리쓰코는 캐리어 안을 들여다봤다. 캐리어 위 그물 모양 판 아래, 맑은 초록색의 눈동자가 리쓰코를 물끄러미 올려다보고 있었다.

"방금, 뭐라고 했어?"

혹시.

그러나 작은 검은 고양이는 입을 벌리고는 야옹, 하고 울기만 할 뿐이었다. 리쓰코는 두통 때문에 자신이 잘못 들은 거라 생각했다.

'그래. 그럴 리가 없지. 고양이가 말을 하다니.'

리쓰코는 조금 실망한 듯 옅게 웃었고, 때마침 통조림을 가져온 원장이 리쓰코를 불렀다.

캐리어를 소파에 내려놓고, 리쓰코는 접수대까지 터덜터덜 걸어가면서 가방 속을 더듬거려 지갑을 꺼냈다. 원장은 지나가다 발견한 고양이라는 이유로 가격을 깎아주려 했지만 리쓰코가 사양했다. 원장은 선반에서 값비싼 영양제를 꺼내더니 리쓰코에게 건넸다. 그러고는 대뜸 걱정스러운 말투로 물었다.

"괜찮아? 이런, 너도 어디 아파?"

"두통이 좀……."

리쓰코가 관자놀이를 문지르며 웃으며 대답했다.

"조심해야 해."

"아빠 닮아서 그래요."

"그게 무서운 거야. 아버지도 꽤 젊은 나이에 혈관병으로 돌아가셨지? 오늘 밤이라도 병원에 가는 게 좋겠어. 꼭 가."

원장이 리쓰코를 빤히 쳐다보며 말했지만 리쓰코는 하하, 웃으며 고양이가 든 캐리어를 들고 동물병원을 나섰다.

'생각 안 하려고 했는데.'

리쓰코는 평소보다 통증이 심한 것 같긴 했지만 기

분 탓이라고 생각하고 싶었다. 뜨거운 밀크티로 낫지 않으면 평소에는 잘 먹지 않는 효능이 강한 두통약을 먹어야겠다고 마음먹었다. 리쓰코는 캐리어를 든 채 우산을 쓰고 천천히 빗속으로 발을 내디뎠다. 작고 마른 고양이가 무척 무겁게 느껴졌다. 걸음을 옮길 때마다 머리가 지끈거렸다.

아무래도 리쓰코는 오늘 슈퍼에 들를 체력이 남아 있지 않을 것 같았다. 그래도 약을 먹으려면 뭐라도 먹어야 했다.

'맞다. 냉동실에 주먹밥이 있을 거야. 그걸 데워서 된장과 간장, 참기름을 묻혀서 오븐 토스터로 굽자. 편의점에서 산 달걀말이도 냉장고에 있으니까, 식욕이 생기면 그것도 먹자'.

그렇게 리쓰코는 괜찮다고, 뭔가 먹으면 분명 기운을 차릴 거라고 생각했다.

'괜찮아. 난 죽지 않아. 아직 안 죽어.'

젖은 골목길이 가로등 불빛으로 빛났다. 리쓰코는 캐리어가 최대한 젖지 않도록 조심하면서 한 걸음 한 걸음 옮겼다.

'괜찮아……'

이렇게 어이없이 끝나는 인생은 없을 테니까.

리쓰코는 자신이 죽으면 아무것도 될 수 없을 것 같았다. 아무런 노력도, 올바른 행동도 하지 않고 그냥 살았을 뿐. 좋은 것 하나 남기지 않고, 누구의 기억에도 남지 않고 이 세상에서 그저 사라질 것 같았다.

젊은 나이에 꿈을 향해 가다가 숨을 거둔 아빠처럼 드라마틱하거나, 늙어서도 많은 사람의 생명을 지키며 세상을 누빈 엄마처럼 영웅적이진 않더라도, 작은 일이라도 누군가에게 도움이 되는 삶을 살고 싶었다. 누군가의 기억에 한 조각이라도 남을 만한 작은 위업을 이루고 싶었다.

누군가에게 친절을 베풀고 싶었다.

누군가를 행복하게 해주고 싶었다.

웃게 해주고 싶었다.

리쓰코는 될 수 있는 한 누군가에게 뭐라도 해주고 싶었다. 가령 따뜻한 차나 맛있는 과자나 소소한 식사를 대접해 주고 싶었다.

'아직 과거형으로 말할 생각은 없지만 나는 아직 안 죽었으니까.'

리쓰코는 휙 고개를 들었다.

연립주택, 리쓰코의 반가운 집이 가까워지고 있었다. 현관의 작은 불빛이 보였다. 할아버지가, 그리고 뒤이어 할머니가 돌아가신 뒤 리쓰코가 집에 오면 반겨주는 사람이 없었다. 그때부터 리쓰코는 현관의 작은 불을 켜두고 나갔다.

그 작은 불빛이 집안의 식물을 가만히 감싸듯 비추고 있었다. 많은 식물에 둘러싸여 무성한 잎사귀와 나뭇가지들이 지키고 있는 집이었다. 빗방울을 맞으며 늦가을 바람에 흔들리는 잎사귀와 나뭇가지가 파도 같은 소리를 내며 리쓰코를 다정하게 맞아줄 것이다.

리쓰코가 낡은 현관문에 들어서며 미닫이문을 드르륵 열었다.

"다녀왔습니다."

이렇게 말하는 이유는 현관 안에도 화분들이 있기 때문이었다. 식물이 말을 하는 건 아니지만, 리쓰코는 매일 식물을 돌보며 말을 걸었다. 리쓰코는 식물이 자라는 모습이 너무나 사랑스러웠고 집으로 돌아올 때마다 "어서 와, 수고했어"라며 자신의 귀가를 기쁘게 맞이해 주는 것 같았다.

생전의 할머니와 할아버지가 워낙 식물을 좋아했기에, 리쓰코도 자신 곁에 식물이 있는 게 당연하다고 여겼다. 그래서인지 리쓰코는 식물을 받는 일도 많았다. 동네 사람들이 이사를 갈 때 리쓰코에게 넘겨주고 가곤 했다.

동네를 떠나는 사람들은 추억과 고양이뿐만 아니라 식물들도 두고 갔다.

'정신 차리자.'

현관에서 젖은 우산을 접자 리쓰코는 마음이 놓여 서인지 두통이 조금 가벼워진 것 같았다.

리쓰코가 쓰러지면 오늘 밤 구한 고양이도 다시 길거리를 헤맬 것이고, 집안 가득한 식물도 말라버리고 말 것이다.

'내일도 아프면 병원에 갈까……'

리쓰코가 오전에 회사를 쉬겠다고 연락하면 사장은 그러라고 할 것이다. "그거 큰일이네. 병원으로 바로 가"라거나 "많이 아프면 하루 이틀 쉬어"라고 허락해 줄 것이다. 슬프게도 회사는 리쓰코 없이도 돌아갈 만큼 일이 적었다.

'솔직히 검사에서 안 좋은 게 발견되면 곤란하니까 가고 싶지 않은 건데.'

리쓰코는 그래서 병원이 내키지 않았다. 남들이 들으면 황당해하며 야단칠 소리라는 건 알았다. 특히 엄마가 알면 크게 화를 낼 거라는 것도. 이미 세상에 없지만, 그래서 더더욱.

머릿속의 엄마가 흰 가운 차림으로 팔짱을 낀 채 지켜보는 것 같아서 리쓰코는 미안하다며 손을 모았다.

"계속 아프면 병원에 갈게. 약속해."

그렇게 "아, 머리야"라고 내뱉으며 머리를 감싼 리쓰코는 고양이가 든 캐리어를 바닥에 놓고 몸을 숙여 문을 열었다. 고양이는 링거를 맞고 기운을 차렸는지 그림자처럼 매끄럽게 밖으로 나왔다. 그러고는 고개를 들어 리쓰코를 보더니 귀여운 목소리로 야옹, 하고 울었다. 아주 기운이 좋아보였지만, 그것으로 기력이 다했는지 그 자리에 풀썩 주저앉고 말았다.

리쓰코는 그 옆에 무릎을 꿇고 가만히 고양이의 등을 쓰다듬었다. 홀쭉한 몸은 너무 말라서 울퉁불퉁한 등뼈가 손바닥에 고스란히 느껴졌다. 오래전 떠나보낸 고양이의 마지막 모습이 떠올라 가슴 속에서 깊은 한숨이 나왔다.

"오늘부터 여기가 네 집이야. 이제 추울 일 없으니까 건강하게 잘 지내. 맛있는 거 많이 먹고 동글동글 포동포동 반들반들한 고양이가 되렴."

리쓰코는 나도 함께 건강해질 테니까, 하고 속으로 말을 이었다. 그때 문득 리쓰코와 눈이 마주치는 것이 있었다. 날개를 달고 머리에 왕관을 쓴 페르시아고양이였다. 두 눈동자가 리쓰코를 응시하고 있었다. 꼭 그런 기분이 들었다.

"다녀왔어. 오늘은 피곤하네."

리쓰코는 그 고양이에게 억지 미소와 함께 말을 걸고서 천천히 몸을 일으켰다.

그것은 정확히 말하자면 커다란 낡은 놋쇠 램프에 새겨진 아름다운 고양이 그림이었다.

아라비안나이트에 나올 듯한, 그림책이나 동화에 나올 법한 그 램프는 집안의 수많은 식물 사이에서도 눈에 띌 만큼 커다랬다. 리쓰코는 그 모습이 꼭 예쁜 고양이가 풀고사리와 난초 잎사귀 뒤에 서 있는 것처럼 보여서 마음에 들었다. 집에 들어올 때마다 그 고양이가 반겨주는 듯한 기분이 들어서였다.

마지막 고양이가 죽은 지도 3년이 흘렀다. 고양이가 없어서 쓸쓸했는지도 몰랐다. 그때의 고양이들에게 해 왔던 것처럼 리쓰코는 그날 있었던 일이나 생각한 것들을 램프 속 고양이에게 주저리주저리 털어놓았다. 조각된 넝쿨무늬와 꽃, 그림 같은 외국 글자에 둘러싸인 그 고양이는 날개를 느긋하게 펼치며 음음, 고개를 끄덕이며 리쓰코의 이야기를 들어주는 것 같았다. 말도 안 되는 일이라고 생각하면서도 리쓰코는 그런 상상만으로도 즐거웠다. 이 램프도 동네를 떠난 사람에게서 받은 것이었다.

얼마 전까지 연립주택 근처에 점쟁이 할머니가 살고 있었다. 하지만 할머니도 동네를 떠나게 되면서 향과 수상한 그림이 그려진 카드, 서양 마술에 흔히 쓰이는 파워스톤 염주들을 리쓰코에게 넘겨주었다. 이사에 방해가 되나 싶어 받긴 했지만 모두 유쾌한 것들이라 오히려 리쓰코는 보물을 받은 것 같았다. 은근히 기분이 좋았다. 추억이 깃든 물건을 받는 건 외로움을 잠시 잊게 해주는 것 같았다.

"친구 일은 점치는 게 아니야."

예전에 할머니가 리쓰코에게 그렇게 말한 적 있었다. 그 사람의 미래에 불길한 것이 보이면 괴롭고 슬퍼서 곤란해지기 때문이라고 했다.

"한번 엿본 불행한 미래는 아무리 빌어도 좀처럼 바꿀 수 없으니."

그래서인지 할머니는 리쓰코의 점을 봐주지 않았다. 그런데 동네를 떠나는 날, 할머니는 리쓰코의 집 현관에 인사하러 와서는 예언 같은 말을 남겼다.

"너는 여행자로 태어났구나. 아무래도 멀리 가게 될

것 같은 예감이 들어. 아주 멀리 떠날 게야."

"여행자요?"

리쓰코는 어리둥절했다. 여행자는커녕 동네 밖을 나가본 적이 거의 없었고 앞으로도 그럴 계획이었다.

"그래."

어째서인지 할머니는 그렇게 말하며 시선을 돌린 채 말을 이었다.

"이제 평생 만날 일은 없을 게다. 오늘로 작별이야. 늘 친절하게 대해줘서 고맙구나. 너는 좋은 이웃이었어. 너와 나누던 인사와 일상적인 대화가 참 좋았단다. 언제였더라, 손수 만든 설 음식을 내게 나누어주었지. 하나같이 일품이었다. 다 맛있었지만 검은콩이 반들반들하니 달큰한 게 어쩜 그리 맛있던지, 잊지 않으마. 부드러운 맛이었어. 어릴 적 먹던 검은콩 같았지."

리쓰코는 할머니가 과장이 심하다고 생각하면서도 기뻐서 웃음이 났다.

"계속 이 집에 있을 거니까 언제든 놀러 오세요. 기다리고 있을게요. 설 음식도 매번 너무 많이 만들거든요. 다음에 또 같이 먹어요. 검은콩도 삶아놓을게요."

할머니는 말없이 고개를 저었다.

그러고는 옜다, 하면서 커다란 금빛 놋쇠 램프를 리

쓰코에게 내밀었다.

"이건 내가 젊었을 적에 바다 건너 먼 나라의 행상인에게 받은 마법의 램프란다. 틀림없는 진짜 마법의 램프. 이걸 너에게 주마. 소중히 다뤄야 해. 반드시 너를 지켜줄 게야."

"네? 뭐라고요? 마법?"

"그래, 마법의 램프. 이 램프를 문지르면 안에 살고 있는 마신이 나와서 소원을 들어주지."

그럼 이게 아라비안나이트에 나오던 건가? 리쓰코는 대체 무슨 소린가 싶었다. 리쓰코는 무심코 건네받은 램프의 무게에 순간적으로 놀라서 하마터면 떨어뜨릴 뻔했다. 서늘한 램프는 묘하게 매끄러운 감촉으로 리쓰코의 손과 팔에 착 달라붙듯이 감겼다. 오래된 금속 냄새가 풍겼다.

리쓰코는 농담 마세요,라며 미소를 지으려고 했는데 할머니가 매우 진지한 얼굴로 자신을 바라보고 있음을 깨달았다. 살면서 그런 눈빛은 본 적이 없다는 생각이 들 정도로 진지함이 느껴졌다.

"저기, 마신이 소원을 들어주던가요?"

리쓰코는 그만 묻고 말았다. 가슴이 두근거렸다. 자신이 현실 세계를 떠나 말도 안 되는 마법의 세계에

발을 들여놓은 것 같은 기분이 들어서.

하지만 할머니는 "아니"라고 말하며 쓸쓸한 표정으로 고개를 저었다. 그러고는 부드러운 눈빛으로 램프를 바라봤다.

"이 램프 속에는 고양이 마신이 살고 있다고 하더구나. 고양이라서 낮이고 밤이고 그 안에서 잠만 자는 데다, 성질이 변덕스러워서 내가 아무리 불러도 한 번을 안 나오더라고. 별수 있나, 아무리 마신이라도 고양이인걸."

"네."

할머니는 리쓰코를 보며 활짝 웃었다.

"그래도 너라면 고양이가 좋아할 것 같구나. 네가 부르면 꼭 나와 줄 게다. 힘든 일이 생기면 램프의 마신에게 소원을 들어달라고 해. 그럼 잘 있거라."

그 이후로 리쓰코가 점쟁이 할머니를 만난 적은 없었다. 연락처도 없어서 자연스럽게 소식이 끊겼다. 리쓰코는 검은콩을 삶을 때마다 할머니를 생각했고 마신의 램프를 소중히 여겼다. 하지만 램프를 애지중지하면서도, 그것을 문질러 안에 있는 마신을 불러내려고 한 적은 없었다. 뭐랄까, 어지간한 소원이 아닌 이상 마신 같은 건 불러내면 안 될 것 같은 기분이 들었고, 막상 불렀는데 아무 일도 일어나지 않으면 쓸쓸할 것 같았다.

"하지만 이렇게 두통이 심하니 고양이 마신을 불러 내 볼까."

리쓰코는 농담 삼아 중얼거렸다. 순간 조각 그림 속 고양이의 눈이 빛이 닿은 것처럼 반짝인 것 같았다. 입꼬리가 재미있다는 듯 웃는 것처럼 보이기도 했다.

"에이, 설마……."

기분 탓이라 생각하며 리쓰코는 쓴웃음을 지었다. 이마에 맺힌 땀을 닦고 비에 젖은 코트를 옷걸이에 걸었다.

아픈 머리를 움켜쥐고 익숙한 부엌에 서서 개수대에서 손을 씻으니 좀 살 것 같았다. 리쓰코는 아껴둔 양갱 한 조각을 두껍게 잘라 동네 교회 바자회에서 샀던 아리타˙도자기 접시에 담았다. 그리고 양갱 끄트머리를

• 일본의 규슈 사가현에 위치한 곳으로 '도자기 마을'로 유명하다.

조금 떼어내 입안에 넣었다. 단맛이 두통에 효과가 있을 것 같아서였다.

리쓰코는 개수대 아래 선반에서 작은 법랑포트를, 찬장에서 설탕과 홍차 잎을, 냉장고에서는 우유를 꺼내 밀크티를 내릴 준비를 했다.

그때 데려왔던 검은 고양이가 긴 꼬리를 흔들며 부엌으로 다가왔다. 리쓰코는 몸을 숙여 물을 받은 접시를 살짝 내밀었다.

"마실래?"

고양이는 접시 앞에 허리를 숙이고 냄새를 맡고는 가볍게 재채기를 하더니 연분홍색 혀를 내밀어 물을 마셨다. 시간이 지나면서 기운을 차린 것처럼 보였다.

"잠깐 쉬었다가 밥 먹을까?"

리쓰코는 고양이에게 밥을 먹이고 싶다는 생각과 동시에 가볍게 손뼉을 쳤다.

'맞다! 밀크티나 양갱보다 먼저 고양이가 잘 곳과 화장실을 준비해야지. 무엇보다 중요한 일이었는데, 정신 차리자.'

가볍게 주먹을 쥐고 리쓰코는 제 머리를 콩 쥐어박았다. 그러자 머리가 울렸다.

"아야……"

리쓰코가 바닥에 쪼그려 앉자, 고양이가 걱정스럽게 다가와 얼굴을 올려다보고는 작게 울었다.

"고마워, 걱정 마. 멜로디."

리쓰코는 자신도 모르게 오래전 헤어진 검은 고양이의 이름을 부르고 말았다. 그러자 눈앞의 고양이는 눈을 가늘게 뜨더니 작은 머리를 리쓰코의 무릎 언저리에 비볐다.

"멜로디라고 불러도 돼?"

어차피 이름은 생각해야 했다. 죽은 고양이의 이름을 다시 붙일 수는 없다고 생각했지만 다른 이름은 떠오르지 않았다. 과거에 죽은 고양이처럼 이 아이도 암컷에 나이도 비슷했다.

그때의 고양이는 세 살에 무지개다리를 건넜다. 원장님 말에 의하면, 이 아이는 한 살 언저리 정도일 것 같았다.

"이 이름, 정말 괜찮겠니?"

고양이의 눈을 바라보며 다시 한번 이름을 불렀다. 그러자 초록색 눈동자의 고양이도 리쓰코를 똑바로 응시했다.

"야옹."

고양이는 사랑스러운 목소리로 대답하며 어딘가 자

랑스럽다는 듯 가슴을 펴는 자세를 취했다.

리쓰코는 예전의 멜로디가, 건강했던 어린 날의 멜로디가 거기에 앉아 있는 것 같았다. 마치 그 아이의 초상화를 놓아둔 것처럼.

'설마…….'

— 돌아왔어. 다녀왔어.

그때 동물병원에서 들었던 환청처럼, 리쓰코는 고양이의 말이 사람의 언어로 들려오는 것 같았다.

낡긴 해도 혼자 살기에는 호사스러울 정도로 방이 많은 집이었다. 그래서 리쓰코는 방 한 칸을 그대로 고양이들만의 방으로 썼다.

리쓰코는 낡은 3단 케이지 안을 활짝 열어 그 안을 가볍게 청소했다. 두통 때문에 본격적인 청소는 고양이에게 양해를 구하는 마음으로 통증이 가신 뒤에 해야 할 것 같았다.

마지막 아이의 배변통을 청소했을 때 모래를 얇게 깔아두었던 리쓰코는 그 위에 사놓고 남아 있던 모래를 더 부었다. 그리고 생전 아이가 지내던 침대의 담요도 새 것으로 갈았다.

그 자리 그대로 먼지가 얇게 쌓여 있었다. 모래도,

담요도 전에 살던 고양이가 떠났다고 해서 깔끔하게 치울 수 있는 게 아니었다. 이 케이지의 선대 주인이 사라진 지 3년이라는 세월은 바람이 휙 불 듯 눈 깜짝할 사이에 지나가 버렸다.

'만약 고양이의 영혼이 돌아왔을 때 자기 방이 깨끗하게 치워져 있으면 슬프지 않을까?'

이별을 단념하지 못한 리쓰코가 슬픔에 손도 못 대고 그대로 둔 것들이었다. 만약 고양이 귀신이 있다면, 리쓰코는 그런 상상만으로도 괴로워 견딜 수 없었다.

욕조에 온수를 튼 뒤 부엌으로 간 리쓰코는 물이 차오르는 소리를 들으며 냄비에 물을 올렸다. 리쓰코는 두 잔 분량의 찻잎을 냄비에 넣고 작은 모래시계를 뒤집었다. 모래가 모두 떨어질 때까지 기다리며 뜨거운 물에서 춤추는 찻잎에 우유를 붓고 확 끓어오르기 직전에 불을 껐다. 오늘은 특히 달게 만들고 싶어서 설탕을 듬뿍 넣은 뒤 잘 녹도록 뚜껑을 덮었다.

리쓰코는 차가 완성되는 시간을 재기 위해 다시 모래시계를 뒤집었다. 모래시계가 없어도 감으로 알 수 있었지만, 맛있는 차를 우려내기 위한 주문처럼 십 대 때부터 항상 써왔던 것이다.

지금은 사라진 조부모의 찻집에서 사용하던 모래시계 중 하나였다.

그 찻집에서는 작은 법랑포트로 차를 내린 뒤 그대로 쟁반에 올려 손님에게 내어주었다.

모래시계의 모래가 다 떨어지면 손님이 직접 잔에 따라 마셨다. 그렇게 하면 가장 맛있는 갓 내린 밀크티를 마실 수 있었다. 잔에 차를 따를 때 퍼지는 아름다운 색도, 기분 좋은 소리도, 두둥실 피어오르는 좋은 향기도 함께 즐길 수 있었다.

리쓰코는 차가 나오기를 기다리며 행복한 미소를 짓거나 동석한 친구나 가족 손님들이 수다를 떨며 즐겁게 모래시계를 바라보던 모습들이 그리웠다.

그곳은 이제 사라졌지만, 리쓰코는 오래된 찻집 안에 창문 가득 들어오던 햇살의 빛깔도, 그 빛을 받아 매끈하게 반짝이던 낡은 마루 색도 여전히 생생히 기억났다. 조부모가 좋아해서 조용히 틀어놓았던 클래식이나 오페라의 아리아, 뮤지컬 곡들도 어느새 귓가에서 들려오는 것 같았다.

"어머."

그때 문득 리쓰코는 고양이가 어디로 갔나 싶어 돌아봤다. 고양이는 부엌 의자에 올라가 몸을 둥글게 말고 있었다. 등받이에 걸쳐놓은 리쓰코의 카디건에 기대 듯 편안한 모습으로 눈을 감고 있었다.

고양이의 배가 천천히 움직였다. 아까보다 상태가 더 좋아보였다.

'다행이다.'

지켜야 할 작은 생명이 있어서 리쓰코는 힘을 낼 수 있을 것 같았다.

속이 살짝 메스꺼웠지만 밀크티가 다 만들어져서 잔에 따라 마셨다. 익숙하게 퍼지는 매우 부드럽고 진한 맛은 마음을 풀어주는 것 같았다.

리쓰코는 저녁을 먹을 기분은 아니었지만 두통약을 먹기 위해 양과자 상자에서 잼과 초콜릿이 올려진 것을 하나씩 꺼내 작은 접시에 담았다. 버터의 달콤한 향과 부드러운 식감에서 그리운 맛이 났다.

뱃속이 따뜻해지자 마음이 조금 놓였다. 리쓰코는 개수대에 기대어 평소에는 안 먹는 독한 두통약을 찬물과 함께 삼켰다.

가볍게 숨을 내쉬었다. 아직 잠들어 있는 고양이를 쳐다보다가 '맞다, 이 아이 밥을 준비해야 하는데'라고 생각했지만 고양이가 잠에서 깬 뒤에 챙겨줘도 되지 않을까 싶었다. 새근새근 잠든 얼굴이 괴로워 보이지는 않았다.

'우리 집에 금방 적응해줘서 다행이다.'

이 집이 처음일 텐데도 고양이는 마치 원래 이 집에 살았던 것처럼 겁먹은 기색도 없이 자유롭게 걸어 다니다가 이제는 편안하게 자고 있었다.

리쓰코는 바닥에 무릎을 꿇고서 잠을 깨우지 않도록 조심조심 고양이의 작은 머리를 쓰다듬었다. 고양이는 눈을 감은 채 어리광 부리듯 손바닥에 머리를 비볐다. 희미하게 갸르릉, 소리를 내기 시작했다.

의자에 기대어 가만히 고양이를 쓰다듬는데, 졸음이 몰려왔다. 두통약 때문인 것 같았다.

'괜찮아…… 분명 금방 좋아질 거야.'

작고 사랑스러운 고양이 발바닥 젤리는 검은콩처럼 반들반들했다. 아까 동물병원에서 원장이 정성스럽게 닦아주었는지 흙 한 톨도 묻어 있지 않았다.

고양이 발바닥에는 약간 고소한 팝콘 냄새가 풍겼다. 그 그리운 냄새를 맡으며 리쓰코는 팔에 얼굴을 묻고 살며시 눈을 감았다.

― 리쓰코.

누군가가 리쓰코를 불렀다. 높고 가는 작은 새의

지저귐 같은 목소리였다.

― 미안해. 더 일찍 돌아오지 못해서. 약속을 못 지켜서.

그 목소리는 리쓰코의 귓가에서 들렸다.

― 금방 돌아오려고 했는데, 내가 좀 멍청했어. 다시 태어날 때마다 중요한 것을 잊어버렸어. 약속도, 내 이름도, 돌아갈 곳이 있다는 것도. 소중한 친구가 기다리고 있다는 건 기억했는데, 리쓰코에 대한 기억이 희미하게만 떠올랐어. 그렇게 몇 번을 태어나고 죽고, 다시 몇 번을 태어나고 죽기를 반복하다가 이번에 드디어 기억해 냈어. 나, 멜로디는 리쓰코의 고양이로 반드시 돌아가겠다고. 그 약속을 지키기 위해 다시 그 집으로 돌아가야만 한다고. 그런데 내 작은 발로는 세상이 너무 넓더라. 널 찾기가 얼마나 힘들었는지. 있잖아, 나 조금 피곤해.

작은 목소리는 한숨을 내쉬었다.

― 그래도 리쓰코가 나를 찾아줘서 이렇게 다시 만나게 됐어. 이제 헤어지지 않을 거야. 앞으로는 계속 같이 있자.

따뜻한 것이 리쓰코의 손을 핥았다. 석석, 소리가 나고 살짝 따끔했다. 리쓰코는 그것이 그리운 고양이의 거슬거슬한 혀의 감촉이라고 생각했다.

"멜로디."

고개를 든 리쓰코가 고양이를 바라봤다.

초록색 눈의 고양이도 손 핥기를 멈추고 리쓰코를 물끄러미 바라봤다. 그러고는 작게 울었다.

"고마워, 멜로디."

검은 고양이는 상냥한 표정으로 눈을 가늘게 떴다.

리쓰코는 방금 들은 말이 착각이건 환청이건 상관없다고 생각했다. 이 작고 따뜻한 고양이가 눈앞에 있어주는 것이 고마웠다. 그래서 노력하고 싶었다.

건강해져서 이 검은 고양이를 먹여 살려야 한다. 함께 살아가야 한다.

과거에 그렇게 약속했으니까. 다시 만나면 그러기를 바랐으니까.

'그런데 지금 조금 위험한 것 같은데.'

리쓰코는 머리가 너무 무거운 느낌이었다. 뭔가 생각하고 움직이려 해도 거부감이 들었다. 그래, 무거운 컴퓨터, 딱 그 느낌. 옛날의 Windows 화면처럼 모래시계 아이콘이 계속 돌고 있는 느낌 같았다.

그나저나 얼마나 오랫동안 잠들었던 걸까? 리쓰코는 고개를 들어 낡은 뻐꾸기시계의 바늘 위치를 보고 흠칫 놀랐다.

밤 열한 시가 넘어 있었다. 리쓰코가 집에 돌아왔을 때가 일곱 시 전후쯤이었는데, 잠깐 졸았던 사이 시간이 쏜살같이 흘러가 있었다.

두통약 효과가 좋았나 싶었지만 그에 비해 통증은 그대로였다. 오히려 더 심해졌는지 리쓰코는 이마 언저리에 비구름이 드리워진 것처럼 통증과 구역감이 동시에 느껴졌다.

"아무래도 병원에 가야 할 것 같은데……."

이 시간에 문을 연 개인 병원은 없었지만 야간 진료를 하는 곳은 있었다. 걸어서 갈 수 있는 가까운 거리였다. 오래전 독감에 걸렸을 때도 기침이 멈추지 않아 괴로운 몸을 이끌고 밤에 혼자 찾아간 적이 있었다. 한밤중이었는데도 병원 건물 앞에는 승용차와 택시가 줄지어 있었다. 수많은 인기척에 리쓰코는 어두운 밤에도 밝은 그곳을 멀리서 쳐다보다가 결국 그대로 발길을 돌려 집으로 돌아왔다. 기침 때문에 괴로운 자신보다 더 아픈 사람들이 많을 거라고 여기면서.

그렇지만 오늘 밤에는 가도 괜찮을 것 같았다. 지금 느껴지는 두통은 왠지 느낌이 안 좋았다. 리쓰코는 순간 구급차를 부를까 싶었지만 오늘 밤은 관두자고 생각을 돌렸다. 구급차를 부를 정도는 아니야, 두통만 심할 뿐이라고 생각하면서.

도무지 머리가 안 돌아갔다. 그래도 리쓰코는 어떻게든 일어나 손을 더듬거리며 가방을 찾았다. 지갑 안에 건강보험증이 들어 있었다. 야간 진료비를 낼 정도의 돈은 남아 있을 것이다.

"야간 진료소가 근처라 다행이야."

리쓰코는 머리가 여전히 무겁고 어지러웠지만 어떻게든 걸어서 갈 수 있을 것 같았다.

정신을 차려보니 검은 고양이가 눈을 뜨고 있었다. 고양이는 곧장 의자에서 뛰어내리더니 걱정스럽다는 듯 바닥에서 리쓰코를 올려다봤다.

"멜로디, 괜찮아. 나 잠깐 나갔다 올 테니까 집 좀 봐줘."

리쓰코는 그 말을 하자마자 고양이의 저녁을 챙겨주지 않았다는 게 생각났다. 자신이 잠든 사이 배고프지는 않았을까, 하는 가여운 마음이 들었다.

리쓰코는 아픈 머리를 감싼 채 병원에서 사왔던 고양이 통조림을 뜯어 접시에 담았다. 몸이 약한 고양이가 먹는 소화가 잘되고 영양이 풍부한 고기였고 달콤한 냄새가 났다. 리쓰코에게는 그리운 향기였다. 오늘 밤은 그 냄새조차 비린내가 느껴졌지만.

이걸 먹으면 고양이가 기운을 더 차릴 거라고 생각한 리쓰코는 예전 고양이들에게 밥을 주던 부엌 한구석에 신문지를 깔고 접시를 내려놓았다.

검은 고양이는 망설임 없이 꼬리를 치켜들고 접시로 달려가 음식에 입을 댔다.

그 모습을 보자 리쓰코는 이제 걱정을 놓아도 될 것 같았다. 고양이는 살기 위해 적극적으로 노력하고 있었다.

귓가에 울리던 환청이 진짜라면, 이 아이는 다시 태어나기를 반복해 리쓰코에게 겨우 돌아왔으니 괜히 또 죽을 생각은 없을 것이다.

리쓰코는 미소 지었다.

그렇다면 자신도 죽을 수는 없다.

리쓰코는 늘 생각하던 게 있었다.

고독사는 끔찍한 말이라고.

단지 홀로 살다가 생을 마감했다는 이유만으로 한 사람의 삶을 비통한 단어로 정의내리는 게 늘 의문이었다.

누군가와 사랑을 주고받으며 살았어도, 일에 풍족함을 누리며 친구나 연인과 행복하게 살았어도, 그야

말로 죽음의 순간까지 기분 좋게 노래하고 영화도 보며 삶에 만족했어도, 혼자 살다가 혼자 죽었다는 사실만으로 타인에 의해 한 사람의 삶의 가치가 결정되었다.

리쓰코는 조용한 분노 같은 것을 느꼈다. 자신도 독신으로 산 이상 언젠가는 그런 죽음을 맞이할 거라고 받아들였기 때문인지도 모른다.

한편, 자신은 그런 죽음을 맞이하더라도 후회하지 않겠다고 마음먹기도 했다. 그 순간에도 홀가분하게 태연한 태도로 이대로 괜찮다고 생각할 수 있는 자신이 되고 싶다고. 조용히 웃고 싶다고.

리쓰코는 오늘의 지독한 두통으로 비로소 자신의 죽음이 생생하고 가깝게 느껴졌다. 그래서인지 아무래도 그런 끝은 어려울 것 같다고 생각했다. 새삼 자신의 나약한 체념을 깨닫게 된 것 같아서 리쓰코는 도무지 웃으며 죽을 수가 없었다.

하지만 만약 이 검은 고양이가 없었다면, 리쓰코는 운명을 불평하면서도 굳이 살아가기 위해 애쓰지 않았을지도 모른다는 생각이 들었다.

그렇다. 혼자만의 일이라면 갑작스럽게 찾아오는 생과의 이별도 분명 체념할 수 있을 것이다. 아무것도 이루지 못한 인생은 슬프고 아깝지만, 그렇기에 이대로 세상을 떠나도 괜찮겠다는 생각도 들었을 것이다.

하지만 이런 보잘것없는 자신이라도 품속에는 지켜야만 하는 목숨이 있었다. 리쓰코 스스로 길에서 데려온, 책임지고 떠맡은 목숨이었다.

게다가 이 고양이는 어쩌면 과거 리쓰코와의 약속을 지키기 위해 몇 번이고 다시 태어나 돌아온 기특한 고양이일지도 모른다.

'그런 신기한 일이 정말로 있는지는 모르겠지만.'

그렇지만 만분의 일이라도, 그런 믿기 힘든 일이 일어났다면 노력해야만 한다.

인간의 오기로서.

그러니 리쓰코는 살아갈 것이다. 어쩌면 자신이 죽음의 기로에 서 있다고 해도 그 운명을 향해 손톱을 세워 저항하겠다고 결심했다.

소녀였던 시절, 검은 고양이와 한 약속을 지키기 위해서.

"멜로디, 이거 먹으면서 기다려. 금방 돌아올게."

시야가 자꾸 흐려지는데도 리쓰코는 고양이에게 다정하게 말을 건네고서 현관으로 향했다.

옷걸이에 걸어둔 얇은 코트를 향해 손을 뻗자 감각

이 이상해지면서 잡히지 않았다. 코트가 이내 옷걸이에서 미끄러져 떨어졌다. 리쓰코는 비에 젖어 서늘한 코트를 간신히 집어 들고 소매에 팔을 끼웠다. 바닥에 내려놓은 가방을 주워 들려는데 갑자기 다리에 힘이 빠졌다. 그러고는 엉덩방아를 찧고 똑바로 서질 못했다. 다시 몸을 일으키려고 하자, 맥박이 뛰는 것처럼 두통이 심해졌다.

깜빡거리듯 눈앞이 잘 보이지 않았다. 이상하리만치 눈이 부셨다가 어두워졌다.

검은 고양이가 달려왔다. 작은 발소리가 반갑고 사랑스러웠다. 고양이는 발소리가 안 난다고들 하지만 그건 어디까지나 고양이가 발소리를 죽이며 걸을 때일 뿐, 달리는 고양이는 발톱으로 바닥을 차기 때문에 의외로 발소리가 높이 울린다.

리쓰코를 걱정스럽게 지켜보는 검은 고양이의 수염 주변에는 사료 부스러기가 붙어 있었다. 밥을 먹다 말고 황급히 달려왔을 것이다. 수염을 혀끝으로 핥고 앞발로 씻어내는 몸짓이 사랑스러웠다.

"괜찮아, 걱정 마."

리쓰코가 바닥을 짚고 몸을 일으키려 했다.

묘하게 감각이 예민해져 있는지, 아니면 환각이나

착각인지 신기할 정도로 리쓰코는 식물들의 시선을 느꼈다. 모두가 걱정해 주고 있는 것 같았다. 현관에 진열된 관엽식물들, 고무나무와 스킨답서스, 필로덴드론과 여러 종류의 야자수와 보춘화, 호야가.

모두가 가만히 리쓰코를 지켜봤다. 늘 말을 걸며 물을 주고, 영양분을 공급하고, 분갈이를 했던 식물들이 일제히 리쓰코를 바라보는 듯했다.

식물에는 눈도 마음도 없을 텐데. 그저 조용히 잎을 무성하게 만들고 광합성을 반복하는 존재일 텐데. 그런 건 상식적으로 당연한 일인데.

리쓰코는 일어서려다가 그만 늘어선 화분 사이로 쓰러졌다.

"아야."

절에서 종이라도 치는 듯이 쿵쿵 울리는 두통에 시달리며 리쓰코는 어떻게든 몸을 일으키려 했다. 그러면서도 넘어지지 않은 화분을 보며 안심했고, 가지와 잎사귀도 다치지 않은 것을 보며 다행이라 여겼다.

그때 분명하게, 목소리가 들려왔다.

— 부르면 좋을 텐데.

작은 유리 조각을 문지르는 듯한 목소리였다. 끝없이 섬세하고 아련한 목소리.

목소리는 합창처럼 여기저기서 들렸다. 같은 멜로디를 따라가는 돌림노래처럼.

— 부르면 좋을 텐데.

— 부르면 좋을 텐데.

— 램프의 마신을 부르면 좋을 텐데.

식물들이 노래를 하고 있었다. 리쓰코는 그렇게 들렸다.

말도 안 되는 일이라고 생각한 순간 돌림노래가 딱 멈췄다.

정신을 차려보니 리쓰코 바로 옆, 식물들 사이에 금빛 '마법의 램프'가 있었다.

껴안을 수 있을 만큼 큰, 낡은 램프에 새겨진 날개 달린 페르시아고양이가 바로 옆에서 리쓰코를 바라보고 있었다. 그저 금속에 새겨진 존재일 텐데 이상하리만치 그 눈동자가 리쓰코를 응시하는 것처럼 빛났다. 왕관과 등 뒤의 날개도 함께 반짝이고 있었다.

리쓰코는 살며시 램프의 고양이 이마 언저리를 쓰다듬었다. 정확히는 일어서려는 찰나에 무심코 건드리고 말았지만.

놋쇠의 서늘한 감촉이 기분 좋았다.

"글쎄, 만약 이 램프에 정말로 마신이 살고 있다면

만나보고 싶기도 해."

그래서 그만, 리쓰코는 자신도 모르게 속삭이고 말았다.

— 당신의 소원을 이뤄드리죠.

다부진 목소리가 울렸다.

어딘가 보이지 않는 곳에서 소용돌이치듯 좋은 향기가 실린 바람이 불어왔다. 향긋한 장미꽃과 박하 향기. 리쓰코가 그렇게 느낀 이유는 현관에서부터 소용돌이처럼 불어온 바람에는 무수한 붉은 장미꽃잎과 박하 잎들이 휘날리고 있었다.

리쓰코는 두 손을 바닥에 짚은 채 눈을 깜빡이며 장미와 박하가 일으킨 작은 폭풍을 멍하니 오르내리며 바라봤다.

향긋한 바람이 그치자 붉은색 꽃잎과 녹색 잎들이 융단처럼 바닥에 흩날렸다.

그 한가운데에 흰 날개를 펼치고 황금 왕관을 쓴 길고 아름다운 털을 휘날리는, 인간 크기만 한 페르시아고양이 한 마리가 서 있었다. 바다처럼 푸른 눈동자가 리쓰코를 물끄러미 바라보고 있었다. 틀림없이 램프에 그려져 있던 고양이 모습이었다. 리쓰코가 시선을 다시 돌렸을 때, 놋쇠 램프 속 고양이는 처음부터 없던 것처럼 깨끗이 사라져 있었다.

— 안녕, 두통 아가씨.

아름답고 울림이 좋은 음성이었다. 고양이는 유창한 사람의 말로 인사를 건넸다. 부드럽게 노래하는 듯 차분한 여성의 목소리였다.

— 내가 꽤 오랫동안 램프에서 살았는데 말이야. 여러 주인의 손을 거쳐 세계를 떠돌아다녔지만 지금껏 '만나보고 싶다'는 소박하고 단순하기 짝이 없는 소원 때문에 불려나온 적은 없었어. 소원이 정말 그게 다야?

커다란 흰 고양이는 고개를 갸우뚱거렸는데, 그 눈은 반짝거리며 정말 즐거워 보였다.

"아니, 그게, 그……."

리쓰코는 금붕어처럼 입을 뻐끔뻐끔 벌렸다 다물기만을 반복했다.

"저는 그, 아가씨라고 불릴 만한 나이가……."

— 내가 보기에 당신은 그저 젊은 아가씨야. 이래 봬도 나 엄청 오래 살았어.

왕관을 쓴 고양이는 하얀 앞발을 입가에 대고서 호호 웃었다.

두통 탓도 있어서 리쓰코는 혼란스럽기만 했다. 이마에 땀을 흘리며 고양이에게 물었다.

"혹시, 이 램프 안에 있던 마신이세요?"

— 그래, 조금 전 당신이 불러낸 램프 속 오래된 마신. 나를 만난 기분이 어때, 기뻐?

고양이의 모습을 한 자칭 '마신'은 기분 좋은 고양이 미소처럼 방긋 웃었고 푸른 두 눈동자는 어딘가 응석을 부리고 싶을 때의 고양이처럼 신나 보였다.

보통의 고양이라면 재롱을 부리거나 펄쩍펄쩍 뛰며 몸을 비비 꼴 것 같은 그런 느낌. 어째서인지 이 커다란 고양이의 모습을 한 존재는 리쓰코를 만나 이야기를 나눌 수 있다는 게 기쁘고 즐거워서 어쩔 줄 모르는 것 같았다.

"저기, 사람 말을 잘하시네요."

리쓰코는 스스로를 마신이라 칭하는 눈앞의 생물과 이렇게 평범한 대화를 나눌 수 있다는 게 꿈이라서 가능한 일 같았다. 속 편한 생각 같기도 했지만.

— 칭찬해 줘서 정말 기뻐.

고양이 마신은 빛나는 푸른 눈을 가늘게 접으며 더더욱 즐겁게 웃었다.

— 옛날 옛적, 먼 나라의 사막에 우기가 왔지. 그때 새끼 고양이의 가슴털 같은 꽃이 피었어. 그 솜털에 멋대로 이 생명이 깃들었지. 그렇게 나는 천 년, 이천 년

간 이 세상에서 놀고 있었지. 램프 속에서 잠을 자다가 세계 여러 도시에서 만난 사람들의 소원을 들어주기도 하면서 말이야. 나 같은 존재라면 인간들이 쓰는 언어 정도는 쉽게 구사해야 하지 않겠어? 우리 마신은 옛날부터 시와 음악을 사랑하는 종족이었지. 인간이 쓰는 말이라면 한 민족의 언어를 이 귀로 한두 마디만 들어도 단어나 문법의 모든 것을 단번에 알 수 있어. 아주 완벽할 정도로 말이야. 태생 자체가 이렇게 멋있다니까.

고양이 마신은 폭신폭신한 가슴을 펴며 의기양양하게 굴었다.

— 나는 말이지, 특히 이 나라의, 당신이 쓰는 말을 잘해. 왜냐고? 이 젊은 아가씨야, 당신이 매일같이 내게 이야기를 들려줬잖아. 아침저녁 인사부터 외출할 때는 "다녀올게", 돌아와서는 "다녀왔어"라고 말해주었지. 이 현관에서 즐겁게 들었어. 소소하지만 아름다웠던 거리의 풍경, 올해는 제비가 벌써 왔다더라, 참새들이 지저귀며 즐겁게 날았다는 이야기와 케이크 가게에서 산 맛있는 레몬파이와 그 레시피를 배우게 된 것까지. 당신이 봤던 TV 프로그램이나 소설, 만화나 영화 감상도 들었어. 모두 당신이 들려준 거야. 당신의 이야

기로 당신의 말을 이렇게 완벽하게 익혔어. 그래서 당신과 한번 이렇게 만나서 이야기를 나눠보고 싶었어.

그렇게 말하며 마신은 웃었다.

리쓰코는 마신의 말투가 은근히 자신의 말투를 닮은 것 같았는데, 그 이유를 알 것 같아서 조금 즐거운 꿈이라는 생각이 들었다.

'그래, 속 편한 생각이라 해도 합리적이야.'

— 야옹. 꿈이 아니야.

속마음을 간파한 듯 마신이 즐겁게 웃었다.

'나, 혹시 두통이 너무 심해서 몽롱한 상태로 환각을 보고 있는 걸까?'

이런 생각을 하면서도, 리쓰코는 이 정도 재미있는 환각이라면 얼마든지 만끽하고 싶었다. 환각도 이렇게 재밌는데 만약 진짜라면 그거야말로 최고라고 생각했다. 이 세상에 살면서 램프의 마신, 그것도 고양이 모습을 한 존재와 만나 대화를 할 수 있는 인간이 몇 명이나 있을까? 없을 뿐더러, 있다 한들 많아 봤자 한 자릿수일 정도로 극히 드물 것이다.

현관에는 장미와 박하 향기가 가득했고 그 한가운데에 아름다운 고양이가 푸른 눈으로 흥미롭게 리쓰코를 바라보며 서 있었다. 긴 수염이 위로 팽팽하게 뻗어 있었고 깃으로 만든 빗자루 같은 꼬리가 살랑거렸다. 리쓰코는 그가 마신이라고는 해도 고양이 모습을 하고 있으니 호기심이 왕성할 것 같았다. 한편 검은 고양이는 리쓰코 곁에서 몸을 숨기고서 얼빠진 얼굴로 커다란 고양이를 올려다보는 것 같았다. 이쪽도 흥미진진하다는 눈치였다.

— 그래서 소원은? 아주 어려운 일만 아니라면 뭐든 이뤄주지. 옛날부터 램프나 항아리 속 마신을 불러낸 사람의 소원은 들어줘야 한다고 정해져 있으니까.

그때 문득 마신은 생각에 잠긴 듯 한숨을 내쉬더니 혼잣말처럼 쓸쓸히 덧붙였다.

— 단 하나, 마신이 이뤄줄 수 없는 소원을 제외하고는 반드시.

재차 이어지는 마신의 재촉에 리쓰코는 겨우 정신을 차렸다. 이게 현실이든 꿈이든, 리쓰코에게는 바람이 하나 있었다.

"두통을…… 그러니까, 이 지독한 제 두통을 치료해주세요."

옆에 있던 검은 고양이가 리쓰코를 올려다보며 응응, 하고 고개를 끄덕인 것 같았다.

이걸로 정말 이 두통에서 벗어날 수 있을까? 그런

신기한 일이 이 세상에 있다고? 리쓰코는 가슴이 두근 거렸다.

— 그렇게 간단한 소원으로 되겠어?

마신은 길고 하얀 속눈썹을 팔랑이며 눈을 크게 깜빡였다.

"네, 그게 무엇보다도……."

리쓰코가 말을 마치기도 전에 마신은 "그래"라는 짧은 말과 함께 흰 앞발을 허공에 뻗어 한두 마디를 중얼거렸다. 그 순간, 리쓰코의 지독한 두통이 씻은 듯이 사라졌다. 너무나 갑작스럽게 통증이 사라져서 리쓰코는 그 자리에서 비틀거릴 정도였다.

"세상에."

감사합니다, 하고 리쓰코는 가벼워진 머리를 감싸 안고 차오르는 눈물을 머금으며 마신에게 감사 인사를 했다. 아무렇지 않았다. 고개를 흔들어도 아프지 않았다. 어느새 리쓰코의 머릿속은 맑아졌고 모래시계의 환상도 보이지 않았다. 여느 때처럼 건강해진 것 같았다. 이제 죽지 않은 채로 지금처럼 평온한 일상을 보내면서 검은 고양이와 함께 살 수 있었다. 하지만 그렇다는 건…….

'눈앞의 이 커다란 고양이가 진짜 마신이라는 거잖

아……'

　너무나 신기한 일이, 꿈이나 환상이 아니면 있을 수 없는 말도 안 되는 일이 눈앞에서 벌어졌다. 그래서 리쓰코는 이게 현실이라고 믿을 수밖에 없었다.

　'와아, 정말 엄청나잖아.'

　무척 즐거운 일처럼 느껴졌다.

　이런 밤이 있다니.

　이런 기적이 자신에게 찾아오는 날이 생기다니.

　리쓰코는 어릴 때부터 동화를 읽을 때마다 가슴 한 구석에서 자신에게도 이런 신기한 일이 일어나지 않을까 생각했다. 옷장 안에 눈으로 뒤덮인 세상으로 통하는 문이 있다거나, 콩알만 한 강아지를 데리고 있는 작은 사람들과 만나 친구가 되는, 작아진 몸으로 거위 등을 타고 기러기 떼와 아득한 라플란드로 함께 날아가기도 하는 그런 일들 말이다.

　동물들과 소통하는 특별한 능력을 지닌 닥터 두리틀처럼, 리쓰코는 동물과 이야기할 수 있는 능력이 있으면 좋겠다고 생각했고 그런 이야기를 진심으로 동경했다.

　리쓰코는 자신만을 위해 준비된 마법의 문을 남몰

래 꿈꾸기도 했다. 일상에서 딱 한 발짝 다른 세계로 내디딜 수 있는 그런 때가, 마법의 시작이 언젠가 오지 않을까 하고.

그때는 리쓰코가 아이였고, 마침 마법 소녀들이 TV 만화 속에서 활약을 펼치던 시기였다. 리쓰코는 어느 먼 훗날 자신도 변신할 수 있는 마법의 콤팩트를 손에 넣을 수 있지 않을까, 마법 나라의 공주님이 옆집으로 이사 오지는 않을까, 하는 꿈을 꾸며 가슴이 설레기도 했다. 말도 안 된다고 생각하면서도 리쓰코는 언젠가 마법 나라의 요정과 만나게 될 날이 올 거라고 믿고 싶었다.

하지만 현실에서 마법같은 일은 일어나지 않았고, 평범한 일상이 잔잔하게 흘렀다. 어느새 리쓰코는 나이를 먹고 어른이 되면서 세상에는 신기한 일도 기적도 아무것도 없다고, 그런 건 있을 리가 없다고 생각하게 되었다.

하지만.

고개를 들면 거기에 푸른 하늘이 있고 눈부신 햇살이 비치고 있었던 것처럼, 마법의 세계는 정말로 존재하고 있었고 오늘 밤 리쓰코는 그 세계를 만났다고 생각했다.

'만남이 조금 늦은 감은 있지만.'

리쓰코는 조용히 웃었다. 어렸을 때나 좀 더 젊었을 때 만났더라면 소설이나 만화 주인공이 된 듯 더 즐거웠을지도 모른다. 그러나 오십 대인 지금은, 그것도 작고 깡마른 리쓰코는 자신의 모습이 궁상스러워 보였고 내성적인 성격이라 꿈꿨던 모습과는 많이 다를 거라는 생각이 절로 들었다. 그래도 이 나이를 먹고도 마법을 만난 것 역시 멋진 일이라고 생각했다.

"정말로 감사합니다."

눈앞이, 세상이 밝아진 것 같았다. 낡은 연립주택의 작은 불빛만 켜진, 식물로 가득한 현관이 마법의 가루라도 뿌린 듯 반짝반짝 빛나 보였다.

리쓰코는 가벼워진 몸으로 일어나 아름다운 고양이 마신에게 진심이 담긴 감사 인사를 했다.

"저는 정말이지 이대로 죽는 게 아닐까 싶어서……."

밝은 표정으로 말하는 리쓰코의 눈을 마신은 피하는 듯했다.

— 내가 말했잖아, 그건 간단한 거라고. 두통을 치료하는 건 식은 죽 먹기지.

마신이 하지만, 하고 말을 덧붙였다.

— 아까도 말했듯이 마신도 이뤄줄 수 없는 소원이

있어. 그게, 그, 말을 꺼내기 참 어려운데, 나는 당신의 두통을 치료할 수는 있지만 수명을 연장시킬 순 없어. 인간의 생명 길이를 결정하는 건 아마도 하늘에 계시는 신의 일이지. 마신 따위가 닿을 수 있는 영역이 아니니까.

"음, 그러니까, 그게 무슨 말인지?"

— 당신의 목숨은 오늘 밤까지야. 당신의 인생은 오늘로 끝이지. 슬프게도 나는 알고 있어. 오늘 밤 잠들면 다시는 깨어나지 못할 거야. 새벽을 맞이하는 일은 없겠지.

담담한 목소리로 마신이 말했다.

— 그렇지만 나는 당신을 아끼니까, 마지막 순간에도 괴롭지 않도록 도울 거야. 원래 인간은 태어나고 죽기를 반복하지. 그러니까 죽음은 생각보다 슬픈 일이 아니야. 우울해하지 마. 이번 생은 오늘 밤으로 끝나버리지만, 당신은 금방 건강하고 행복한 모습으로 다시 태어날 거야. 이 세상 어딘가에서, 분명히.

그렇게 중얼거리는 마신의 수염이 아래로 축 처쳤다. 고개를 숙인 그 모습에서 리쓰코는 갑작스러운 죽음 선고를 받아 놀란 자신보다 마신이 훨씬 울적해 보인다고 생각했다.

조금씩, 마신의 말이 가슴에 스며들면서 피할 수 없는 슬픔과 약간의 불안과 공포가 리쓰코의 마음속에서 새어나왔다. 그렇지만 순식간에 풀이 죽어가는 마신이 고양이 모습을 하고 있어서인지 어쩐지 사랑스럽게 느껴졌다. 조금 전까지만 해도 정말 즐겁고 들떠 있는 것처럼 보였는데, 지금은 기운이 푹 죽은 모습이었다.

'맞다, 그러고 보니.'

리쓰코는 문득 마신은 큰 힘을 가졌지만 자연에서 태어난 순수한 영혼이라 희로애락이 격하다는 걸 어느 책에서 본 것 같았다. 눈앞의 마신은 진심으로 리쓰코의 운명을 슬퍼하는 것처럼 보였다. 큰 덩치가 작게 움츠러드는 것 같기도 했다. 무력한 외톨이 새끼 고양이처럼.

"그렇구나. 나 죽는구나."

리쓰코는 웃었다. 웃어 보였다. 어느새 리쓰코는 무의식 중에 왕관을 쓴 마신의 커다란 머리를 만지고 있었다. 그렇게 한동안 가만히 쓰다듬어 주었다. 길고 흰 털은 반들반들 윤기가 흘러 부드럽고 따뜻했다. 마신은 싫은 내색 없이 그저 리쓰코의 손길을 받아내고 있었다. 그리고 희미하게 갸르릉, 하고 울었다.

'정말로, 더 일찍 마법을 만났더라면 좋았을 텐데.'

리쓰코는 마신이 슬픈 얼굴을 내보이지 않아도 되
는, 그런 만남이었으면 좋았을 거라고 생각했다. 그래
도 리쓰코는 살며시 웃으며 비록 오늘이 인생의 마지
막 밤일지라도 이렇게 마법을 만날 수 있어 다행이라
고 여겼다.

세상에는 불가사의한 일과 기적이 있다고. 그렇게
믿으며 이번 생과 작별할 수 있다면, 분명 멋진 꿈을
꾸면서 영원히 평온한 잠을 잘 수 있을 것 같았다.

'맞다, 그리고……'

리쓰코는 이렇게 영혼의 존재를 알게 된 이상, 인생
이 끝난 후의 시간 어딘가에서 사랑하는 조부모와 젊
은 나이에 세상을 떠난 아빠, 그리고 엄마를 만날 수
있을 것 같았다. 돌봤던 고양이들과 더 사랑을 주고
싶었던 고양이들에게, 살리지 못한 고양이들에게 사과
할 수 있을 것 같았다.

그렇다면 쓸쓸하지는 않을 거라고, 오히려 조금 기
대되기도 했다.

"마신님, 한 가지 부탁이 있어요."

리쓰코는 마신에게 살며시 말을 걸었다.

"만일 제가 오늘 밤에 죽는다면 멜로디가, 제 곁에

있는 이 검은 고양이는 혼자가 될 거예요. 이 아이가 어디선가 건강하게 살아갈 수 있도록, 다정한 주인을 만나 계속 함께할 수 있도록 지켜주시면 안 될까요?"

검은 고양이는 입을 떡 벌렸다. 무슨 소리를 하냐는 듯이 리쓰코의 얼굴을 올려다봤다.

리쓰코는 몸을 숙여 검은 고양이에게 말했다.

"미안해, 멜로디. 나는 너와 함께 살아갈 수 없을 것 같아. 그렇지만 우리가 헤어져도 어딘가에서 계속 너를 지켜볼게."

검은 고양이는 입을 꾹 다물었다. 그러더니 마법의 램프에 제 몸을 비비며 인간의 말로 분명하게 외쳤다.

― 마신님, 당신은 인간만이 아니라 고양이 소원도 들어줄 수 있나요?

고양이 모습을 한 마신은 어라, 하는 표정으로 푸른 눈을 크게 뜨고 흥미로운 표정을 지었다.

― 나는 고양이 마신이다. 이 모습으로 태어난 이상, 인간만큼이나 고양이도 좋아하고 사랑스러워하지. 이루고 싶은 소원이 있느냐?

― 네, 있어요.

검은 고양이는 고개를 들었다. 초록색 눈동자가 불타오르듯 반짝였다.

— 리쓰코 대신에 제가 죽으면 안 돼요? 그렇게 할 수는 없나요? 리쓰코는 상냥하고 좋은 사람이에요. 이렇게 갑자기 죽으면 안 돼요. 더 오래 살아야 해요.

초록색 눈망울에서 눈물이 흘렀다.

— 고양이는 수명이 짧아서 인간보다 더, 더 많이 다시 태어난다고 옛날에 누군가한테 들었어요. 제가 가진 많은 목숨을 리쓰코에게 양보하고 싶어요. 저는 다시 태어나지 않아도 돼요. 그러니까 제 소원을 들어주세요.

마신은 놀란 듯 푸른 눈을 크게 뜨고는 한숨 섞인 목소리로 중얼거렸다.

— 이거 곤란한데, 어떻게 해야 하나?

"어떻게고 뭐고 말도 안 되는……."

리쓰코는 어찌할 바를 모르며 마신과 검은 고양이에게 말했다.

"이 아이의 목숨은 이 아이 거예요. 제 수명이 오늘 밤으로써 끝이라면 그걸로 됐어요. 저는 이미 충분히 산 것 같아요. 솔직히 재미도 없고 남들 눈에 띄지 않는 평범한 길가의 돌 같은 인생이었지만, 그래도 돌아보면 즐거운 일도, 기쁜 일도 많았어요. 나름대로 열심히 살아왔구나 싶어요."

검은 고양이를 설득하기 위해 한 말인데도 마신을 향해 입밖으로 내뱉는 순간 리쓰코의 가슴속에서 무언가가 조용히 차올랐다. 평범한 인생이었지만, 어쩌면 누구의 기억에도 남아 있지 않을 덧없는 삶이었을지도 모르지만, 리쓰코는 스스로 좋은 삶을 살아온 것 같은 기분이 들었다.

사치를 부릴 수는 없었어도 그럭저럭 맛있는 것도 만들어 먹고 마셨다. 아침저녁으로 맑은 하늘도 봤다. 멋진 음악도 들었다. 이웃들과 사소한 이야기를 나누는 것도 좋았고 회사에서 일하면서 세상에 아름다운 것을 형태로 남기는 것에 조금이라도 관여할 수 있어서 좋았다. 세상 한구석에서 반짝반짝 빛나는 것을 발견하고 올려다보며 남몰래 박수를 치는 그런 인생이었지만 그런 자신이 싫지 않았다.

'그래, 나는 내가 좋았어.'

성인군자가 아니었기에 리쓰코도 당연히 아쉬움이나 더 갖고 싶은 것도 있었다. 젊었을 땐 나름 꿈도 꿨었고 실연도 당해봤다.

'열심히 살았으니, 됐어.'

리쓰코는 무엇보다 자신을 인정해 주고 싶은 마음이 들었다.

'적어도.'

눈앞에 있는 고양이 모습을 한 마신과 발밑의 작은 검은 고양이에게 이렇게 사랑받고 관심받는 존재였다. 자신이 그러한 사람이라면 그걸로 충분하다고. 아무도 모르는 동화 같은 멋진 인생이었다고 생각했다.

'나, 이 세상을 정말 좋아했어.'

리쓰코는 자신이 살아온 세상을 좋아했다. 마침 이 시대에 태어나 많은 사람과 함께 사는 것이 좋았다. 그런 세상에서 자신만 잘려 나가듯 떠나가야 한다는 사실이 쓸쓸했다. 이 세상의 미래를 조금 더 보고 싶은 마음은 있었지만 그래도 욕심내지 않으려 했다.

충분히 스스로 행복하게 살았다. 이 세상에서 오늘까지 살아왔다.

'그 사실을 기뻐하자. 괜찮아, 기뻐할 수 있어.'

행복했으니까.

그렇게 생각하자 리쓰코는 밝고 환하게 웃을 수 있었다.

초록색 눈망울에서는 눈물이 계속 흘렀다. 리쓰코는 검은 고양이의 작은 머리를 쓰다듬고 안아주며 말했다.

"고마워, 정말 고마워. 이제 나는 괜찮아. 그보다 이렇게 멜로디와 이야기를 할 수 있다니, 기쁘네."

— 나도.

검은 고양이가 훌쩍이며 대답했다.

— 내가 항상 고양이 말로 리쓰코를 향해 말했는데, 리쓰코 귀에는 들리지 않는 것 같았어. 그래도 지금 이렇게 많은 이야기를 나눌 수 있어서 기뻐.

검은 고양이는 눈을 감고 울음소리를 내며 리쓰코의 가슴께에 작은 머리를 비볐다.

그때 마신이 조용히 말했다.

— 세상에는 가끔 마법 같은 신기한 일들이 벌어지기 마련이지. 검은 고양이 아가, 네가 목숨을 던져도 좋을 만큼 이 아가씨를 사랑했기에 운명을 덤으로 받은 건지도 모른다. 순수하고 착한 마음에는 언제나 상냥한 보답이 따라오지. 하늘의 신이 지켜보고 있을 수도 있으니까.

마신은 그렇게 말하며 한참을 생각하더니 이윽고 깊은 한숨을 내쉬었다. 그 한숨에 아름다운 가슴털이 살랑 나부꼈다.

마신은 다정한 목소리로, 그러나 엄숙하게 리쓰코와 검은 고양이에게 말했다.

— 거듭 말하지만, 인간의 수명은 마신이 바꿀 수

없어. 검은 고양이는 이 세상에 홀로 남겨질 거야. 하지만 아가씨의 소원대로 행복하게 살 수 있도록 내가 도와줄 테니…….

— 그건 싫어요.

검은 고양이는 발톱을 세워 리쓰코의 몸에 매달렸다. 절대로 떨어지지 않겠다는 듯이.

— 혼자 살 바에는 안 살래요. 나는 리쓰코와 함께하고 싶어요.

리쓰코는 아무 말없이 검은 고양이를 꽉 껴안았다. 작은 발톱이 어깨와 팔에 파고드는 아픔마저 사랑스럽고 애틋하게 느껴졌다.

하는 수 없지,라며 마신이 중얼거렸다.

— 아가씨, 한 가지 제안이 있어. 이런 건 어때? 수명을 늘려줄 수는 없지만 새로운 생명으로 다시 태어나는 거라면 이 마신이 해줄 수 있지. 이봐, 아가씨. 사람이 아닌 존재가 될 각오는 있나?

"사람이 아닌 존재라면?"

— 둘의 영혼. 사람과 고양이는 분명 다른 생물이지만 유대감이 아주 강하지. 그러니 둘이서 하나의 존재가 되는 거라면 가능할지도 몰라. 하지만 이건 사람도 고양이도 아닌, 마신에 가까운 존재가 된다는 걸 의미

하지. 사람으로도, 고양이로도 살아갈 수 없다는 말이야. 서로 한 번의 목숨을 끝내기 때문에 더 이상 나이를 먹지 않아. 그리고 두 번 다시 죽지도 않지. 이 세상의 이치를 벗어난 영혼이 되는 거니까. 인간 사회 속에서는 살아갈 수 없는 외로운 존재가 될 수도 있어. 정들고 익숙한 동네를 떠나 여행을 반복하게 될 거야. 그런 존재라도 괜찮다면, 내가 마법을 걸어주지.

리쓰코는 검은 고양이를 끌어안았다. 그러고는 마신에게 물었다.

"인간의 삶에서 벗어나 여행 같은 삶을 살게 된다고 해도, 누군가를 가만히 지켜보는 건 가능한가요? 그 행복을 빌어주는 건요?"

사람이 아닌 존재가 된다고 해도, 그것만 허락된다면 리쓰코는 괜찮을 것 같았다.

마신은 고개를 끄덕이며 리쓰코에게 다정한 시선을 보냈다.

— 당신은 사람을 무척 좋아했지. 사람들 속에서 살아가는 걸 좋아했어. 그래, 그럼 내가 한 가지 축복을 주겠다. 착한 사람에게 주는 선물이야. 나 마신에게는 사소한 마법이지만 사람이 보기에는 기적과도 같은, 커다란 마법의 힘을 쓸 수 있게 해주지. 만약 당신이

앞으로 도와주고 싶고 행복하게 해주고 싶은 누군가를 만났을 때, 그렇게 해줄 수 있는 만큼의 힘을 주겠다. 당신의 손길로 누군가를 구하고 행복하게 할 수 있는 마법의 힘을.

리쓰코는 자기 손바닥을 바라봤다.

'누군가를 행복하게 할 수 있는 힘.'

이 늙고 메마른 작은 손바닥에 그런 힘이 깃든다면.

마신의 목소리가 조용히 말을 이었다.

— 오늘 밤, 평안히 잠든다면 사람으로서의 수명은 끝난단다. 영혼은 먼 하늘나라로 떠나겠지. 그러나 그것이 본래 너의 인생. 하지만 오늘 밤 잠드는 것을 선택하지 않는다면 영원히 죽지 않는 생명을 얻게 돼. 어느 쪽이 좋으려나?

리쓰코는 고개를 숙였다. 깊이 숨을 내쉬면서 침착하고 냉정하게 생각했다.

그러고 나서 대답했다.

"마법의 힘을 주세요."

리쓰코는 검은 고양이를 꼭 끌어안았다.

그렇다, 리쓰코는 줄곧 마법사가 되고 싶었다. 착한 마법사. 마법사로 살 수 있다면. 누군가의 행복을 빌고 지킬 수 있다면.

'분명 외롭지 않은 삶이 될 거야.'

한곳에 쭉 머물 수 없는 삶을 살게 된다 해도, 이 세계를 떠돌게 된다 해도 그걸로 충분하다고 생각했다. 분명 즐거운 나날이 될 거라고, 리쓰코는 즐겁게 살아보고 싶었다.

리쓰코는 대담하게 웃었다.

소설 속 주인공이 된 듯한 기분으로.

그렇다, 리쓰코는 이제 아무도 모르는 소설의 주인공이 되는 것이다. 남모르게 누군가를 구하고 축하하고, 지킬 수 있는 존재로.

☕

— 셀 수 없는 바다의 모래알만큼 긴 세월을 사는 위대한 나, 마신의 이름으로 당신과 당신의 검은 고양이에게 새 생명을 주겠노라.

마신은 흰 날개를 펴고 엄숙한 목소리로 그렇게 말했다.

리쓰코는 낡은 연립주택의 좁다란 현관에서 왕관을 쓴 마신이 자신과 검은 고양이에게 마법의 축복을 내리는 기적의 광경을 보고 있었다. 검은 고양이를 끌어안은 채, 소설이나 꿈의 한 장면을 마주한 것처럼 홀린 듯 바라보았다.

설마, 오십여 년을 살아온 리쓰코 인생의 마지막 밤에 이런 마법을 만날 줄이야.

마신은 통통하고 하얀 앞발을 하나 들더니 휘리릭 휘날리듯 움직였다.

마치 그 손이 금빛과 은빛의 모래를 뿌린 것처럼 현관에 부드러운 빛의 파도가 천천히 퍼져나갔다. 레이스 베일을 씌우듯 그 빛은 리쓰코와 검은 고양이에게 내려앉으며 둘을 감싸안았다.

'아, 따뜻해⋯⋯.'

봄볕에 둘러싸여 있는 듯한, 햇볕이 드는 방에서 꾸벅꾸벅 졸고 있는 듯한, 그런 부드럽고 정겨운 온기가 머리와 목, 어깨를 이어 리쓰코의 온몸을 감쌌다. 검은 고양이도 편안한지 갸르릉, 울리는 소리를 냈다.

쿵, 하고 묵직하고 낮게 울리는 소리에 리쓰코는 마치 꿈에서 깨어난 것처럼 눈을 떴다.

눈앞에 펼쳐진 광경이 믿기지 않아 눈을 크게 부릅떴다. 발치에 리쓰코가, 자신이 누워 있었다. 몸을 둥글게 말고서 움직이지 않는 작은 검은 고양이를 안은 채 행복한 미소를 머금고 쓰러져 있었다.

"어라, 이건……."

그렇다면 여기 누워 있는 리쓰코를 보고 있는 리쓰코는 누구인가?

리쓰코는 현관에 놓인 익숙한 모습을 살펴보기 시작했다.

검은 고양이를 품에 안은 채 의아한 표정을 한 리쓰코가 거울에 비치고 있었다. 품 안의 검은 고양이도 신기한 듯 눈을 깜빡이며 거울을 쳐다봤다.

'아, 그렇구나.'

리쓰코는 품 안의 검은 고양이를 고쳐 안고 자신과 고양이의 시신을 내려다보며 천천히 깨달았다. 마치 나비나 매미가 허물을 벗듯 사람으로서의 낡은 몸을 벗어 던진 자신이 여기 있음을 알았다. 더 이상 사람이 아니게 된 자신이.

마신은 마치 리쓰코의 마음을 읽기라도 한 것처럼 '보다시피' 하는 몸짓을 하며 푸른 눈동자로 다정하게 눈을 맞췄다. 푸른 눈에서 걱정스러움이 느껴졌기에 리쓰코는 살며시 미소를 지으며 고맙습니다, 하고 감사의 마음을 깊게 담아 고개를 숙였다.

리쓰코는 과거 자신의 몸 가까이에 가만히 쭈그리

고 앉았다. 검은 고양이도 품에서 빠져나와 제 작은 몸 옆으로 바짝 다가섰다. 리쓰코는 자신이 늘 입던 실내복 니트 원피스 어깨 언저리에 두어 개의 작은 털 뭉치가 생긴 것이 보였다.

"어머, 몰랐네."

리쓰코가 오래 입었고, 아끼던 원피스였다. 정성껏 손질한 뒤 계절마다 옷장에서 꺼내 입곤 했었는데 여기저기가 닳아 해져 있었다.

낡은 니트로 뒤덮인 야위고 둥근 자신의 어깨를 마주하자, 리쓰코는 문득 애틋해져서 그 어깨를 가만히 쓸었다.

'참 열심히 살았다.'

이미 호흡은 멈춰 있었지만 아직 따뜻한 어깨를 몇 번이나 쓰다듬었다. 애썼어, 정말 애썼다,라는 마음을 담아서.

리쓰코는 과거의 자신에게 짧은 작별 인사를 한 뒤 일어섰다. 지금까지의 몸과 달리 가볍게 두둥실 움직이는 게 신기했다. 사람이 아닌 느낌이 이런 건가 싶었다. 목을 돌리고 어깨도 돌려봤다.

"굉장하네. 어깨 결림이 다 나았어."

컴퓨터를 쓰는 일을 했기 때문인지 아니면 책을 자

주 읽어서 그랬는지, 리쓰코는 어깨가 늘 뻐근했고 딱딱하게 굳어 있었다. 하지만 지금은 목도, 어깨도 가벼웠다. 잠을 푹 자고 일어난 개운한 아침이나 온천욕을 마친 듯한 느낌이었다.

"뭐랄까, 젊어진 것 같은 느낌."

— 당연하지.

킥킥거리며 마신이 웃었다.

— 당신은 다시 태어난 셈이지.

마신은 긴 손톱으로 신난다는 듯이 리쓰코를 가리켰다.

— 오히려, 그 몸에는 나이가 없는 것과 같단다. 시간의 속박에서 벗어났으니. 그러니 당신이 원하면 젊어질 수도 있고 늙을 수도 있어. 시험해 봐도 좋아.

리쓰코는 어안이 벙벙한 표정으로 망설이다가 "그럼 젊게"라고 작게 중얼거리며 가벼운 마음으로 빌었다. 중학생 무렵의 머리를 늘어뜨린 모습을 떠올리며.

아무런 예고도 없이 전신 거울에 비친 리쓰코의 모습은 십 대 소녀의 모습으로 돌아가 있었다. 멜로디가 눈을 끔뻑이며 그 모습을 바라보다가 품 안으로 뛰어들었다.

전생의 멜로디가 익히 알던 그리운 모습이었기 때문

인지 가슴에 제 얼굴을 가져갔다.

"세상에, 이걸, 뭐라고 해야 하나?"

리쓰코는 자신이 마치 TV 만화 속 마법 소녀 같아서 재미있고 부끄럽기도 했다.

다시 시험 삼아 나이 든 모습을 생각하며 빌자, 거울 속에는 차분한 분위기를 풍기는 백발 여성의 모습이 나타났다. 지적인 분위기는 돌아가신 엄마를 닮았지만, 좀 더 온화한 느낌을 가진 상냥해 보이는 여성이었다.

'나는 이렇게 늙어갔겠구나…….'

친구가 되고 싶은 그런 여성이었다. 이런 모습이 된 자신을 보고 싶었다. 백발이 성성한 모습으로 한가로이 이 동네에서 살아가는 자신을.

원래의 모습으로 돌아오자 리쓰코의 마음이 조금 편안해졌다. 거울에 비치는 익숙한 나이대의 모습이 역시 좋았다. 오십 대가 되면 얼굴에 검버섯도 생기고 흰 눈썹도 듬성듬성 보인다. 때로는 젊은 시절이 그립기도 하고 늘어진 피부가 서글프기도 했지만, 리쓰코는 역시나 지금의 제 얼굴도 꽤 마음에 들어 했음을 깨달았다.

멜로디가 뭔가 말하고 싶어 하는 얼굴로 작게 입을

벌리고서 리쓰코를 바라봤다. 품 안의 그 모습은 조금 전까지의 검은 고양이와 같았지만 초록색 눈동자는 빛났고 털은 윤기가 흐르며 건강해 보였다. 작은 고양이 또한 새롭고 건강한 갓 태어난 몸을 얻은 것이다.

— 리쓰코, 우리는 영원히 함께야. 두 번 다시 이별은 없을 거야.

리쓰코는 멜로디의 마음을 가슴으로 느낄 수 있었다. 행복한 마음이 따뜻한 파도처럼 부드럽게 밀려오는 것을 느꼈다. 이 느낌이 이 고양이와 하나의 존재가 되었다는 말인가 생각했다.

리쓰코는 멜로디를 껴안았다. 갸르릉거리는 소리를 들으며 체온을 느끼자, 자신은 이것 말고는 바라는 게 아무것도 없을지도 모른다고 생각했다.

먼 지난날에는 살리지 못했던, 다시 한번 이 품에 안고 싶다고 소망한 끝에 재회한 작은 생명. 리쓰코는 행복한 삶의 마지막에 신에게 선물을 받은 것 같았다.

그러면서도 한편으로는 궁금한 게 있었다.

"저기……."

리쓰코가 마신에게 물었다.

"혹시 저와 멜로디의 시신은 이대로 남게 되나요?"

온화한 표정으로 검은 고양이를 안은 채, 현관에 누

운 모습으로 리쓰코라는 인간은 일생을 끝내게 되는 걸까.

— 그래. 그렇게 될지도 모르지.

마신이 조용히 대답했다.

— 이 세상에 사는 대부분의 인간들은 마법이나 기적을 믿지 않아. 시신은 여기에 있지만 영혼이 행복하게 여행한다는 생각은 하지 않지. 천 년 전부터 지금에 이르기까지, 인간이란 원래 그래. 죽을 운명이었던 당신이 낡은 램프의 마신에게 도움을 받아 영원한 생명을 얻게 되었다고는 상상도 못 하지.

그건 리쓰코도 같은 생각이었다. 왜냐하면,

"그런 동화 같은 일이 일반적이진 않으니까요."

리쓰코는 절실히 고개를 끄덕이며 한숨을 내쉬었다.

"그건 그렇고, 이대로 두면 저는 그냥 고독사가 되겠네요."

가엾다, 불쌍하다,라는 말을 듣게 될까? 리쓰코를 알았던 사람들에게도, 몰랐던 사람들에게도. 식물이 무성한 낡은 연립주택에서 늦가을 차가운 비가 내리는 밤, 혼자 사는 외로운 여자가 갓 주워 온 고양이를 안고 죽었다고.

리쓰코는 한숨을 내쉬며 어깨를 으쓱였다.

농정받는 건 괜찮았다. 혹시 비웃음을 사거나 질책을 받더라도, 사람들이 어떻게 생각해도 상관없었다. 하지만 리쓰코는 자신을 아는 사람들이 슬퍼할 거라고 생각하면 그것만은 마음이 아팠다.

단 한 사람, 마법의 램프를 리쓰코에게 양보한 점쟁이. 그녀만은 틀림없이 진상을 알아차릴지도 모른다. 그렇게 생각하자 리쓰코는 구원받은 기분이 들었다. 세상에 단 한 사람이라도 리쓰코가 불행한 죽음을 맞이한 건 아니었다는 걸 알아줄 사람이 있다면.

'그 할머니는 모든 걸 알고 있었던 걸까……'

리쓰코의 미래도, 인간으로서의 수명도, 그 이후의 운명도.

리쓰코는 할머니가 이 현관에서 했던 말이, 그때는 이상하게 들렸던 말들이 떠올랐다. 구원받았다고 생각했지만 리쓰코는 어찌할 바를 몰랐다. 앞으로 어떻게 해야 하지? 어디로 가야 하지? 하면서.

이제 이 집을 떠나야 할 것이다. 어쨌거나 지금의 리쓰코는 리쓰코이지만 리쓰코가 아니다.

다행히 지금은 밤. 한밤중이다. 아침이 되기 전에 이곳을 떠나면 누구의 눈에도 띄지 않을 것이다. 의심을 사지 않고 조용히 어둠을 틈타 사라질 수 있을지도.

"어쩐지 야반도주라도 하는 것 같네."

리쓰코는 자신도 모르게 중얼거리고 말았다. 아무 잘못이 없는데도.

— 마법을 써보렴.

반쯤 어이없다는 목소리로 마신이 말했다.

— 빗자루를 들고 하늘을 날든, 모습을 감춰 투명인간이 되든, 지금의 당신은 무엇이든 할 수 있단다.

"아, 그렇구나. 그렇군요."

리쓰코는 마법의 빗자루도, 투명인간이 되는 것도 마법사다워서 근사하게 여겨졌다.

마음이 홀가분해졌다. 어릴 적 좋아했던 동화책 그 자체 같아서 리쓰코는 드디어 모험이 시작된 것 같은 느낌이 들었다.

동시에,

'내가 여기를 떠나면, 모두 쓰레기가 되는 걸까?'

집을 둘러보자 리쓰코의 슬픔이 더해졌다.

낡은 집이라 해도 조부모 때부터 오랜 시간 애정을 갖고 살아온 집이었다. 그 모든 것과 작별하게 되는 걸까. 마치 모든 걸 다 버리고 가는 것처럼.

조부모가 애지중지 아끼다가 물려받은 오래된 테이블이나 의자, 찻장도. 좋아했던 티포트와 작은 냄비,

프라이팬도. 어렸던 리쓰코가 올려다봐야 할 만큼 큰 책장도. 그곳을 꽉 채운 책들도. CD와 레코드, 스테레오도. 십 대 때부터 듣고 있는 작은 라디오도. 이곳저곳 놓아둔 복을 부르는 고양이 인형들도, 선물받은 작은 빨간 인형도.

리쓰코는 자신이 죽으면 이것들 모두 누군가에게 치워지고 버려질 것이라 생각했다.

잡화는 상관없었다. 언젠가는 분명 단념할 것이었다. 어차피 영원히 곁에 둘 수 없는 물건이었으니까. 게다가 책도, 음악도 리쓰코의 마음속에 잘 남아 있으니 얼마든지 떠올릴 수 있다. 그러니 괜찮았다.

그렇지만.

'식물들도, 고양이들의 유골함도.'

버려질지도 모른다.

그 생각이 들자 리쓰코 마음이 아파왔다.

현관에 늘어선 초록 식물들이 조용히 자신을 바라보고 있는 듯한 기분이 들었다. 다정한 목소리로 우린 괜찮아,라고 말해주는 것 같았다.

— 걱정하지 마, 잘 다녀와.

— 우리는 시들어도 돼. 이 세상 어딘가에서 다시 움틀 테니까.

─ 그러니까 꼭 다시 만나자.

─ 이별이 아니야. 우린 또 세상 어딘가에서 만날 테니까.

희미하게 속삭이는 듯한 목소리가 리쓰코에게 들린 것 같았다.

"시들어도 된다니, 그런 말이 어디 있어."

화분 하나하나 리쓰코가 소중히 가꿔온 온 식물들이었다. 이 집에서 함께 살아왔었다.

그리고 줄곧 챙겨온 고양이들의 유골함도. 빛바랜 주머니에 싸인 낡은 항아리는 남들 눈에 그저 낡은 주머니처럼 보일 테지만, 그저 재나 뼛조각이 들어 있는 물건으로 보이겠지만, 리쓰코에게는 사랑하고 사랑받으며 하루하루를 함께 보낸 생명의 흔적이 가득 든 항아리였다.

"모두 데리고 갈 수 있으면 좋을 텐데."

그렇게 중얼거렸을 때, 마신이 진심으로 어이가 없다는 듯이, 그러나 매우 즐거운 얼굴로 말했다.

─ 데리고 가면 되지.

"네?"

─ 이거 참, 하는 수 없지. 덤으로 줄게.

마신은 좀이 쑤시는 듯한 말투로 말하더니 흰 날개

를 활짝 펼쳤다.

그리고 도도하게 시를 낭독하듯 말을 이어갔다.

― 한 번의 생을 마감하고 재로 돌아가는 영혼이여. 부드러운 털과 반짝이는 눈동자, 초승달 같은 손톱을 가진 자들이여. 너희 주인과 함께 떠나고 싶은 자는 지금 잠에서 깨어나 항아리에서 나와 주인에게로 얼른 돌아가라.

빗소리만 조용히 들리는 밤에 어디선가 달그락거리는 소리가 울렸다. 무슨 뚜껑이 열리는 듯한 소리였다. 그러더니 이어서 스르륵 끈이 풀리는 듯한 소리까지. 계속해서 달그락달그락. 스르륵. 고양이들의 유골함이 놓여 있는 안쪽 방에서 들려왔다.

고요한, 아주 희미한 발소리 여러 개가 점점 가까워지는 것이 느껴졌다.

현관 쪽, 리쓰코가 있는 곳으로 무수한 발소리가 다가오고 있었다. 조용하고 부드러운 발소리의 주인들이 이내 그 모습을 나타냈다.

고양이들이었다. 오래된 사진처럼 어딘가 빛바랜 색채의 고양이들이 잔뜩 늘어서서 리쓰코를 반갑게 올려다봤다.

지금까지 리쓰코가 마지막을 배웅해준 고양이들이

었다. 리쓰코는 모두 기억하고 있었다. 냄새도, 쓰다듬던 감촉도, 따뜻한 온기와 목소리도. 만져주고 안아주고 애정을 줬지만 작별할 때가 찾아와 헤어져야 했던 고양이들. 유골함 속에 잠들어 있던 고양이들이 모두 되살아나 리쓰코 앞에 있었다.

선두에 있던 유난히 커다란 얼룩 고양이가 고개를 들고 어딘가 의기양양하게 야옹, 하고 울었다.

"그렇구나, 모두 함께 와줬구나."

차오르는 눈물을 닦으며 리쓰코는 미소를 지었다. 다들 영혼이 되어 함께 와주었으니 유골함은 이제 필요 없을 것 같았다.

마신이 헛기침을 하며 목을 가다듬었다.

— 기뻐해 줘서 다행이야. 나는 고양이 마신이니까 고양이와 그의 가장 친한 친구가 행복해지는 건 좋은 일이지. 기분도 좋은데, 좋아, 덤으로 하나 더 주지.

현관에 늘어선 식물들 쪽으로 푸른 눈동자를 돌리며 마신은 주문을 외웠다.

— 흙에 그 뿌리를 내리고 잠을 자면서 잎사귀와 가지를 뻗고 꽃잎을 펼치는 자들이여, 너희에게 손으로 물을 주고 잎사귀의 먼지를 털어주는 착한 자와 함께 떠나고 싶은 자가 있다면 그 영혼은 얼른 흙에서

해방되거라.

마치 바다의 잔물결처럼 희미하게 술렁이는 소리가 현관과 집 주변에서 바스락거리며 들려왔다. 수많은 식물이 어느새 환영의 모습으로 리쓰코 곁으로 둥실 둥실 모여들었다. 무수한 흰 뿌리를 발처럼 움직이고 가지와 잎사귀를 하늘하늘 헤엄치듯 살랑이며 리쓰코 주위로 모인 것이다. 현관의 관엽식물들만이 아니었다. 작은 정원의 주민들, 늦가을에 짙은 색의 꽃을 피운 장미들도 있었고 화분에서 키우던 향초들도 있었다. 마치 어린아이가 따르듯 리쓰코를 둘러싸고서 좋은 향기를 주변에 풍겼다.

"세상에나, 다들 함께 와주었네. 고마워. 너무 기뻐."

리쓰코의 가슴에 무언가가 북받쳤다. 자신이 식물들을 좋아한 만큼 식물들도 자신을 좋아해 줬음을 느꼈다.

"감사합니다, 마신님."

리쓰코가 감사 인사를 전하자 마신이 웃었다.

— 모두 당신의 인덕이지. 이렇게 다들 당신과 함께하고 싶어 하잖아.

정말 그럴까요, 하면서 리쓰코는 다시 주위를 둘러봤다. 모두가 함께 와준 게 기뻤고 매우 즐거운 여행이 될 것 같았다. 고양이들 환영도, 식물들 영혼도 모두 설레고 즐거워 보였다.

'솔직히, 이 아이들과 함께라면 밤에 요괴들이 돌아다녀도 좋은 곳으로 느껴질 거야.'

혹은 철 지난 핼러윈 행렬이 되어버리는 건 아닌지, 리쓰코는 그 모습을 상상하니 왠지 이상했다.

'갑자기 대가족이 됐는데 자, 우리가 여행을 어떻게 하면 좋을까?'

새삼스럽게 리쓰코의 머릿속에서 아이디어가 번뜩였다. 그러고 보니 어렸을 때 좋아했던 마법사 만화에는 동료들과 함께 다닐 수 있는 탈것이 있었다.

어린아이가 운전할 수 있는 마법의 자동차. 하늘도 날 수 있는 그런 자동차.

그건가, 그걸 불러내면 되는 건가. 이 나이에 만화 주인공 같은 처지에 빠진 리쓰코는 지금 그것들을 답습해도 나쁘지 않을 것 같았다.

"저 마법 쓸 수 있는 거죠? 그게 그, 바라면 뭐든 이뤄지나요?"

— 그럼. 당신이 생각할 수 있는 건 뭐든지.

재미있다는 듯이 마신이 고개를 끄덕였다.

— 무엇보다 이 위대한 마신이신 내가 준 힘이니까.

104

리쓰코는 잠시 고민했다. 조금 전까지 평범한 인간이었던 리쓰코는 하늘을 나는 자동차를 눈앞에 만들어내는 마법을 어떻게 써야 좋을지 전혀 몰랐다.

동화에 나오는 마녀나 마법사처럼 지팡이나 부적 같은 것을 가지고 있는 것도 아니고, 만화 주인공처럼 마법 도구가 있어야만 가능한 이상한 주문을 아는 것도 아니었다.

그래서 담백하게 말로 소원을 빌었다.

"음, 모두를 데리고 갈 수 있을 만큼 크고 멋진 자동차를 원해요. 하늘을 날거나 바다를 건널 수도 있고, 면허가 없는 저도 자유롭게 운전할 수 있는 신기하고 편리한 마법의 자동차요."

리쓰코는 스케치북에 그렸던 것처럼 귀여운 자동차가 좋을 것 같았다. 그림 속 자동차 안에는 이 집에 있는 것처럼 낡은 가구와 작은 부엌이 있었다. 접이식 테이블과 의자가 쌓여 있어서 손님에게는 차나 요리를 대접할 수 있고, 붙박이 책장과 침대도 있는 아늑한 방 같은 자동차였다.

이 세상 그 누구도 본 적 없을, 그러면서도 어딘가 친숙하면서 정겨운 느낌도 드는 자동차면 좋을 것 같았다.

그때 바앙, 하고 현관 밖에서 경적을 울리는 소리가 났다. 나지막하니 따듯하게 울리는 엔진 소리가 들리면서 미닫이문 유리창으로 거리에 불이 켜지는 모습이 보였다.

리쓰코는 아직도 믿을 수 없다는 심정으로 현관문을 열었다. 고양이들과 식물들이 즐겁게 춤을 추듯 리쓰코의 뒤를 따라왔다.

집 앞 좁은 도로에 커다랗고 매끈해 보이는 파란 자동차가 세워져 있었다.

운전서에는 아무도 없었는데, 빗속에서 리쓰코 쪽을 향해 문이 열려 있었다. 차 안에서 켜진 불은 눈부신 빛처럼 마치 리쓰코 무리를 부르듯 현관을 향해 쏟아져 내렸다.

빗물에 젖은 자동차는 반짝이는 작은 꽃들로 휘감겨 있었다. 노랗고 사랑스러운 목향장미가 가득했다. 사랑했던 조부모의 찻집 외벽을 감싸듯 피었던 꽃들이 어느새 마법의 자동차에도 무성한 초록 잎을 수놓고 있었다.

그리하여 어느 늦가을 비 오는 밤.

리쓰코는 뜻하지 않게 그동안 평온하고 조용했던 일상과 이별하고, 신기하게도 마법으로 물든 새로운 삶을 살게 되었다.

'정말 신기한 일이야.'

마법의 자동차는 지금 밤하늘을 소리 없이 달리고, 아니, 비행하고 있었다. 리쓰코 아래로 비에 젖은 도시의 야경이 별을 아로새긴 듯 빛났다.

리쓰코는 비행기를 타 본 적 없었지만 지금 자신이 날고 있는 높이를 생각하니 즐거워졌다. 비행기보다는 낮지만 참새가 나는 것보다는 높을 거라고, 솔개나 까마귀가 나는 정도일 거라고 생각했다.

"분명 천사도 이 정도 높이로 날 거야. 사람의 행동을 지켜볼 수 있을 정도의 높이니까."

리쓰코는 무릎 위에 앉힌 멜로디에게 말을 건넸다.

멜로디는 무릎에 올라서서 창문에 젤리 같은 두 앞발바닥을 올려놓은 채 바깥을 구경하느라 정신이 없었다. 차량이 앞으로 나아가면서 뒤로 밀려가는 야경에서 눈을 뗄 수 없는 듯했다. 초록색 눈동자가 어린아이처럼 반짝반짝 빛나고 있었다.

— 그럼, 그렇고말고.

조수석에 앉은 마신이 대답했다.

— 나도 하늘을 날 때는 이 정도 높이가 좋아.

멜로디와 마찬가지로 마신의 푸른 눈동자도 흘러

가는 야경을 바라보고 있었다.

한동안 정신없이 보는 듯하더니 마신은 가볍게 하품을 했다.

— 몇 백 년 만에 밖에 나와서…… 말을 너무 많이 한 것 같아. 피곤해. 나는 이만 자러 갈게.

마신은 별똥별 같은 빛의 궤적만 남긴 채 훅 사라졌다.

커다란 놋쇠 마법 램프는 어느새 조수석으로 데구루루 굴러갔다. 그러더니 보이지 않는 손이 안전벨트를 단단히 매었다. 그 모습에 리쓰코가 킥킥거렸다.

마신은 리쓰코의 여행을 따라오게 되었다.

— 혼자 여기에 남기 싫어. 말동무도 없는 집을 혼자 지키고 싶지 않아.

마신은 그렇게 말했다.

— 나는 말이지, 아주 오랫동안 이 세상을 살아왔어. 얼마나 지루했는지 알아? 혼자 사는 것도, 시를 짓는 것도, 노래를 부르는 것도, 노는 것도 아주 질려버렸지. 끝없이 계속되는 아침과 밤의 반복도, 잊지 않고 돌아오는 사계절도 질리더라고. 나는 안 죽으니까, 아무리 이 세상이 아름다워도 질릴 수밖에. 그래서 나는 긴 낮잠과 무료함을 달랠 겸 램프 안에 들어가 있

었지. 잠을 자는 동안 뭔가 즐거운 일이 일어나지 않을까, 하고. 언젠가 엄청 재미있는 사람이 램프를 문질러 깨워주지 않을까, 그때까지 자고 있을까, 하고 말이야. 고양이는 잠을 좋아해서 언제까지나 잘 수 있지만 긴 세월 동안 딱히 재미있는 일은 없었어. 램프에 들어가 있는 동안 세상 곳곳을 여행하며 여러 사람들의 손에 넘겨졌는데도 말이야. 당신은 상냥한 사람이야. 당신 곁에 있게 해줄래? 특별히 해야 할 건 없어. 지금껏 해오던 대로, 아 이제 그건 무리인가. 그럼 그냥 당신답게 살아. 하늘의 푸르름에 넋을 잃고, 예쁜 꽃을 보면 순수하게 기뻐하고, 맛있는 차를 끓이고, 음악에 귀를 기울이는 그 모습 그대로 여행을 하면 돼. 당신이 들려줬던 일상 이야기가 나는 정말 좋았어. 거리 사람들의 모습이나 과거에 있었던 여러 추억담이라든지, 다양한 동네 풍경이라든지. 재미있게 웃을 수 있는 따뜻한 이야기, 그런 이야기를 계속 듣고 싶어. 내게 이야기를 들려줄래?

조금은 애틋하기도 하고 슬픈 목소리로 마신은 리쓰코에게 물었다. 아마 램프 속에서 멋진 긴 수염이 축 처진 채 미안하다는 표정을 짓고 있을 것이다. 반면 리쓰코는 우후후, 하고 웃었다.

'어머머, 마치 내가 아라비안나이트의 셰에라자드 공주 같네. 그보다 훨씬 행복하지만.'

리쓰코가 "어렵지 않아요"라고 말하자 램프 속에서 마신의 수염이 위로 번쩍 올라갔다.

'즐거울 것 같아. 분명 유쾌한 여행이 될 거야.'

리쓰코는 미소 지었다. 운전석의 넓은 창으로 전방의 밤 풍경을 바라보면서 고개를 가볍게 끄덕였다. 오래 살았던 동네도, 어릴 적부터 자라왔던 집도, 이미 한참 지나간 뒤였다.

리쓰코는 돌아보지 않을 것이다.

'나는, 죽지 않았으니까.'

살아서 이 세상에 존재하고 있으니까. 소중한 것들을 길동무 삼아 여행할 수 있으니까. 앞으로 영원히 살아갈 수 있는 생명을 얻었으니.

그동안 함께 지냈던 유골함에서 부활한 고양이들은 뒷좌석에 있었다.

지금쯤 창밖의 야경을 바라보거나 졸려서 잠들어 있을 것이다. 하지만 리쓰코는 곧 그 생각을 고쳤다. 영혼이니까 다들 질리지 않고 야경을 보고 있겠지. 보드랍게 모여서. 어쩌면 식물들도 흥미롭게 아래를 내려다보고 있을지도 모른다. 뒷좌석에는 분명 식물들의 좋은 향기가 그득할 것이다. 흡사 꽃집처럼.

문득 어떤 생각이 든 리쓰코는 핸들에 손을 얹은 채 마법 램프에 말을 걸었다.

"마신님, 혹시 저처럼 생각지 못하게 마법과 만나는 인간이 이 세상에 저 말고도 많나요?"

램프 안에서 졸음이 벤 목소리가 돌아왔다.

— 글쎄, 보통 인간이 상상하는 것보다는 더 신기한 일이 많을지도…….

목소리가 램프 속에서 웅웅 울렸다.

"그럼 혹시 길거리나 혼자 사는 집에서 홀로 죽은 사람들 중에는 저처럼 마법을 만나서 남몰래 행복하게 살아가는 사람들도 있을까요?"

리쓰코는 그 예로 소문이나 뉴스에서 들었던 슬픈 죽음에 대해 떠올렸다. 자신처럼 최후에 마법의 구원을 받아 세계 어딘가를 행복하게 여행하고 있다면. 빈 껍데기처럼 땅 위에 식은 몸만 남기고 이제 더는 춥지도, 굶주리지도 않고 자유의 몸이 되었다면. 지금 어디 에선가 웃고 있다면. 금빛 램프 속 마신은 아무런 대답도 해주지 않았다.

잠이 들었나, 하고 생각했을 때,

— 세상은 인간이 생각하는 것보다 훨씬 친절하니까.

램프에서 마신의 목소리가 들렸다.

— 분명 아주 많은 인간이 구원받고 있을 거야. 세상에는 마법도, 기적도 존재하니까. 인간이 알아차리지 못하고 있을 뿐.

마신은 계속 하품을 해대더니 이윽고 램프에서 고른 숨소리가 들렸다. 그때 음악이 듣고 싶어진 리쓰코가 물었다.

"이 차, 라디오 같은 거 들을 수 있나요?"

말이 끝나자마자 콘솔에 형형색색의 불을 밝힌 라디오가 나타났다. 옛날식 아날로그 손잡이를 돌리며 주파수를 맞추자 정겨운 노랫소리가 들렸다.

볕이 드는 양지 같은 부드러운 목소리. 루이 암스트롱의 「What a Wonderful World」였다.

빛 알갱이가 떨어지듯 차창 아래로 펼쳐지는 야경 속으로 투명한 비가 쏟아지고 있었다. 벌써 밤이 꽤 늦은 시간이었다. 야경을 밝히는 불빛, 그 하나하나의 빛 속에는 아직 일하는 사람, 집안일을 하는 사람, 공부하는 학생들이 있을지도 모른다. 자기 전에 마실 한 잔의 술을 준비하는 사람도. 행복하게 웃고 있는 사람도. 외롭고 쓸쓸한 사람도.

리쓰코는 하늘 위에서 빛의 조각들을 하나하나 내

려다보면서 천사 같은 표정으로 가만히 사람들의 행복을 빌었다. 함께 아래를 내려다보는 무릎 위의 고양이를 껴안고서.

자신은 이제 그 빛 속에서 잠을 잘 수도, 단순한 일상을 살 수도 없게 되었지만 천사의 시점으로 하늘에서 이렇게 아름다운 도시를 지켜볼 수 있다면, 멀리 여행 갈 수 있다면, 그것으로 만족스럽다고 생각했다

"나는 이 도시를 사랑해."

리쓰코는 세상을, 사람들이 사는 모습을 사랑했다.

제1장

해 질 녘의 히나 인형

화창한 봄의 오후.

　이름도 모르는 강 주변에 마법 자동차를 세우고 리
쓰코는 검은 고양이 멜로디와 함께 강가에 내렸다.

　한동안 리쓰코는 정처 없이 멋대로 여행을 해왔다.
하늘을 나는 건 즐거웠지만 이상하게 피곤해졌다. 자
신이 직접 날아다니는 것도 아니고, 피곤을 느끼지 않
는 몸이 되었는데도 말이다. 내려다보는 경치에 익숙
해져서 조금은 싫증이 났는지도 모른다. 목은 마르지
않았지만 문득 내려다보이는 깨끗한 강 옆에서 차라
도 끓이면 좋지 않을까 생각하던 참에 이곳에서 멈췄
다. 마법 자동차의 첫 발상이 캠핑카였기에 강변과 잘
어울릴 것 같다는 생각을 했고, 이곳에서 차를 마시면
그림 같은 풍경이 될 것 같았다.

'마치 캠핑 잡지 속 풍경 같네. 낚시 잡지에도 나올 것 같아.'

리쓰코는 캠핑도, 낚시도 가본 적 없었지만 그런 잡지를 읽는 것은 좋아했다. 램프와 랜턴, 야외용 조리 기구 사진과 카탈로그를 보는 것도 즐거웠다. 강가나 산에서 마시는 커피를 동경했던 때가 그리웠다. 리쓰코는 주로 집 안에서 지냈기 때문에 글이나 영상을 통해 여행을 대리 만족하는 시간을 보내곤 했다.

리쓰코가 지상에 내렸을 때, 머리 위에는 투명한 수채로 색칠한 것 같은 연한 푸른색의 하늘과 크레용으로 그린 듯한 흰 구름이 희미하게 펼쳐져 있었다. 비행기는 높은 곳에서 날아가고 있었고 강물은 햇살을 받아 물고기 비늘처럼 은빛으로 빛났다. 물속은 맑아서 수초가 흔들리는 모습이 다 보였다. 물살은 적당히 빨랐다. 상류의 속도는 아니지만 바다까지는 아직 멀었다는 느낌이 드는 강이었다.

강가에는 봄의 들풀이 여기저기에 녹색 잎사귀를 틔워 작은 꽃을 피워내고 있었다. 강의 건너편에는 노란 꽃물결이 보였다. 유채꽃이 가득 펼쳐진 풍경을 보며 리쓰코는 야마무라 보쵸의 시를 떠올렸다. 근처 주택가 정원에 분홍색 꽃이 피어 있었다. 틀림없이 복숭아

꽃일 거라고 생각하며 리쓰코는 가볍게 몸을 숙인 채 미소 지었다. 발밑으로 형형색색의 작은 별처럼 피어난 살갈퀴와 냉이, 큰개불알풀이 무척 사랑스러웠다.

"옛날부터 봄꽃은 이상하게 열심히 피는 것 같아. 이유가 뭘까?"

리쓰코는 봄꽃을 볼 때마다 유치원이나 초등학교에 다니기 시작한 아이들이 하늘로 두 손을 힘껏 뻗은 것 같은, 환한 미소가 이쪽을 보고 있는 듯한 한결같은 부지런함을 느꼈다. 부드러운 바람을 타고 좋은 향기가 흘러오는가 싶더니 문득 리쓰코는 "어머나"라며 작게 놀랐다. 조금 멀리 보이는 풀밭에서 조팝나무가 작은 하얀 꽃을 피우고 있었다. 잘 지은 그 이름처럼, 먹음직스럽게 튀긴 쌀 같은 꽃을 피우는 나무였다. 그 꽃들이 바람에 두둥실 흔들렸다.

멜로디가 옆에서 제비꽃 향기를 맡더니 가볍게 재채기를 했다.

— 나는 고양이라 잘 모르겠지만, 혹한을 이겨낸 꽃이라 더 강인하게 자라는 게 아닐까.

자동차 뒷문이 열리면서 고양이 영혼들이 우르르 강가로 내려와 따스한 햇살을 맞으며 뒹굴었다. 그러면서 서로를 쫓기도 하고 춤추듯 날아온 나비들에게 발을 뻗기도 했다.

"영혼이 되어도 고양이는 고양이구나."

햇볕을 쬐며 낮잠도 자고 싶고, 날아다니는 것이 있으면 쫓아가고 싶은 법이다.

모두 한 차례 재가 되었던 몸. 생의 마지막 무렵은 늙어서 살이 빠지고 병으로 누워 있어야 했지만, 지금은 그런 근심 없이 신난다는 듯 가볍게 움직이며 강가에서 놀고 있었다.

리쓰코가 빠짐없이 보살피고 장례까지 치른 고양이들이었다. 모두 유골함에 나란히 담았던 리쓰코 입장에서는 고양이들이 씩씩하게 하늘 아래서 뛰놀고 있다는 것만으로도 가슴이 쩡했다. 모두 되살아난 것도 아니고 쉽게 말하면 귀신, 환영 같은 존재였지만 리쓰코는 아주 따뜻한 봄날의 꿈을 선물받은 기분이었다.

울면서 떠나보낸 목숨들이 봄의 강가에서 놀고 있었다. 리쓰코는 이런 풍경을 보게 될 거라고는 생각지도 못했다. 이걸로 여한이 없다, 언제 죽어도 괜찮을 거라고 생각하던 리쓰코는 픽 웃음이 났다.

"이미 죽었잖아."

리쓰코는 발밑의 검은 고양이 멜로디를 안아 올리며 웃었다.

그러고 보니 강가의 식물들 사이에 드문드문 핀 장미와 기분 좋은 듯 가지와 잎을 뻗은 관엽식물들은 리쓰코와 함께 온 식물의 영혼들일 것이다. 자동차에 장식처럼 휘감긴 목향장미는 봄바람 속에서 가지를 뻗으며 춤추듯 흔들리고 있었다.

분명 지나가는 길에 누군가가 본다면 '식물 속에 파묻힌 저 푸른 자동차는 뭐야?'싶을 것이다. 저 강가가 저렇게 녹음이 짙었나 하고 이상하게 여길지도 모른다. 물론 지금 이 봄의 강가에는 인기척도 없고 강물만 조용히 흐를 뿐이었다.

리쓰코는 마치 이 세상의 주인이 된 듯한 기분이 들어 오롯이 강물과 바람 소리를 듣고 있었다. 품 안의 멜로디의 검은 귀도 같은 소리를 듣는 듯했다.

"시간이 멈춘 세상 같아."

실제로 시간이 멈춘 건 리쓰코와 멜로디였다. 한 사람과 한 동물은 사정이 있어 영혼이 되었고 이제 더 이상 나이를 먹지도, 죽지도 않는다. 시간의 흐름은 리쓰코네 영혼들만 남겨둔 채 흘러간다. 강물처럼.

"어머, 그렇다면 언젠가 태양이 늙어 적색거성이 될 때도 내가 지구에서 그 모습을 지켜봐야 하나?"

― 적색거성?

"음, 그러니까 태양은 늙어갈수록 커지는데, 그것 때문에 나중에 지구의 마지막 순간이 온대."

— 태양이 늙어갈수록 커진다고?

멜로디가 고개를 갸우뚱했다.

"응, 그렇게 되면 지구가 엄청 뜨거워지거든. 그래서 여기 살고 있는 생명인 인간도, 고양이도 그리고 꽃이나 풀, 개나 작은 새, 물고기도 모두 죽게 돼. 그 시대에 지상을 살아갈 생명들이 불쌍해. 어떻게 될지, 도망칠 수 있을지, 그런 걱정이 들어."

— 무섭네. 그 미래는 언제 올까? 내일이나 모레?

"오십억 년 정도 후의 일이래."

— 오십억?

멜로디는 다시 고개를 갸웃거렸다.

— 다음 주보다도 다다음 주보다도 더 후의 일이야? 한 달 정도?

리쓰코는 먼 미래의 인간이라면 어떻게든 살아남을 거라고 생각했다. 우주선을 타고 다 같이 대피한다든가, 다른 생물들도 어떻게든 구해준다든가. 노아의 방주처럼 말이다. 어쩌면 미래에는 태양의 팽창을 막을 수 있을 정도로 과학이 발달할지도 모른다. 오십억 년이면 뭐든 가능할 것 같았다. 그때까지 현 인류와 문명이 멸망하지 않는다면.

리쓰코는 팔짱을 꼈다.

"이건 어쩌면 먼 미래, SF소설이나 영화에 나올 법한 장면에 내가 등장할 가능성이 생겼다는 뜻일까?"

책과 영화를 좋아하는 리쓰코는 그런 세계 속의 등장인물이 된 것만 같아서 멋진 일이라는 생각도 들었다. 하지만.

"설마, 나와 멜로디만 죽지 않고 지구가 멸망하는 장면의 목격자가 되는 전개는 싫어."

그런 상상을 하자 리쓰코는 기운이 빠졌다. 그때 문득 바로 옆에서 누군가가 웃은 것 같았다. 돌아보니 어느새 누군가가 놓아둔 것처럼 금빛의 커다란 놋쇠 램프가 풀숲에 나와 있었다. 날개 달린 페르시아고양이와 넝쿨무늬 꽃들이 새겨진 램프는 어쩐지 의미심장한 모습으로 햇빛에 반짝이며 봄바람을 맞고 있었다.

리쓰코는 어깨를 으쓱이고는 몸을 살짝 숙여 램프를 쓰다듬어 주었다.

"마신님, 마신님. 바깥에 기분 좋은 바람이 불고 있어요. 차라도 한 잔할까요?"

장미꽃잎과 박하잎 향기가 나는 바람과 함께 날개 달린 거대한 흰 페르시아고양이가 마치 하늘 어딘가에서 내려온 것처럼 그 자리에 모습을 드러냈다. 머리 위의 금빛 왕관이 빛났다.

— 봄 강변에서의 다과회라, 꽤 멋지군. 그래, 나와 차를 마시고 싶다는 게 지금 너의 소원이라는 거지?

"그렇게 할까요?"

리쓰코는 미소 지었다.

— 그 소원, 들어주지.

마신은 거만한 눈빛으로 푸른 눈을 가늘게 접으며 풍성한 흰 털이 난 가슴을 젖혔다.

아라비아의 옛날이야기에 따르면, 마신은 램프에 갇혀 있어서 누군가가 그를 불러야지만 밖으로 나올 수 있었다. 어딘가 비극적 요소가 담긴 이야기지만, 리쓰코는 아무래도 이 고양이 마신은 자기가 원해서 램프 안에 들어갔고 누군가가 부르면 취미 삼아 나오는 듯한, 일종의 '램프의 마신 놀이' 같은 것일수도 있겠다는 생각이 들었다.

'램프에서 나오는 것도 원할 때 혼자서 마음대로 나올 수 있는 게 아닐까?'

리쓰코는 자동차 안의 작은 부엌에서 홍차를 끓였다. 가스레인지도, 냉장고도, 주전자도 모두 리쓰코가 이랬으면 좋겠다, 하고 바란 것처럼 사용하기 편리한 멋진 도구들이 그곳에 마련되어 있었다. 냉장고를 열자 익숙한 고급 우유와 버터가 들어 있었다. 버터는 유리 케이스에 들어 있었고 은색 버터 나이프가 곁들여져 있었다. 붙박이 찬장에는 리쓰코 취향의 찻주전자와 잔이 들어 있었다. 물론 실버 스푼과 설탕도 가지런히 놓여 있었다.

리쓰코는 어깨를 살짝 으쓱했다.

"마법이란 편리하네."

작은 창문에는 레이스 커튼이 쳐져 있었는데, 생전에 살던 집 부엌에 있던 것과 같아서 리쓰코는 흐뭇했다.

멋진 앞치마도, 편한 옷도 이런 게 있으면 좋겠다고 리쓰코가 바라면 그것들이 모두 나타났다. 괜찮아 보이는 레시피 책들도 어느새 만들어진 작은 책장에 가지런히 꽂혀 있었다. 두고 온 찻잔이 그리우면 그 자리에 생겨났다. 마치 보이지 않는 누군가가 리쓰코가 원하는 것만 붓으로 그려 넣는 것처럼.

차도, 과자도 그리고 요리도 죽지 않는 리쓰코의 몸에는 필요가 없는 것이다. 하지만 육체는 필요하지 않아도 마음은 허전하고 외로웠고, 손은 맛있는 것을 만들고 싶어 근질근질했다.

리쓰코는 강가에 작은 테이블을 꺼내어 갓 내린 홍

차와 어제 구운 호두를 넣은 코코아 쿠키를 쟁반에 실어 날랐다. 리쓰코가 필요하다고 생각하면 재료와 조리기구, 작고 세련된 오븐이 마치 처음부터 그 자리에 있었던 것처럼 자동차 부엌에 나타났다.

찻잔은 두 개. 리쓰코는 마신도 차와 커피를 좋아한다는 것을 이 여행을 시작하고서 알았다. 멜로디를 위해서는 닭가슴살을 찐 다음 잘게 찢어서 접시에 담아 준비했는데, 대뜸 멜로디가 두 발로 벌떡 일어서서 말했다.

— 내 건 내가 가지고 갈게.

멜로디는 작은 앞발로 능숙하게 접시를 들고는 꼬리로 균형을 잡으며 강가로 걸어갔다.

"어머, 어머, 세상에. 괜찮겠어?"

리쓰코가 뒤에서 말을 걸자 봄 햇살 속에서 멜로디가 살짝 뒤돌아봤다.

— 나, 전부터 이렇게 도와주고 싶었어. 사람처럼.

그러면서 초록색 눈동자로 활짝 웃었다.

봄날 강가에 부는 바람은 희미하게 달콤한 향기를 실어 왔다. 여기저기 피어 있는 다양한 꽃향기일 것이다. 나무의 싹 냄새도 아주 약간 섞여 있는 것 같았다.

날개 달린 고양이 마신과 멜로디와 함께 부드러운

햇살 아래 차를 마시며 시간을 보내고 있자 리쓰코는 문득 봄방학을 즐기는 것 같았다.

'끝나지 않는 영원한 봄방학이네.'

생각지도 않게 손에 넣은, 조금은 슬픈 긴 휴가 같기도 했다.

리쓰코는 고개를 들었다. 강을 따라 이어지는 산책로 같은 길에 심어진 어린 나무들은 아무래도 벚꽃 같았는데, 앞으로 몇 주 후면 꽃이 필 것 같았다. 문득 인간으로 사는 동안 벚꽃을 몇 번이나 볼 수 있을까 생각했던 기억이 떠올랐다.

'이제는 만개한 벚꽃을 영원히 볼 수 있게 되었구나.'

봄이 올 때마다, 그러니까 지구가 망하는 그날까지.

— 아까 한 이야기 말이야…….

폭신폭신한 발바닥으로 찻잔을 든 마신이 불쑥 말했다.

"아까 한 이야기요?"

— 오십억 년 후의 미래 이야기 말이야. 만약 태양이 활활 타올라서 지구에 생물이 살 수 없는 미래가 온다고 해도, 분명 그때도 살아남는 것들이 있을 거라고 나는 생각해.

'아, 램프 안에서 듣고 있었구나.'

마신은 차의 향기를 즐기듯 푸른 눈을 감으며 혼잣
말처럼 말했다.

— 그때도 아마 마신은 이 세계 어딘가에 있을 테니,
마법이나 기적이 모두를 지켜줄 거야. 이 지구상에 인
간이나 여러 생물이 건강하게 살아주지 않으면 재미없
지 않겠어? 분명 심심해서 죽을 거야. 나는 죽은 적이
없지만.

"그렇겠네요."

리쓰코가 고개를 끄덕이자 마신도 고개를 끄덕이며
차를 다 마신 뒤 한마디 덧붙였다.

— 뭐, 그때 가봐야 알겠지만. 마신은 모두 제멋대
로에 변덕스러우니까. 어느 시대든 분명 오십억 년 후
에도 그럴 거야.

봄날의 강가 들풀들은 바람에 한들거리며 초록 잎
을 흔들었고, 고양이 영혼들은 그 속에서 진줏빛을 내
뿜으며 즐겁게 쉬기도 하고 혹은 쫓아다니거나 하늘
을 올려다봤다. 하늘을 나는 자동차를 감싼, 사실은
너무 이른 꽃인 목향장미는 노란 별처럼 무수히 피어
나 초록 잎사귀에 빛이 반사되어 반짝이고 있었다.

원래 강가에 자생할 리 없는 장미와 관엽식물들도
여기저기서 햇살을 기분 좋게 받고 있었다. 리쓰코는

그 속에서 다도의 시간을 즐기면서 영원이라는, 본래라면 사람의 몸과는 무관한 것을 손에 넣은 자신의 요행을 생각했다.

'영원한 봄방학도 좋네.'

리쓰코는 이런 삶이 시간 여행자일지도 모른다고 생각했다.

본래 인간의 수명으로는 볼 수 없었던 아주 먼 미래를 자신이 살게 된다고 생각하니 봄바람이 차갑게 느껴지기도 했지만, 리쓰코는 그저 파란 하늘을 가만히 바라봤다.

차를 다 마신 뒤 리쓰코는 멜로디와 함께 강가를 느릿하게 걸었다.

그때 문득 맑은 물 밑바닥에서 출렁이는 물풀 옆에 무언가가 움직이는 게 보였다. 작은 물고기들이 반짝이며 헤엄치는 모습이 곳곳에서 보였기에 처음에는 물고기 떼인가 싶었지만, 리쓰코는 뭔가 다른 느낌이 들었다.

리쓰코는 멈춰 서서 몸을 숙여 물속을 들여다봤다.

색색의 선명한 천 같은 것이 물살에 나부끼고 있었다. 길게 뻗은 물풀 주변 검은 머리카락 같은……

"어머, 인형이잖아?"

리쓰코가 물가로 손을 가져가자 멜로디도 흥미롭다는 듯 물속을 들여다봤다.

투명한 강물 속, 그 물밑을 기다란 검은 머리카락을 가진 작은 인형 하나가 물살에 등을 떠밀리듯 걷고 있었다. 인형은 전통 예복 차림으로, 긴 옷자락을 늘어뜨리고 소매가 여러 겹인 옷을 입고 있었다.

"세상에, 히나 인형˙이네. 히나 인형이 걷고 있어."

기모노를 입은 황후 모습의 히나 인형은 머리카락을 물에 나풀거리며 강물 속을 홀로 걷고 있었다.

어쨌든 리쓰코 본인도 이 세상 사람이 아닌 존재였지만 생명이 있기라도 한 듯 움직이는 인형이 신기하면서도, 아직은 차가울 봄의 물살에 몸부림치듯 필사적으로 걷고 있는 모습이 불쌍해 보였다. 아니, 사람이 아닌 인형이고 물의 온도가 느껴지지 않을 수도 있

• 히나 인형은 히나마쓰리에 주는 인형으로, '히나마쓰리(ひな祭り)'는 매해 3월 3일에 지내는 여자아이를 위한 제사를 말한다. 이때 어린 딸이 있는 가정에서는 아이의 건강과 행복을 기원하며, 할머니들이 갓 태어난 손녀에게 '건강하고 예쁘게 자라라'는 뜻에서 히나 인형을 선물한다. 보통 붉은 천을 깐 '히나단(ひな壇)'이라는 계단식 구조의 단에 인형을 놓으며, 제일 위에는 화려한 궁중 의상을 입은 황제 부부가 앉아 있고, 그 아래부터 궁녀, 악사 순으로 자리한다.

는데 리쓰코는 그냥 보고 있기가 괴로웠다. 원래 인형을 좋아해서 어릴 때는 자주 갖고 놀았고, 옷을 직접 꿰맸던 적도 있었다. 그리고 리쓰코의 집에도 작고 오래된 히나 인형이 둘 있었다. 유리 케이스에 들어간 섬세한 세공으로 만들어진 아름다운 인형이었다. 생전의 리쓰코도 황후 모습의 두 인형을 귀여워했고 소중히 여겼다.

리쓰코는 히나 인형은 여자아이에게 특별한 인형이라고 생각했다. 그러고 보니 히나 인형은 신기한 인형이라는 말을 들은 적 있었다. 영혼이 들어 있다더라, 달빛에 오래 놔두면 움직일 수 있게 돼서 춤을 추기도 하고 마침내 걷기도 한다는, 그런 전설이 있었던 것 같았다. 그래서 소중히 상자에 담아둔다고.

물속을 자세히 보니 황후 인형 옆에 비슷한 느낌의 인형이 셋 있었다. 아무래도 그들은 궁녀 인형으로 보였는데, 검은 머리카락을 묶은 채 기모노를 물에 휘날리며 비틀거리듯 하류를 향해 열심히 걷고 있는 것 같았다. 물속을 걷는 것에만 필사적인지, 인형들은 그저 앞만 바라보며 계속 걷고 있어 수면 위에서 리쓰코와 멜로디가 자신들을 들여다보고 있다는 것을 눈치채지 못하는 것 같았다.

"아, 넘어졌다."

선두에서 걸어가던 황후 인형이 제 긴 머리에 발이 걸려 미끄러졌다. 가만히 두면 넘어진 채로 물살에 쓸려갈 것 같았다. 리쓰코는 인형이니까 설마 숨을 쉬지는 않겠지, 물에 빠져 죽는 일은 없을 거라고 생각했지만 보다 못해 인형을 물밖으로 건지기 위해 강물 속에 손을 넣으려 했다.

그때, 리쓰코보다 먼저 검은 그림자가 물속으로 뛰어들더니 이내 멜로디가 황후 인형을 문 채 강가로 뛰어올라왔다. 비율로 봤을 땐 호랑이나 사자가 새끼를 물고 뛰어오르는 것과 같았는데, 황후 인형은 무서웠는지 얼빠진 표정으로 멜로디의 입에 물려 있었다.

멜로디는 리쓰코를 쳐다보고는 의기양양한 얼굴로 가슴을 내밀었다. 그러고는 인형을 문 채 몸을 좌우로 털어 물기를 주위에 흩뿌렸다.

강물 속에서 흠뻑 젖은 궁녀 인형들이 기어나오듯 비틀거리며 올라왔다. 그리고 그녀들 눈에는 거대한 맹수로 보일 멜로디에게 손을 들어 보였다.

— 이봐요! 우리 황후님 놓아줘요.

— 그건 당신 먹이가 아니에요.

— 어서 놓지 않으면 수염을 잡아당길 거예요.

궁녀 인형들은 멜로디를 올려다보며 말했다.

멜로디는 당황한 얼굴로 살며시 황후 인형을 풀밭 위에 내려놓았다.

황후 인형은 기겁했는지 바로 일어서지 못하는 것 같았다. 세 궁녀 인형은 황후 인형에게 달려가려고 했고, 황후 인형은 그녀들을 향해 어떻게든 일어서려고 했다. 그 순간, 다들 리쓰코의 존재를 그제야 알아차린 듯했다.

원래 히나마쓰리 제단에 올리는 인형이라 얼굴들은 모두 흰색이었지만, 리쓰코 눈에는 그저 안색이 조금 창백해진 것처럼 보였다. 인형들은 소매로 입가를 가리거나 작은 손으로 얼굴을 숨겼다.

— 아아.

— 어머.

— 어떡해? 움직이는 걸 인간에게 들켰어.

인형들은 각자 말을 해놓고 새삼 우리는 말 같은 건 할 수 없어요, 인형이니까요, 하는 표정을 지어 보이며 그 자리에 털썩 쓰러졌다.

"세상에나."

리쓰코는 어쩐지 우스꽝스러운 인형들 곁에 쭈그리고 앉아서 멜로디와 함께 동작을 멈춘 인형들을 바라봤다.

멜로디가 황후 인형을 가볍게 쿡 찔렀다.

— 리쓰코, 이거 죽은 척하는 거지?

"그러게. 정말 그런 느낌이네. 꼭 우리가 먹이 잡으러 온 곰 같잖아."

리쓰코가 킥킥거렸다.

— 너무해. 내가 물을 얼마나 싫어하는데. 기껏 강물 속으로 뛰어들어 도와줬더니.

멜로디는 조금 복잡한 표정을 지으며 또다시 몸을 털었다. 물보라가 인형들에게 튀기자 그들은 꺄악, 작게 비명을 지르며 몸을 일으키려고 허둥대다가 또다시 움직이지 못하는 척했다.

'그나저나 어떤 히나 인형들일까?'

리쓰코는 고개를 갸웃거렸다.

"히나 인형은 보통 강물 속을 휘청거리며 걸어 다니지 않지."

인형은 애초에 움직이거나 말을 하지 않는다.

'뭔가 필사적인 느낌이었는데, 무슨 이유일까?'

혹시 어디 가야 할 곳이 있는 건 아닐까, 하고 리쓰코는 생각했다.

해 질 녘이 가까워져 어스름한 어둠을 띤 빛이 내리

자, 그제야 물속에서는 아름답게 보이던 인형들의 옷이 해지고 더럽혀진 게 보였다. 아예 다 떨어진 부분도 있었고, 기다랗게 묶인 검은 머리카락은 패잔 무사처럼 헝클어져 있었다. 그들은 어떤 도구도 들고 있지 않았다. 하얀 뺨도 예쁜 코도 진흙으로 얼룩져 있었다. 가느다란 손끝은 여기저기 떨어져 나가고 부러졌는지, 세 궁녀 중 하나는 소매에 한쪽 팔이 없었고, 다른 하나는 한쪽 발끝이 없었다. 저 상태로 얼마나 오래 걸어온 걸까? 버선도 모두 더러운데다 찢겨 있었고 황후 인형은 아예 맨발이었다. 원래는 멋진 의상으로 아름답게 꾸며진 인형들이었다는 걸 알기에 리쓰코는 그 모습이 더욱 딱해 보였다.

기모노 의상과 머리 장식의 섬세한 제작으로 봤을 때, 어쩌면 호화로운 7단 장식에 도구도 많이 곁들여져 있던 히나 인형이지 않았을까? 열다섯 명 정도의 인형과 함께 놓여 있었을 텐데, 이유는 모르지만 어째서인지 이 넷만 여기 남겨진 것 같았다. 황제 인형과 다섯의 악사 인형, 다른 인형들은 다 어디로 갔을까?

"음, 저기."

리쓰코는 움직이지 못하는 척하는 인형들에게 말을 걸었다.

"히나 인형들아, 무서워하지 마. 우리 수상한 사람들 아니야."

요괴일 수도 있지만, 하고 덧붙이며 리쓰코는 말을 이어갔다.

"무슨 사정이 있는 것 같은데, 괜찮으면 내게 들려줄래? 왜 강물 속을 걷고 있었는지 말이야. 만약 꼭 가야 하는 곳이 있다면 내가 자동차로 데려다줄 수도 있어."

인형들은 그 말을 듣자 미세하게 몸을 움직였다. 궁녀 인형들이 어떻게 할까요, 하는 식으로 황후 인형 쪽을 힐끔거리며 신경 쓰고 있었다.

그때 멜로디가 에취, 하고 재채기를 했다. 그 재채기에 흩날린 물방울에 놀란 듯 황후 인형이 몸을 일으켰다. 동시에 리쓰코와 눈이 마주치자 하아, 한숨을 내쉬며 어쩔 수 없다는 듯이 어깨를 떨궜다.

그러고는 꽃이 피듯 웃으며 물었다.

— 왠지 이상한 느낌이 드는 거기 당신, 당신에게서는 마법이나 기적의 냄새가 납니다. 낡은 인형이지만 달이 내린 마법의 힘으로 비밀 여행을 하고 있는 우리와 아주 가까운. 이렇게 말하긴 좀 그렇지만, 동료 같은 느낌이 드네요. 당신은 인형이 걸어 다녀도 놀라지

않을 만큼 담력이 강한 분인가요? 우리를 보고도 징 그럽다, 괴물 같다며 겁내지도 않네요?

리쓰코는 멜로디와 서로 마주보며 웃었다.

"우리도 뭐, 평범한 사람과 고양이가 아니라 뭐랄까, 그 귀신 같은 존재라서. 그리고……"

리쓰코는 황후 인형과 눈을 맞추며 가만히 말했다.

"나는 어렸을 때부터 히나 인형을 정말 좋아했어. 이 렇게 대화를 나눌 수 있으면 좋겠다고 줄곧 바랐는지 도 몰라."

황후 인형은 기쁘면서도 조금 쑥스러운 듯 후후, 하 며 웃었다.

곁에 있던 궁녀 인형들도 안도한 듯 저마다 미소를 지었다.

— 저는, 저희는 아주 소중한 친구인 여자아이에게 가기 위해 긴 여행을 해왔습니다. 아직 그 여행을 하는 중이고요.

황후 인형이 조용히 말을 이었다.

— 우리의 작은 발로는 아직 얼마나 걸릴지 모르는 긴 여행, 몇 번이고 포기하려던 힘들고 괴로운 이 여행 을 만약 도와줄 분이 있다면 얼마나 감사할까요.

헝클어진 긴 검은 머리카락에서 물을 뚝뚝 떨어뜨

리며 황후 인형은 조용히 한숨을 쉬었다. 그러면서 강물 속을 걸어온 이유는 땅을 걷다보면 누군가에게 발각되기 때문이었고, 사람이나 짐승, 까마귀에게 들킬까봐 두려웠다고 했다. 누군가에게 의심을 사거나 경계를 받는 게 싫어서 그랬다고도 말해주었다.

— 저희는 하나 인형이니까. 여자아이의 친구이고 싶은 착한 인형이에요. 경계를 받거나 미움을 사고 싶지 않아요…….

더러워진 황후 인형의 뺨에 수정 같은 투명한 눈물이 흘렀고, 옆에 서 있던 궁녀 인형들도 저마다 젖은 소매와 더러워진 손으로 차오르는 눈물을 꾹꾹 눌렀다. 인형이니 분명 춥지도, 피곤하지도 않겠지만 그 모습을 보는 리쓰코는 참을 수 없는 기분이 들었다.

리쓰코는 인형들을 자동차로 초대했다. 밝게 불을 밝힌 내부에서 인형 크기에 맞는 아름다운 욕조를 마법으로 만들고, 푹신한 수건과 향기가 나는 비누로 인형들의 얼굴과 몸, 머리를 씻겼다. 더러워진 옷은 마법의 힘을 빌려 리쓰코가 정성껏 빨래한 뒤 가볍게 말렸다. 해지고 찢어진 부분도 다듬었고 황후 인형이 잃어버린 버선도 품위 있는 것으로 챙겨줬다.

얼룩을 깨끗이 지운 하나 인형들은 포근하고 행복

한 표정이었다. 각자 옷을 입은 궁녀 인형들은 황후 인형에게 예복을 입혀주며 웃음소리까지 냈다. 리쓰코는 서로의 옷매무새를 가다듬고 머리를 매만져 주는 인형들의 모습이 마치 여고생 같아서 사랑스러웠다.

몰라보게 아름다워진 히나 인형들은 리쓰코 앞에 나란히 서서 깊이 고개를 숙였다.

금빛 머리 장식을 흔들며 황후 인형이 맑은 목소리로 말했다.

— 저희를 구해주시고 이렇게 친절하게 보살펴 주셔서 감사합니다. 셀 수 없이 많은 낮과 밤을 반복하며 긴 시간 동안 아득히 먼 산골 마을에서 여기 강까지 내려오면서 몇 번이나 포기할 뻔했는데, 오늘까지 여행을 계속하길 잘했다고 진심으로 생각합니다. 이 자리에 없는 잃어버린 다른 인형들도 세상 어딘가에서 기뻐하며 깊이 감사하고 있을 것입니다. 마치 구원의 신 같은 당신을 만나게 되어 얼마나 다행인지, 천지의 신들께 감사를……

— 잠깐.

그때 멜로디가 코를 킁킁거리고는 황후 인형을 내려다보며 말했다.

— 나한테는 할 말 없어?

멜로디는 목욕을 싫어하는데 히나 인형들과 함께 리쓰코에게 씻기고 몸을 말리기까지 해서 기분이 언짢은 상태였다.

황후 인형은 당황한 듯 검은 고양이에게 고개를 숙였고, 궁녀 인형들도 따라했다.

— 당연히 고귀한 고양이 님께도 감사합니다. 마치 하늘이 보내준 아름답고 거룩하신, 그리고 용기 있는 검은 고양이 님. 하마터면 떠내려갈 뻔한 저를 도와주셔서 감사합니다. 정말 진심으로 감사합니다.

멜로디는 받아들였다는 표정으로 황후 인형을 쳐다보고는 리쓰코의 어깨로 뛰어올랐다.

☕

3월. 떠나지 않을 것만 같던 겨울이 훌쩍 지났다.

호노카는 해 질 녘의 거리를 걷고 있었다.

'봄날 저녁이구나.'

호노카는 가볍게 눈을 접으며 어스름한 해 질 녘의 하늘을 올려다봤다. 오늘은 낮 근무인 편의점 아르바이트를 끝낸 참이었다. 네 시간을 활기차고 즐겁게 일한 호노카는 저녁에도 컨디션이 좋았다. "젊음이 좋네"

하고 동료 주부들의 감탄을 받을 정도였다.

이제 갓 이십 대가 된 호노카는 접객 일이나 본업인 학생 생활에서 피곤하거나 고민이 생겨 우울해지는 일이 아주 드물게 있었지만, 하룻밤만 자고 나면 말끔히 회복된 것처럼 잊어버리곤 했다. 타고난 성격도 있겠지만 이게 역시 젊음이란 건가, 하고 스스로도 그렇게 수긍하며 서둘러 걸음을 옮겼다.

오늘은 해야 할 일이 있어서 일찍 집에 가야 했다. 시간이 부족할지도 몰랐다. 봄바람에 머리카락이 흩날리자 호노카는 살짝 웃음이 났다. 오늘도 튀김 냄새를 맡고 왔다. 편의점 아르바이트는 만족스러웠지만, 몇 시간을 가게 안에 있다 보면 어떻게든 튀김 냄새가 스며들었다. 가게 안에 있을 땐 냄새에 둔감해지지만.

낡은 아틀리에 코트의 팔 부근에 코를 대고 냄새를 맡았다. 그러고는 "뭐, 하는 수 없지" 하고서 다시 웃었다. 어쩐지 배가 고팠다. 호노카는 이 생각을 가게 사람들한테 말하면 웃을 것 같았다. 점심에도 가게에서 크로켓과 닭가슴살 튀김을 많이 먹었는데, 벌써 소화가 된 것 같았다.

'젊다는 건 위장도 활발하다는 말일까?'

호노카는 먹어도 먹어도 끝이 없는 것 같았다. 그런

자신이 웃겨서 어쩐지 들뜬 기분으로 다시 걸음을 옮기려다 문득 하늘을 올려다봤다. 왠지 하늘이 자신을 부른 것 같았다.

어릴 때부터 호노카는 이 계절의 해 질 녘을 좋아했다. 하늘은 불투명 유리처럼 희뿌옇고 부드러운 빛이 가득했지만 바람은 여전히 싸늘했다. 그래도 그 싸늘함은 겨울 공기에 떠돌던 얼음 같은 날카로운 느낌이 아니라, 어딘가 아이스크림처럼 만져보고 싶어지는 그런 그리운 느낌이었다.

벌써 5시가 지나가고 있었다. 30분만 더 있으면 일몰 때 하늘은 벌꿀 색으로 변할 것이다.

호노카는 무의식중에 저 하늘을 그린다면 그림 재료는 무엇일까, 하는 생각이 들었다. 어릴 때부터 가장 좋아하는 취미가 그림이었기 때문이다. 미대에 진학하거나 전문학교에 들어갈 정도의 수준은 아니었지만 취미로 하는 일러스트는 그럭저럭 그렸다. 호노카는 그림 그리기를 무척 좋아했다. 잘하지도 못하면서 좋아한다는 생각이 가끔 들었지만.

빛을 머금은 하늘을 바라보는 눈동자 너머로 순간 벌꿀 색 하늘 아래 끝없이 달리던 열차의 창밖 풍경이 보이는 것 같았다. 어릴 때 가끔 들른 먼 시골 외할머니댁으로 향하는 여행길에 보이던 하늘이었다. 호노카는 그때의 기억이 그립고 애틋하게 떠올랐다.

호노카가 기억하는 그 여행길은, 열차가 서쪽을 향해 달렸기 때문인지 하늘에는 늘 해가 떠있었다. 노을빛으로 가득 찬 하늘의 풍경은 마치 영원히 있을 노을 나라를 여행하는 기분을 들게 했다. 벌꿀 색 하늘은 달콤하고 부드러운 오렌지색처럼 금빛 석양을 품은 채 낮고 완만하게 이어지는 산맥 위에 펼쳐져 있었다. 호노카는 시간이 멈춘 듯 밤이 오지 않던 그때를 생각했다. 논밭과 집들이 이어지는 지평선에 이따금 피어 있던 복숭아꽃. 그래, 저건 봄의 풍경이었지, 하며 해 질 녘 들판을 분홍빛 등불이 밝힌 것만 같던 그날의 풍경을.

호노카의 할머니는 몸이 쇠약했다. 특히 말년에는 자주 앓아누웠기에 엄마는 작별이 그리 멀지 않았다는 예감을 받았는지도 모른다고, 그래서 호노카는 그 무렵 자주 시골로 내려갔었다는 생각이 들었다.

할머니의 집을 향해 엄마와 함께 강변의 시골길을 걷고 있으면, 작은 집 앞에 서서 손을 흔들며 맞아주던 할머니의 모습이 아직도 선명했다. 윤이 나는 하얀 머리는 항상 예쁘게 말려 있었고 손수 만든 세련된 옷이 날씬한 몸에 잘 어울렸다.

할머니에게 호노카는 눈에 넣어도 아프지 않을 하나뿐인 손녀였고 사랑도 듬뿍 받았다. 호노카가 병문안을 가면 불이 켜지듯 할머니의 표정이 밝아진다고, 호노카는 마치 약이나 건강을 기원하는 부적처럼 엄마에게 끌리듯 가곤 했다. 어렸던 호노카는 그게 무슨 상황인지 어렴풋이 눈치채고 있었지만, 오히려 그런 날들이 전혀 싫지 않았다. 호노카도 할머니를 무척 좋아했기에 언제든 몇 번이고 찾아가는 것이 즐거웠다.

할머니가 살았던 강변의 작은 집은 오래된 큰 나무 옆에 있었다. 외국 그림책에 나올 법한 꽃으로 둘러싸인 아기자기한 집은 목수였던 할아버지가 젊었을 때부터 설계해서 손수 지은 집이었다. 엄마가 시골에서 벗어나 자신과 함께 살자고 몇 번을 말해도 할머니는 고개를 저었다.

"나는 여기에 있고 싶다."

그렇게 말하던 할머니의 집. 호노카도 그 집을 매우 좋아했기 때문에 할머니의 심정을 이해할 것 같았다. 그 집에는 할머니가 좋아하는 것들로 가득했다. 인형의 집처럼 귀엽고 예쁜 것들이 여기저기 쌓여 있었다. 생각해 보면 기품 있고 아름다운 할머니는 인형의 집에 사는 주민 같았다. 붙박이 책장에는 예쁜 책등이 보였고 옷장에는 할머니가 손수 만들어 입던 옷이 많았다. 돌아가신 할아버지의 추억이 담긴 옷도 정성껏 손질되어 있었다. 발치에도 직접 만든 나무상자가 놓여 있었고 거기에는 엄마가 어렸을 때 입었던 옷도 정성스레 개어져 있었다.

초목과 꽃무늬가 조각된 난간이 있는 계단 아래 창고에는 다양한 수예 도구들이 있었다. 겨울철에는 털실 뭉치와 다양한 크기의 바늘이, 여름에는 레이스 실과 코바늘이 귀여운 상자에 담겨 있었다. 그 안에는 다양한 색깔의 리본과 자투리 천도 많이 있었다.

손수 만드는 걸 좋아했던 할머니는 호노카를 위해 스웨터와 장갑, 원피스를 계절별로 짜주었고 자투리 천과 리본으로는 호노카의 집에 있는 인형들에게 입힐 옷들을 많이 만들어주었다. 호노카는 뜨개질이나 바느질을 하는 할머니의 손가락이 마법처럼 움직이는 모습을 바라보는 게 좋았다.

그럴 때마다 할머니 무릎에는 늙은 흰 고양이가 웅크리고 있었는데, 털실 뭉치가 굴러가거나 실이 움직여도 이미 늙은 고양이는 조용히 눈만 감고 있었다. 호노카가 고양이의 따스한 머리를 살짝 쓰다듬으면 희미하게 금빛 눈을 뜨고는 생긋 웃는 듯한 표정을 지으며 갸르릉 소리를 냈다. 온화하고 상냥한 고양이였다.

그리고 작은 집의 2층에는 히나 인형의 방이 있었다. 원래는 아이 방이었지만 그때는 아이가 없어서, 엄마가 어렸을 때 가지고 놀던 장난감과 함께 커다란 상자 속에 근사한 히나 인형이 주인처럼 놓여 있었다.

히나 인형은 원래 엄마의 것으로 호노카가 물려받았다. 아주 잘 만들어졌지만 여자아이가 없는 집에 있으면 가여운 인형이라며 할머니가 호노카에게 주려고 했던 것이다. 마침 그 무렵에 호노카네는 좁은 아파트에서 큰 집으로 옮길 준비를 할 때였고, 이사를 마칠 때까지만 할머니가 잘 보관해 두기로 했다.

할머니는 상자에서 예쁘고 호화스러운 히나 인형을 꺼내 호노카에게 보여주었다. 처음 히나 인형을 본 그 순간 눈에 형형색색의 빛이 날아든 것 같았던 감동을 호노카는 지금도 잊을 수 없었다. 알록달록한 의상을 입은 아름다운 히나 인형들은 호노카를 발견하고 활짝 웃어주었다. 호노카에겐 분명 그렇게 보였다.

호노카는 이건 내 히나 인형이다, 세상에 단 한 세트뿐인. 어쩜 이렇게 예쁠까, 하면서 자신만의 히나 인형을 보며 설레면서도 자랑스러움을 느꼈다.

히나 인형을 앞에 두고 할머니와 엄마와 함께 히나 마쓰리 행사를 했던 날도 여전히 생생했다. 특히 할머니가 만들어준 잊기 힘들 정도로 맛있었던 조갯국과 지라시즈시*, 단술과 삼색 쌀과자, 예쁘고 달콤한 삼색 마름모 떡까지. 그날 히나마쓰리 노래를 부르면 히나 인형들도 즐거워하는 것만 같았다. 할머니의 흰 고양이도 그곳에 얌전히 앉아 분명 흐뭇하게 지켜보고 있었다.

호노카가 다 자라기 전 할머니는 어느 여름 태풍이 지난 후 연기처럼 세상을 떠났다. 그 작은 집도, 히나 인형도 없어져 버렸다.

그해 태풍은 강력했고 길었다. 강가에 있던 할머니의 낡고 작은 집은 비바람이 불어닥쳐 엉망진창이 되었고, 옆에 있던 나무가 쓰러지면서 2층이 부서져 내렸다. 그렇게 그 안의 아름답고 아기자기한 많은 것들이 강으로 떠내려가 버렸다. 히나 인형이 들어 있던 상자도, 순했던 늙은 흰 고양이도.

• 밥 위에 다양한 재료를 올리며 여자아이의 건강과 운세를 비는 음식

다행히 할머니는 구조되었지만 터만 남게 된 집은 정리할 수밖에 없었다. 할머니는 그대로 병이 들어 입원했고, 가을이 되기 전에 눈을 감았다. 호노카의 집에서 할머니의 집까지는 꽤 멀어서 어린 호노카는 할머니의 장례식에 가지 못했다. 마지막 작별 인사조차 하지 못한 호노카는 그 후로 그곳에 갈 일이 없었고, 허물어진 작은 집이 어떤 모습으로 남았는지도 모르게 되었다.

호노카가 기억하는 건 봄날의 행복한 히나마쓰리 정경과 아름다웠던 히나 인형들의 모습이었다.

그 당시 할머니가 세상을 떠났다는 것도, 작은 집이 더 이상 없는 사실도, 히나 인형들이 부서진 2층과 함께 강물에 떠내려가 버렸을지도 모른다는 것도 호노카는 그저 울고만 있는 엄마에게 전해 들었을 뿐이다. 그래서 대학생이 된 지금도 추억 속의 정경은 여전히 아름다웠고, 그래서 더욱 애틋하게 느껴졌다.

'지금도 그날이 선명한데…….'

작은 집 안의 귀엽고 사랑스럽게 꾸며진 아이의 방, 붉은 천 위에 늘어선 7단 장식의 히나 인형들, 하나하나 입혀진 기모노와 인형 손에 들린 여러 가지 도구도, 금빛 병풍도, 소달구지도, 귤나무와 벚꽃도, 작은 등

롱도, 눈을 감으면 하나하나 다 생각났다.

'잊지 않을게.'

호노카는 잘하는 게 많았다. 스스로 자랑하진 않
았지만 재주도 좋았고, 머리 회전도 빠른 편에 체력도,
근성도 있었다. 사람들과 이야기 나누는 것을 좋아하
는 호노카는 손님 접대에 기억해야 할 게 많아 바쁜
편의점 아르바이트도 능숙히 해내며 그 일에 딱 맞는
사람이라는 말을 자주 들었다.

호노카를 예쁘게 본 점장은 이렇게 말하며 인정해
주기도 했다.

"여기서 이 정도로 잘하면 웬만한 일은 다 할 수 있
을 거야. 자신감 가져도 돼."

"감사합니다."

호노카는 웃는 얼굴로 힘차게 인사하며 대답했다.
대학생 입장에서 금방 일자리를 찾을 수 있고, 어떤 곳
에 가든 잘해낼 것 같다는 평가를 들은 것 같아서 기
뻤고 감사했다. 실제로 호노카는 근무하고 싶은 회사
나 해보고 싶은 직업이 많았다. 손으로 세어봐야 할
만큼 잘하는 게 많은 호노카가 가장 잘하고 좋아하
는 것은 그림 그리기였다.

원래 호노카는 어렸을 때부터 한 번 본 건 잘 떠올렸다. 기억을 더듬어가며 그리는 걸 좋아해서 스케치도, 캐리커처도 본인이 생각해도 만족스러울 정도로 잘 그렸다. 어디까지나 평범하다고 할 만한 수준 같기도 했지만, 인물만이 아니라 건물이든 풍경이든 뭐든 그렸다. 호노카는 한 번 본 건 다 그릴 수 있었고, 보이지 않는 세계를 상상하고 그리는 것도 잘했다.

이야기를 상상하는 것도 좋아했던 호노카는 언젠가부터 만화를 그리게 되었고 대학에서는 아예 만화 연구회에 들어가기도 했다. 호노카는 스스로 조금은 과분하다는 것을 알면서도 만화가가 되고 싶다는 꿈을 꾸고 있었다.

그런 까닭에 어릴 때 몇 번 본 게 다였던 히나 인형도 여전히 슥슥 그릴 수 있었다. 자신에게는 이 세상에서 사라진 존재이기에 더더욱 잊지 않고 기억하는 것일지도 몰랐다. 몇 번이고 그리다 보니 세부적인 것들이 떠올라 기억이 더 선명해진 걸 수도 있었다. 세상에서 유일한 호노카의 히나 인형. 할머니가 아끼던, 머지않아 호노카의 집으로 데려갈 예정이었던 히나 인형. 아무 일도 일어나지 않았다면 분명 3월인 지금에도 호노카의 방에 놓여 있었을 히나 인형.

호노카는 할머니의 웃는 얼굴도 바로 그릴 수 있었다. 창문으로 비치는 봄의 노을 빛을 받으며 부드럽게 웃어주던 그 미소를. 늙은 흰 고양이를 무릎에 올리고 이쪽을 바라보는 그 밝고 다정한 눈빛을. 지금도 호노카는 도시 어딘가 마법 같은 색조를 띤 노을 빛을 따라 걷다보면 어릴 적 보았던 히나 인형과 할머니가 있는 그리운 집으로 다다를 수 있을 것 같았다.

어느새 호노카의 눈에 눈물이 살짝 고였다. 멈춰 서고개를 숙인 채 코를 훌쩍였다. 원래도 눈물이 많은 편인데 할머니를 생각하면 더 참을 수가 없었다.

'할머니 만화를 그리고 싶어. 잘 그리면 좋을 텐데.'

호노카는 만화 연구회 동료들의 권유로 어느 한 잡지의 만화 신인상에 작품을 보냈다. 기념할 만한 첫 투고였다. 만화가가 되기 위해서는 언젠가 투고는 꼭 해야 한다고 생각했다. 그렇게 해서 프로 만화가가 된 동료를 여럿 알고 있었다. 공책에 만화를 그려 친구에게 읽어 달라고 하거나, 동인지를 위해 만화를 그린 적은 그전에도 있었다. 그리는 일은 언제나 즐거웠고, 읽은 사람들 모두 재미있고 잘 그렸다고 말해주었다. 그래서 신인상 공모를 위해 작품을 그리는 건 분명 즐거울 거라고만 생각했다. 원래 무언가에 도전하는 것을 좋아하는 편이었고 하고자 하는 의욕도 넘쳤으니까.

콘티를 그리기 전까지는 말이다.

호노카는 할머니와 손녀의 이야기를 그리려고 했다. 추억 속의 할머니처럼 사랑스러운 작은 집에 사는 할머니와 흰 고양이, 그리고 어린 손녀의 이야기를. 약간의 신비한 일이 생겨도 괜찮겠다 싶었다. 마법이나 기적이 나오는 이야기. 호노카는 그런 이야기들을 좋아했고, 할머니와도 자주 나누던 주제였다. 호노카는 언젠가 어딘가에서 할머니와 이야기 속에만 있을 것 같은 이상한 사건을 만나면 좋겠다고 바라곤 했다. 할머니 집에는 동화책도 많았다.

사이좋은 할머니와 손녀의 이야기를 쓰고 싶었다. 사랑스럽고 다정한 이야기가 되었으면 좋겠다고, 읽은 사람이 그리워지고 행복해지는 그런 이야기를 그리고 싶었다.

만화 밑그림을 그리기 전에 다른 종이에 대사나 장면을 배치해 그리는 콘티 작업부터 시작해야 했다. 호노카는 평소 대학 강의 시간이나 아르바이트 쉬는 시간에 콧노래를 부르면서 그림을 그렸지만, 막상 신인상 공모전에 낼 만한 작품을 그리려니 머리도 손도 잘 돌아가지 않았다.

홀륭한 작품을 만들어야 한다는 생각부터 문제일지도 몰랐다. 호노카는 콘티 작업 전 단계에서 이야기가 하나도 떠오르지 않았다. 아니, 설정은 구상했으니 전체적인 분위기와 캐릭터들은 파악하고 있었다. 분명 염두에 뒀을 터였다. 그러나 재미가 있을 만한, 최고라 할 만한 이야기가 떠오르지 않았다. 생각을 쥐어짜고 열심히 그려보려 해도 콘티 작업에 들어가면 흔해 빠진 손때 가득한 만화가 되는 것 같았다.

그러는 사이 하루하루가 지나고, 공모 마감일이 다가왔다. 시간은 시시각각 흘러갔다. 만화는 학교생활과 아르바이트를 병행하며 틈틈이 그려야 했고, 부모님과 생활하고 있었기에 가끔은 집안일도 해야 했다. 모래시계를 확인하는 것처럼 호노카는 콘티 작업이 지지부진한 채 아침부터 밤에 잠들 때까지 시간이 줄어드는 것을 체감하고 있었다.

호노카는 괴로웠다. 초조한 그 마음이 느껴졌는지 만화 연구회의 동료들은 호노카에게 이번에는 포기하고 다음에 다른 공모전에 도전해 보면 어떻겠냐고 타이르기도 했다. 호노카는 그러는 편이 좋을지도 모른다고 생각하면서도, 마감일이 길어져도 상황은 마찬가지일 것 같았다.

분명 자신이 본격적으로 하려고 하니까 더 못하는 거라고 생각했다.

그림을 남들보다 아주 조금 잘 그리고 이야기를 짓는 것도 좋아했으니, 동인지에서 취미로 하는 거라면 부담 없이 그릴 수 있을지도 모른다. 하지만 호노카는 자신이 프로로서 돈을 받을 만한, 완성도 높은 작품은 그릴 수 없는 건 아닐까, 하는 그런 걱정이 들었다.

원래 호노카의 그림 실력은 '조금 그린다' 하는 정도였다. 잘한다고는 생각해도 차원이 다른 수준까지는 아니라는 것을 스스로도 알고 있었다. 어설프게 잘했기에 더 잘 알았다.

그렇게 생각하니 더더욱 그릴 수 없었고, 아무것도 떠오르지 않았다. 그러다 종이에 엉망진창으로 선을 그리면서 생각했다.

'딱히 만화가를 목표로 하지 않아도 되지 않을까?'

취미라면 최고의 작품을 꼭 그릴 필요도 없고, 정해진 마감도 없으니 시간이 날 때 마음대로 그릴 수 있었다. 누군가에게 작품을 왈가왈부 평가받는 일도 없고, 프로가 못 될 거라는 두려움도 없이 그저 즐겁게 지낼 수 있을지도 몰랐다. 호노카는 그걸로 충분할 수도 있겠다고 생각했다.

호노카에게는 무슨 일이 있어도 만화가가 되어야 할 이유는 없었다. 웬만한 데에는 취직할 수 있을 것 같았고 일하고 싶은 회사도, 가게도 많았으니까.

'그래도.'

막상 투고를 포기하려고 하자, 그건 그 나름대로 마음이 가라앉았다. 이상하게 마음이 울적하고 아픈 게, 도전하고 싶은 것 같기도 했다. 그렇지만 괴로울 게 뻔해 호노카는 망설임을 반복하고 있었다.

그래도 호노카는 계속 우울해하는 성격은 아니어서 건강하고 밝게 지냈다. 하지만 마감을 생각하면 고개가 절로 숙어졌다. 고개를 숙인 입가에서 한숨이 새어 나왔다.

한계다, 역시 더는 꿈을 꾸지 말아야겠다는 생각이 들자, 마음속에서 날개를 퍼덕이는 작은 새를 억지로 누르려는 듯한 기분이 들어 숨이 막혔다. 하아, 하고 한숨을 내쉬었을 때 발치에 어둠 속을 유유히 걷는 고양이가 눈에 들어왔다.

흰 고양이였다. 통통하게 살찐 늙은 흰 고양이.

할머니 집에 살았던 그 흰 고양이와 닮아 보였다.

반가운 마음에 고개를 들어 고양이가 향하는 쪽으로 시선을 돌리자 그곳에는 처음 보는 귀여운 자동차가 세워져 있었다.

캠핑카라고 해야 할지, 승합차라고 해야 할지, 낡은 외국산처럼 보이는 크고 네모난 자동차가 어린이공원 앞길에 세워져 있었다.

자동차 주변에 녹음이 묘하게 짙어진 것을 보고 호노카는 뭔가 이상하다는 생각이 들었다. 이 작은 공원이 원래 이렇게 많은 식물에 둘러싸여 있었나 싶었다. 장미나 관엽식물이 예쁘게 반짝였고 분명 목향장미로 보이는 작은 노란 꽃이 자동차를 휘감듯 이파리가 무성하게 피어 있었다.

근처에는 아무도 없었다. 마치 해 질 녘 거리를 그린 풍경화에 다른 공간을 끼워 넣은 것처럼 그 주변만 조용했다.

조금 전의 흰 고양이는 자동차 옆 풀숲에 앉더니 호노카를 부르듯 한 번 울었다. 호노카가 다가가자 고양이는 몸을 돌려 어딘가에 있었던 고양이들과 술래잡기를 하듯 즐겁게 달려갔다.

차체 옆과 뒤쪽에는 문이 활짝 열려 있었다. 딱히 간판은 없지만, 자동차 옆에는 테이블과 의자가 놓여 있어서 호노카는 이 아기자기한 자동차는 혹시 음식점일지도 모른다고 생각했다. 이동식 카페나 레스토

랑, 그런 느낌일지도.

그렇게 생각한 순간, 자동차 쪽에서 좋은 냄새가 풍겨와 호노카의 배에서 소리가 났다.

호노카에겐 그리운 냄새였다. 맑게 잘 우려진 조갯국의 맛있는 냄새. 그리고 지라시즈시의 식초 냄새와 밥에 올리는 달걀지단과 달콤하고 고소한 삼색 떡이 구워지는 냄새도 났다.

'아, 모두 히나마쓰리 때 먹었던 음식 냄새야.'

문득 그런 생각이 든 건, 지금은 히나 인형을 장식하는 3월 초였고 편의점 진열대에도 삼색 쌀과자가 줄지어 있었다. 무엇보다 호노카는 요즘 자신이 할머니와 작은 집, 히나 인형을 자주 떠올려서 그렇게 느껴진 것 같았다.

할머니가 돌아가신 이후로 호노카의 집에서는 히나마쓰리를 하지 않았다. 그래서 그 음식들을 먹을 일도 없었기 때문에 호노카에겐 마음이 아플 만큼 그리운 냄새였다.

호노카의 배에서 난리가 났다.

"저기요⋯⋯."

"어서 오세요."

호노카가 자동차에 가까이 다가가며 말을 걸자, 부

드럽고 따뜻한 목소리가 맞아주었다. 이내 천연색의 레이스 앞치마를 두른 품위 있는 여성이 모습을 드러냈는데, 아무래도 이 식당의 주인처럼 보였다.

그 사람은 후훗, 하고 웃었다.

"기다리고 있었어요."

맑은 목소리였지만 수수께끼 같은 말이었다. 발치에 있는 어린 검은 고양이가 긴 꼬리를 살랑살랑 흔들며 호노카의 얼굴을 빤히 올려다봤다. 초록색 보석 같은 눈동자가 흥미롭다는 듯 반짝였다.

'아, 꼭 할머니 같다.'

호노카는 여자를 처음 봤을 때부터 그 생각이 들었지만 이유는 알 수 없어서 몇 번이나 곱씹었다. 자세히 보니 여자는 전혀 할머니와 같은 나이처럼 보이지 않았고 오히려 더 젊어 보였다. 머리색도 할머니처럼 새하얗지 않았다. 다만 다정한 눈빛과 미소, 인형처럼 호리호리한 모습과 센스 있는 옷 맵시는 할머니와 닮아 보였다. 고양이를 아끼는 모습도, 요리를 잘할 것 같은 분위기 또한 비슷하게 느껴진 이유였을 것이다.

허를 찔린 것처럼 호노카의 콧속이 찡해지며 눈물이 다시 차올랐다.

어머나, 하며 살짝 놀란 듯 여자는 고개를 갸웃거리

더니 웃었다. 그러고는 "자, 어서 와요" 하며 하얀 손
으로 호노카에게 손짓했다.

"배고프시죠?"

다정한 목소리였다.

그 소리에 호노카는 순순히 따랐다. 여자에게서 할
머니의 모습이 보였기 때문이다. 그리고 무엇보다 배
가 너무 고팠다. 호노카는 자신이 안색부터 허기진 사
람처럼 보였을까 봐 부끄러워졌다.

안내하는 자리에 가서 앉자 여자가 자연스럽게 말
했다.

"이 가게는 조금 이상한 가게예요. 손님이 지금 가
장 먹고 싶은 음식을 먹게 해줄 수 있거든요. 아주 약
간의 마법을 써서 그 음식을 준비했는데, 어떠세요?"

"이상한 가게요?"

"네."

"마법을 썼다고요?"

"네, 아주 살짝."

여자가 빙그레 웃었다.

호노카는 순간적으로 아주 잠시 제 귀를 의심하며
지금의 상황을 수상하게 여겼다. 하지만 여자의 미소
와 눈빛은 무척 부드러워 보였고 풍겨오는 그리운 음

식 냄새는 맛있을 것만 같았다. 무엇보다 하늘은 해질 녘의 주홍빛으로 물들어 있어서 아주 예뻤다. 호노카는 그냥 그대로 의자에 앉아 요리가 나오기를 기다리기로 했다.

'해 질 녘은 마법의 시간이랬지.'

그걸 알려준 사람은 할머니였다.

"낮인지 밤인지 알 수 없는 해 질 녘은 신비한 시간이라 마법 같은 일이 일어나기도 한단다."

지금은 없는, 그 아기자기한 아이의 방에서 할머니는 그렇게 말해주었다. 하나 인형들에 둘러싸여서.

"신비한 시간? 마법? 그게 어떤 거예요?"

어린 호노카의 질문에 할머니는 즐겁게 웃고는 동경하는 듯한 눈빛으로 말했다.

"할머니도 옛날에 책에서만 봤지 실제로 신비한 마법을 겪어본 적은 없어. 그래도 누군가는 해 질 녘에 마법사를 만나기도 한다는구나. 너무나 보고 싶었던, 사랑하는 사람을 다시 만나거나 귀여운 인형과 대화도 하는……."

'마법사를 만난다는 게 이건가…….'

호노카는 여자를 흘끗 쳐다봤다. 아무래도 자동차 안에 있는 부엌에서 음식을 가져오려는 것 같았다.

'사랑하는 사람을 다시 만나거나……'

하늘을 올려다보자 다시 눈가에 눈물이 번졌다. 만화경을 통해 보는 것처럼 해 질 녘의 하늘이 눈부셨다.

'만날 수 있다면 할머니를 만나고 싶어. 그리고……'

호노카는 히나 인형을 떠올렸다.

"히나 인형을 보고 싶어."

이 세상에 마법이 있다면 호노카는 그 방에 다시 가고 싶었다. 할머니를 만나고, 히나 인형들을 만나고 싶었다. 만약 그런 마법이 있다면.

진심으로 빌었던 순간이었기에 호노카는 그때 일어난 일이 꿈이라고도, 환상이라고도 생각하지 않았다.

― 호노카.

― 호노카, 보고 싶었어요.

― 드디어 우리가 만났어요.

― 너무 기뻐요.

갑자기 봄바람에 날리는 풀의 물결 속, 바로 그곳에 히나 인형들이 있었다. 황후 인형과 궁녀 인형들이 빛나는 검은 눈동자를 반짝이며 반갑게 호노카를 올려다보고 있었다. 히나 인형들이 들뜬 듯한 귀여운 목소리로 인간의 언어로 말을 걸어왔다.

"히나 인형? 내 히나 인형들이잖아."

호노카는 지금의 상황이 거짓이라는 생각은 들지 않았다. 세상에서 유일한 호노카의 히나 인형들이었으니까. 호노카가 몸을 숙여 무릎을 꿇고 히나 인형들과 눈을 맞추자, 히나 인형들이 검은 눈동자에 맑은 눈물을 머금은 채 말했다.

— 긴 시간을 여행해서 왔어요. 호노카가 있는 곳을 찾아서.

해 질 녘 빛으로 물들어가는 공기 속에서 히나 인형들이 들려준 이야기는 정말이지 동화책에 나올 법한 신기한 이야기였다.

태풍이 불던 그날 밤, 2층의 방이 벽과 천장과 함께 무너지면서 상자 속에 있던 히나 인형들이 강물에 빠졌다. 뒤늦게 히나 인형들이 정신을 차렸을 때는 이미 강가에 떠밀리고 있었다고 했다. 그들이 들어 있던 상자는 다 부서져 옆에 나뒹굴고 있었고, 그곳에는 황후 인형과 세 궁녀 인형만 남아 있었다. 그리고 무슨 영문인지 그들은 스스로 움직일 수 있게 되었다고 한다.

황후 인형은 아름다운 소매를 들어 조용히 눈물을 훔쳤다.

— 아마 다른 인형들은 모두 강바닥에 가라앉았거나 멀리 떠내려갔을 겁니다.

황후 인형과 궁녀 인형들의 몰골은 말이 아니었다. 길고 긴 시간 동안 아무에게도 발견되지 못했지만, 오히려 그 덕에 움직일 수 있게 된 모양이었다.

― 인형들 사이에 전해지는 전설이 있습니다. 인형은 달빛에 수천 번 노출되면 마법의 힘으로 사람처럼 자유롭게 움직일 수 있게 된다고 합니다. 움직일 수 있게 된 저희는 이게 무슨 요행인가 싶어, 호노카가 있는 곳으로 가야 한다고 생각했습니다. 집에서 만나기로 약속했었지요? 호노카의 집에서 함께 살기로 한 그 약속을 지켜야 한다고 생각했습니다.

황후 인형은 눈을 반짝이며 빨간 입술을 꼭 다물고 기쁘게 웃었다.

― 저희는 인형이다 보니 크기가 작아서 호화로운 옷을 걸치고 다니기엔 걸음이 무거워 시간이 아주 많이 걸렸어요. 다행히 여행 도중에 친절한 분을 만나 저희를 이곳까지 데려다주셨습니다. 그분의 신비한 도움 덕분에 호노카를 이렇게 다시 만나게 되어 정말 기쁩니다. 저희는 분명 심장이 없는데 가슴이 두근두근 뛰어요. 그나저나 호노카 양, 한동안 못 본 사이에 아름답게 컸군요.

"나를 기억하고 있었구나."

— 그럼요.

황후 인형과 궁녀 인형들이 자랑스럽게 웃었다.

— 저희는 호노카의 세상에서 유일한 하나 인형들이
니까요.

"맞네. 그러네."

호노카는 미소를 지으며 하나 인형들을 살며시 안
아 올렸다. 어릴 때는 죄다 무겁고 크게 느껴졌던 하나
인형도 어른이 된 지금은 가볍고 작게 느껴졌다.

여자가 명랑한 목소리로 호노카를 불렀다.

"자, 음식 나왔습니다."

분홍색 식탁보 위에 올려진 건 전부 히나마쓰리 음
식들이었다. 깜짝 놀란 이유는 각각의 냄새뿐만 아니
라, 접시의 색깔과 담긴 모양도 그리운 할머니 집에서
보던 것과 똑같았다. 맑은 조갯국 국물을 한 입 넣자
마자 호노카는 확신했다.

할머니의 맛이었다.

국물 맛도, 탱글탱글한 조개도, 얇게 썰어 올린 유
자 껍질의 좋은 향기도, 금빛 벚꽃이 그려진 얇은 검은
나무 그릇도 틀림없었다. 할머니 집에 있던 것이었다.

"눈치채셨겠지만 오늘 레시피는 여기 손님이 알려줬
어요."

여자가 소개할 손님이 있다는 듯 누군가에게 호노카 쪽으로 자리를 안내했다. 여자의 초대를 받은 사람은 너무나 그리운 사람이었다. 절대로 다시 만날 리 없는 사람이었고, 그렇지만 절대로 못 알아볼 리도 없는 사람이었다.

늙은 흰 고양이를 안은 호노카의 할머니였다.

할머니는 추억 속 모습 그대로 온화한 얼굴로 그곳에 있었다.

봄꽃에 둘러싸여 행복한듯 서 있었다.

"할머니, 할머니."

호노카는 할머니,라는 말만 되풀이하다가 믿을 수 없다는 듯 말했다.

"보고 싶었어요."

— 나도 그렇단다.

그리운 목소리로 할머니가 대답했다.

할머니는 어릴 때 자주 그랬던 것처럼 호노카를 꼭 안아 등을 토닥여주려다 잠시 멈췄다. 지금의 호노카는 그때처럼 몸이 작지 않아서 오히려 할머니가 올려다볼 정도로 많이 자라 있었다. 할머니는 호노카를 바라보며 흐뭇하게 웃었다. 호노카도 할머니를 보며 아무 말없이 몸을 숙여 할머니를 껴안았고 살며시 그 등을 토닥였다.

그리웠던 할머니 냄새였다. 따뜻함도 기억 속과 똑같았다.

말을 꺼내면 울음이 터질 것 같아서, 그보다 이 마법이 풀릴 것 같아서 호노카는 입을 꾹 다물었다.

여자가 노래하듯 말하는 소리가 들렸다.

"자, 어서 와요. 식기 전에 먹어요."

호노카는 할머니와 히나 인형들과 함께 그리운 어린 시절의 일과 지금의 일상에 대해 이야기를 나눴다. 함께 웃으며 먹는 음식이 얼마나 맛있었는지. 호노카는 말로 다 표현할 수 없을 만큼 맛있었고 그리웠다.

문득 정신을 차리고 보니 해가 다 저물고 별이 하나둘 반짝였다. 남색 하늘 아래 호노카 혼자 우두커니 서 있었다. 공원에는 그 신기한 자동차도, 테이블도, 의자도 없었다. 여자도, 할머니도, 흰 고양이도.

조금 전과 달리 주변은 사람들로 붐비고 있었고 호노카는 무언가에 홀린 것만 같았다.

"꿈을 꾸고 있었던 걸까?"

요즘 공모전 마감 준비 때문에 잠을 제대로 못 잔 탓일까 생각했다. 그런데 품 안에는 아까 전의 히나 인형들이 밝은 미소로 호노카를 올려다보고 있었다.

"그거 꿈 아니지?"

그렇게 물어도 인형들은 조용히 웃고만 있을 뿐이었다. 더 이상 아무 말도 해주지 않았다.

"하지만 마법은 그런 거야."

호노카는 어깨를 으쓱했다. 이야기 속에서 마법의 시간은 한정되어 있다.

노을빛이 언제까지나 지상에 머물지 않는 것처럼.

"꿈이 아니야, 정말 맛있었어."

호노카는 더 이상 배고프지 않았다. 온몸이 따끈따끈했다. 그리고.

할머니의 환한 얼굴이 지금 눈 안에 또렷이 박혀 있었다. 끌어안았던 팔과 가슴이 그 따뜻한 감촉을 기억하고 있었다.

할머니가 얼마나 보고 싶었는지도.

"아, 이거다."

히나 인형을 안고 걸으며 호노카는 중얼거렸다.

"이 마음을 그려볼까. 보고 싶었다는 마음을, 얼마나 좋아했는지를."

사랑했던 할머니와 그 시절을, 그 마음을 껴안듯 표정과 대사로 그릴 수 있다면. 그날을 그림 속에 봉인

할 수 있다면 이 마음이 영원하지 않을까. 책장을 넘길 때마다 이제는 없는, 그리운 그때의 작은 집으로 돌아가는 기분이 들지 않을까.

"프로로서 인정받을 수 있을지, 만화가가 될 수 있을지, 그런 건 이제 아무래도 상관없어. 최고가 아니어도 좋아."

호노카는 지금의 마음을 그리겠다고 다짐했다. 작품을 통해 할머니를 만나러 가고 싶었다. 다녀왔습니다, 하고.

몇 번이고. 영원히.

문득 할머니가 뜨개질할 때의 다정한 눈빛이 떠올랐다. 털실을 바라보다 이따금 먼 곳을 보는 것 같기도 했던 그 눈동자. 가끔은 뭔가를 꾀하는 것처럼 보이기도 했던 장난스럽지만 행복해 보였던 미소.

호노카는 그 설레는 미소가 만화를 아름답게 완성할 것 같다는 생각이 들었다.

"그렇게 웃는 얼굴로 만화를 그리고 싶어."

별을 올려다보면서 호노카는 품 안의 인형들에게 살며시 속삭였다.

제2장

✳

벚꽃 아래

봄 하늘 사이로 환한 빛을 받으며, 자동차는 남몰래 여유롭게 허공을 달렸다.

저 자동차는 뭐지, 하고 지상 사람들을 놀라게 할 순 없어서 리쓰코는 사람들의 눈에 자동차가 보이지 않는 마법을 걸었다. 그렇게 하자 정말 언제 어디서든 어디까지든 날 수 있게 되었다. 지나가는 바람처럼 아무도 모르게 여행할 수 있었다.

그림책 같은 봄의 정경은 운전석의 커다란 창문으로 아무리 봐도 질리지 않았다. 리쓰코는 핸들에 올려놓은 팔에 얼굴을 얹고 반쯤 졸면서 창문 너머의 풍경을 바라봤다.

4월의 물빛 하늘은 부드러웠고 지상의 거리에는 만개한 벗나무들이 여기저기 있었다. 가로수나 공원으로 보이는 곳마다 나무들이 늘어서 있었고, 연분홍색 구름이 부드럽게 둥둥 떠올라 나부끼는 것처럼 보였다.

"벚꽃을 하늘에서 내려다보면 이렇구나."

자동차는 지금 새가 나는 높이만큼 날고 있었다. 새들은 매년 봄마다 이런 풍경을 보면서 꽃 구름과 꽃 물결 위를 날고 있었을 것이다.

리쓰코는 '꽃 아래 봄이 죽기를'이라는 단시를 노래한 사람이 사이교* 승려라는 걸 떠올렸다.

"맞아. 일생을 마친다면 이런 봄날이 좋을 것 같아."

멍하니 생각하다가 어? 하고 고개를 갸웃거렸다. 이내 가볍게 자기 머리를 톡톡 치며 웃었다. 무심코 자꾸만 잊어버리는데, 지금의 리쓰코는 죽지 않는 몸이었다.

— 왜 그래?

햇빛이 드리우는 조수석에 웅크린 채 졸고 있던 검은 고양이 멜로디가 초록색 눈을 반쯤 뜨고서 리쓰코를 올려다봤다. 리쓰코는 아무것도 아니라며 웃었고 창가의 빛을 받고 있는 멜로디의 작은 이마를 쓰다듬

* 헤이안 시대에 무사의 신분을 버리고 승려가 된 시인

었다. 햇빛 냄새가 나는 따뜻한 이마였다. 멜로디는 코로 가볍게 한숨을 쉬고 다시 눈을 감았다.

리쓰코는 살며시 미소 지었다.

'그래도 좀처럼 익숙해지지 않네.'

더 이상 인간이 아니라는 사실이.

리쓰코가 죽지 않는 신세가 되어 살던 동네를 떠난 게 늦가을이었는데, 지금은 벌써 4월의 봄이었다. 오십여 년을 살아온 원래의 육체는 죽음을 맞이했다. 대신 새로 얻은 육체는 나이를 먹지 않는다. 마법의 힘도 얻었다. 그렇게 되니 원래 살던 동네에서 계속 살아갈 수도 없었고, 그렇다고 어디 갈 곳도 없었다. 이렇게 자신이 마법으로 만들어낸 자동차로 하늘을 방황하게 되었지만 불행하다고는 생각하지 않았다.

"뭐, 조금은 외롭지만."

리쓰코는 운전석에서 어깨를 으쓱했다.

"이웃과 어울리던 소소하고 평범한 일상들, 어쩔 수 없이 작별해야 했던 소중한 것들은 늘 있기 마련이지."

잃어버린 것들은 지금도 가끔 생각났다. 참새들의 소리에 눈을 뜨던 아침, 햇볕이 들던 부엌에서 아침 식사를 준비하거나 도시락을 만드는 걸 즐겼다. 출퇴근 시간에 스쳐 지나가는 이웃들과 아침 인사를 하는 것

도 좋았고, 회사에서 보내던 시간도 즐거웠다. 퇴근을
하면 단골 카페에 들러 차를 마시거나 서점과 도서관
을 갔다. 또 수입 식료품 가게에서 진귀한 조미료와
차, 통조림을 찾는 시간도 좋아했다. 리쓰코는 내성적
이고 사교성이 약해서 인간관계를 깊이 맺지는 못했지
만, 담백한 관계를 거듭해 온 사람들이 좋았다. 그저
스쳐 지나가는, 짧은 대화를 나눴을 뿐인 사람들의 행
복을 빌어주는 일도 많았다.

집에서는 식물과 고양이들에게 말을 건네며 1인분의
저녁을 준비했다. 자신이 생각하기에도 맛있다고 입맛
을 다시거나, 향기로운 입욕제를 넣고 목욕하는 시간
을 즐겼고 피부관리를 하면서 방송이나 영화를 봤다.
인터넷을 하거나 그림을 그리다가, 또 책을 읽고 낡
은 스테레오로 음악을 듣는 등 할 일이 무척 많았다.
밤에 정신을 차렸을 때는 항상 시곗바늘이 늦은 밤을
가리키고 있어 황급히 침대로 들어가기도 했다. 그러
면서도 졸릴 때까지 라디오를 들었다.

"평범한 삶이었지만 매 순간 즐겁게 살았어."

리쓰코는 오십여 년의 인생, 슬프고 쓸쓸한 일도 나
름 있었지만, 돌아보면 행복하고 멋진 시간도 반복되
고 있었다는 걸 느꼈다.

"응, 좋은 인생이었어."

살아 있었을 때의 일상을 떠올릴 때마다 리쓰코는 자신이 그 시간을 얼마나 좋아했는지 깨닫기도 했고, 그런 날을 잃어버린 게 슬프기도 했다. 그러나 지금은 과거를 생각하면 그저 그리운 마음이 더 강했다. 아주 맛있는 사탕을 머금고 있는 듯한 그런 기분으로, 지금의 리쓰코는 그립고 소소한 것들을 소중한 추억으로 맛보게 되었다.

4월의 하늘은 맑고 아름다웠다. 마법사가 된 리쓰코는 하늘을 나는 자동차를 타고 새처럼 자유롭게 여행할 수 있었다.

"지난 3월, 해 질 녘에 만났던 여자아이와 히나 인형들은 잘 지내고 있을까?"

리쓰코는 그들의 웃는 얼굴을 떠올릴 때마다 마음속이 환해지는 것 같았다. 리쓰코가 없었다면, 그 사소한 마법이 없었다면 방랑하는 히나 인형들은 분명 그 아이와 재회하지 못했을 테고, 그 아이도 그런 함박웃음을 지을 수 없었을 것이다.

만화가가 되고 싶다던 그 아이는 그 후 신인상 공모전에 무사히 투고했을까.

잠시 생각에 잠긴 리쓰코는 살며시 미소 지었다.

"아무래도 마법사가 되길 잘한 것 같아. 진심으로. 무엇보다 맛있는 요리를 만들어줄 수 있어서 기뻐."

가족 이외의 '손님'에게 그런 식으로 가게의 주인이 되어 음식을 제공한 건 그날 히나마쓰리 음식들이 처음이었다. 리쓰코는 지금은 사라진 조부모의 찻집에서 어렸을 때부터 청소와 설거지를 하며 손님들에게 차와 음식을 나르는 심부름을 수없이 해봤었다. 하지만 원체 내성적이고 수줍음이 많던 리쓰코는 손님과 눈이 마주치면 가슴이 두근거려 대화를 나눌 수 없었다. 누군가 웃으며 말을 걸려고 하면 도망치고 말았다. 조부모가 즐겁게 인사하고 대화를 나누는 모습을 뒤에서 지켜보며 한숨을 쉬기도 했다.

"언젠가는 용기를 내서 손님들과 이야기를 해보고 싶었어. 할아버지와 할머니처럼 도망치지 않고 명랑하게 이야기를 나누는 사람이 되고 싶었지. 그래, 동경했던 거야."

리쓰코는 그런 자신을 꿈꿨다. 그 찻집을 이을 사람이 자신밖에 없었으니까. 그렇게 생각했고 각오도 하고 있었다. 하지만 그런 말을 분명하게 드러낸 적이 없었기에 늙은 조부모는 리쓰코의 마음을 알아차리지 못했다. 조부모가 찻집 문을 닫기로 결정하면서 리쓰코의 은밀한 소원은 이루어지지 않았다.

"손님을 웃는 얼굴로 맞이하는 것도, 준비한 음식을 대접하는 것도, 맛있다는 말을 듣는 것도, 이렇게 즐겁고 행복한 일이었구나."

리쓰코는 조부모의 찻집에서 그런 일을 할 수 있었다면 좋았을 텐데, 하고 살짝 한숨을 내쉬었다가 그래도 너무 늦게 깨달은 건 아니라고 생각을 고쳤다.

앞으로 리쓰코의 인생에는 끝이 없었다.

"또 사람들에게 음식을 대접하고 싶어. 그들에게 힘이 되고 싶어. 조용히 격려하고 다독여 주면서."

만약 그 누군가에게 이루고 싶은 꿈이 있다면 좇아갈 용기를 주고 싶었다.

3월에 만난 여자아이에게 그렇게 해줄 수 있었던 것처럼. 고향 마을에 오래된 찻집이 있던 시절, 할머니와 할아버지가 요리와 차, 과자로 손님들에게 행복한 미소를 지어주었던 것처럼.

"그래, 지금 내게는 그 힘이 있으니까."

차라리 가게 이름을 지을까. 나만의 가게 이름을.

그렇게 생각하자 리쓰코의 가슴속이 뜨거워졌다.

이제 인간과 같은 심장은 없을 텐데, 두근거리면서 심장박동이 빨라지는 것 같았다. 어쨌거나 지금은 굶

주리거나 목이 마르지도 않고, 잠을 잘 수는 있지만 실제로 잠을 잘 필요가 없는 편리한 몸이 되었는데도 말이다.

'가게 이름은……'

생각하지 않아도 알 수 있었다.

지금은 이 땅에서 사라지고 없는, 그리운 찻집 이름과 똑같은 걸로 충분했다.

조부모는 고양이를 사랑했지만 음식에 털이 묻으면 안 된다며 언제나 조금 멀리 떨어진 곳에서 다정한 시선으로 지켜보곤 했다.

리쓰코는 조부모가 젊었을 적부터 열었던 작은 찻집의 이름을 떠올렸다.

'네코미미*.'

"고양이 귀는 항상 즐거운 일이나 행복한 말에 귀를 기울이는 것 같지? 그런 이름의 가게라면 조금 장난스러우면서도 세련된 느낌이 들지 않겠니?"

자상했던 할아버지가 장난스럽게 눈웃음을 지으며 말해줬던 이름의 유래. 리쓰코는 그 목소리의 울림이

* 네코미미(猫耳). 고양이 귀

지금도 잊히지 않았다.

"네코미미. 복고풍 분위기가 나니까 우리 가게와 어울리지 않을까? 여행을 하는 이상한 카페 네코미미. 마법사가 여는 카페. 세상 어딘가를 스치는 바람처럼 여행하다가 조용히 문을 여는 거야. 누군가를 행복하게 만들어주기 위해서. 아주 살짝만 웃게 해주는 거지. 응, 멋져."

멋지지? 하고 졸고 있는 멜로디에게 말을 걸며 살짝 쓰다듬자, 멜로디는 윤기가 흐르는 앞발을 즐겁다는 듯 꾸욱 움켜쥐어 보였다.

"가게를 하려면 간판이 필요하지."

리쓰코는 운전석 의자의 사이드 포켓에서 애용하는 작은 스케치북을 꺼냈다. 그리고 간판 디자인을 가늠하며 사인펜으로 슥슥 그리기 시작했다.

"바닥에 세울 수 있게 다리가 있으면 좋겠어. 평소에는 접었다가 필요할 때마다 꺼내서 펼치는 구조로. 소재는 법랑, 우유색이 좋겠다. 튼튼하지만 따뜻한 느낌도 들게. 햇볕을 받으면 부드러운 빛이 날 거야. 글자는 입체에 바다 같은 쪽빛 색깔로 해야지. 고풍스러운 글씨체에 구불구불한 수염 같은 것을 붙이는 거야."

떠오르는 대로 그림을 그리자 웃음이 났다.

"그래, 이런 느낌."

리쓰코의 그림은 별처럼 반짝이는 빛을 냈고, 순식간에 그 자리에서 예쁜 법랑 소재의 간판이 떠오르며 리쓰코의 품 안으로 쏙 들어갔다.

"마법은 편리하구나."

리쓰코는 반들반들 부드러운 감촉의 간판을 어루만지며 웃었다. 다음에 또 손님과의 인연이 닿는다면 이 간판으로 맞이해야지, 그렇게 생각했다.

"연습도 할 겸 꽃놀이 도시락이라도 싸볼까."

리쓰코는 창밖의 벚꽃 물결을 보며 문득 생각했다.

원래 도시락 싸는 걸 좋아해서 매년 벚꽃 시기에는 꽃놀이용 도시락을 싸서 동네 공원 벤치에 앉아 맛있게 먹곤 했다. 봄 휴일의 즐거움이었다.

작은 바구니에 1인분의 도시락과 따뜻한 음료를 넣고, 봄바람이 부는 가운데 흩날리는 벚꽃을 올려다보며 먹는 도시락은 각별했다.

그 공원은 오래된 주택가 안에 있는, 지금 사는 사람들에겐 잊힌 듯한 공원이었다. 아이를 키우는 집들이 많았던 옛날에는 동네의 젊은 엄마들이 아장아장 걷는 아이를 데려오거나 유모차를 끌어와 함께 모여 즐겁게 이야기를 나누던 곳이었다. 하지만 시간이 흐르고 동네 주민들이 줄면서 지금은 집이 없는 고양이들이나 비둘기, 산책하는 노인들만 오는 조용한 공원이 되어버렸다.

오랜 주민이었던 리쓰코는 사람들이 조금씩 줄어가는 모습을 줄곧 지켜봐 왔다. 변함없이 피어 있는 벚나무도 분명 쓸쓸할 것 같아 함께 봄바람을 맞기도 했다. 올해 그 공원의 벚꽃은 여전히 쓸쓸하겠구나, 리쓰코는 문득 그런 생각이 들었다.

이제 내가 없으니까.

'올해는, 어쩌면 앞으로 쭉 나는 이제 그 벚꽃 아래에서 도시락을 먹을 일은 없겠구나.'

언젠가 먼 미래에, 그 동네에서 리쓰코를 아는 사람이 없어진다면, 다시 그곳으로 돌아갈 수 있지 않을까. 장례식도 끝났을 리쓰코가 벚꽃 아래에서 도시락을 먹고 있어도 놀랄 사람이 없는 미래가 온다면 말이다.

'벚나무는 그때까지 쓸쓸하려나?'

어렸을 때부터, 어쩌면 아기 때부터 조부모와 부모를 따라 올려다본 그 공원의 벚꽃.

특별한 역사가 있는 것도, 그것이 대단한 거목인 것도 아니었다. 그저 계속 같은 자리에서 동네를, 리쓰코와 아이들이 자라는 모습을 지켜본 한 그루 평범한 벚

나무였다. 평소에는 거리의 풍경에 묻혀 그곳에 있다
는 것도 잊히곤 했던 그런 벚나무.

리쓰코는 그 벚꽃을 좋아했다.

'미안해. 올해는 볼 수 없지만, 언젠가 꼭 만나러 갈
게.'

리쓰코는 언젠가 그 벚나무를 보러 꼭 돌아가겠다
고 다짐했다. 잊지 않아, 이 말을 전하기 위해서.

'분명, 그 벚나무도 내가 보고 싶을 테니까.'

더 이상 사람의 몸이 아닌, 식물들의 마음을 알게
된 지금의 리쓰코는 벚꽃의 마음을 알 것 같은 기분이
들었다. 생각해 보면 꽃잎이 만개할 때 벚나무는 스스
로 그 모습을 즐기는 것 같기도 했다. 벚나무는 어릴
때부터 자신을 찾아오는 인간들을 분명 사랑스럽게
여겼을 것이다.

'왜냐하면 사람과 벚꽃은 쭉 함께 살아왔으니까.'

세계 각지에서, 사람들 곁에서, 거리에 피는 꽃으로.

다른 나무나 꽃, 풀과 함께 상냥하고 조용하게. 보
답을 바라지 않는 사랑으로 무한한 마음을 담아 피어
나는 꽃. 벚꽃은 그런 존재였다.

어느덧 하늘을 나는 자동차는 마을 상공을 떠나

완만한 높이의 산들이 이어지는 산맥 위를 날고 있었다. 봄의 산 초록 사이로 이따금 연분홍 빛이 보이는 것은 산벚꽃일까. 하늘이 아니면 본연의 색깔을 눈치채지 못했을 그 벚꽃들은 아마도 산 속에 사는 토끼나 사슴만이 그 아름다움을 볼 수 있을 것이다. 리쓰코는 그런 벚꽃이 정령이나 수호신 같다고 생각했다.

조각보 같은 산의 색채를 바라보고 있는데, 우연히 그 속에 블록처럼 사랑스러운 작은 건물 하나가 보였다. 그 건물을 둘러싸듯 벚꽃길이 이어져 있었고, 초록빛 산으로 어우러진 주변에는 여러 지붕과 좁은 길이 나 있었다. 사람이 사는 작은 마을처럼 보였다.

"아, 학교인가봐."

산속의 분교 같았다. 리쓰코는 건물을 가까이에서 보고 싶어 아래로 갔다. 학교 건물 앞에는 둥글고 작은 교정이 있었는데, 그 교정을 에워싸듯 둥근 벚나무가 은은하게 예쁜 꽃을 피우고 있었다.

아무도 없는 것을 확인하면서, 리쓰코는 자동차를 슬그머니 교정 구석에 착륙시켰다. 조용한 바람이 된 듯 리쓰코가 자동차에서 내렸다. 운전석 문을 열자 벚꽃잎을 휘감은 봄바람이 불어왔다.

바람에는 모래 먼지도 섞여 있었다. 사람이 아니어

도 모래 먼지가 눈에 들어오면 아프기는 마찬가지였다. 리쓰코는 부조리를 느끼며 조용히 교정으로 발걸음을 옮겼다. 멜로디도 잠에서 막 깬 눈을 껌벅이며 따라왔다.

벚나무들이 바람에 날리면서 나뭇가지를 울리는 소리가 웅성거리듯 울려 퍼졌다. 리쓰코는 물결같은 봄 하늘에 일렁이는 벚꽃잎을 넋 놓고 올려다봤다.

"아, 맞다."

그리고 황급히 자신과 멜로디의 모습이 사람들의 눈에는 띄지 않도록 마법을 걸었다. 갑자기 수상한 아줌마가 모습을 드러낸 것처럼 보이면 안 되니까.

"오늘이 무슨 요일이었지?"

리쓰코는 지금이 4월이라는 건 알고 있었지만 무슨 요일인지 기억나지 않았다. 토요일이나 일요일, 공휴일이면 다행이지만 4월 이맘때 수업이 있는 날이라면 역시 리쓰코가 이런 식으로 놀러 오는 건 실례인데다 민폐일지도 몰랐다.

'착한 아이들이 공부하는 시간에 괜한 아줌마가 와서 어슬렁대는 것처럼 보일 수도 있겠다.'

언제부터일까? 막연한 날짜는 기억하고 있어도 요일의 감각은 없어져 버렸다. 어쨌거나 인간의 삶을 관둔 지 벌써 몇 달. 더 이상 회사에 출근하지도, 쓰레기 분리수거도 하지 않게 되니 오늘이 무슨 요일이었는지 확인할 필요가 없어졌다.

"뭐, 어차피 내 모습이 보이지 않으면 아이들이나 선생님을 놀라게 할 일은 없겠지……."

말하자면 투명 인간이 된 리쓰코가 교정을 거닐고 있어도 분명 바람이 지나가는 것과 같아서 아무도 알아차리지 못할 것이다. 리쓰코도 신경 쓰지 않고 하고 싶은 대로 해도 되고.

"하지만 투명 인간일지라도 우리는 보는 쪽이니까, 아무래도 신경 쓰이네."

멜로디에게 말을 건네며 리쓰코는 가볍게 어깨를 으쓱했다.

"그나저나 조용하네."

리쓰코는 학교 건물 쪽을 바라봤다. 육중한 목조 건물에는 아무런 기척이 없었다. 창문 너머로 보이는 교실은 전등 불빛이 꺼진 듯 어두웠다.

아무도 없는 걸까. 그렇다면 리쓰코에게는 다행이었다. 오늘은 주말이나 공휴일지도 몰랐다.

'그건 그대로 쓸쓸하지만.'

내심 리쓰코는 아이들이 활기차게 수업을 받는 모

습을 창문으로 엿보며 교과서를 낭독하는 소리나 음악 시간의 노랫소리, 악기를 연주하는 그 음색을 들어보고 싶었다.

'인기척이 없는 학교라 상당히 쓸쓸하네.'

주변은 무척 조용했다. 잠잠히 메마른 바람만 불고 있었다. 리쓰코는 가볍게 고개를 돌렸다. 애초에 주변에서도 다른 인기척이 느껴지지 않았다. 원래 아무도 없었다는 듯이.

'아, 그렇구나.'

리쓰코가 건물로 다가갔을 때, 그제야 느낄 수 있었다. 이 학교는 더 이상 사용되지 않는 건물이었다. 유리창은 먼지투성이었고 여기저기 깨져 있었다. 현관을 찾아보니 커다란 문에는 나무토막이 비스듬히 박혀 있어 출입이 불가능했다. 나무도, 못도 어제오늘 박힌 게 아니라 한참 오래전에 박힌 것처럼 보였다. 색이 바래고 녹이 슨 채 먼지가 쌓여 있었다.

'그렇구나……'

많은 곳에서 인구 감소가 이어지면서 분명 이 학교가 있는 마을도 타격을 입은 것 같았다. 아무래도 인구가 줄어들면서 아이들이 떠났고, 그렇게 이곳도 폐교가 되었을 것이다. 어쩌면 인근 마을 자체가 이미 사라져 버렸을지도 모른다. 그게 아니라면 창문이 깨진 채로 오래 방치되어 있을 리가 없었다.

창문으로 보이는 조용한 교실 안은 낮인데도 옅게 어둠이 깔린 듯했고, 학교 건물은 고요히 잠든 것 같았다. 쓸쓸한 그 모습은 어딘가 죽어 있는 것처럼 보이기도 했다. 오직 바람만이 스쳐 지나가는 교정에서 리쓰코는 그 자리를 지키듯 피어 있는 벚꽃들을 돌아봤다.

넓은 교정이었다. 아이들은 언제까지 이 학교에 다녔을까. 한때는 아이들이 많던 시기도 있지 않았을까. 건물은 지금 봐도 훌륭해 보였다. 교정에는 아이들의 목소리와 웃음소리가 퍼지고, 운동회나 지역 축제가 열리면 아이들이 뛰어다니는 발소리나 떠들썩한 음악이 가득 울리지 않았을까. 리쓰코는 그 모습을 즐겁게 지켜보는 어른들의 웃는 얼굴이 보이는 것 같았다.

"분명 봄에는 입학식이며 졸업식도 있었을 거야. 그렇게 매년 반복돼 왔겠지."

벚꽃들이 지켜보는 가운데 아이들은 이곳에서 환영과 배웅을 받았을 것이다. 그리고 세월이 흘러 벚꽃만이 이곳에 남겨졌다.

자동차 안 부엌으로 돌아온 리쓰코는 허리에 앞치마를 두르고 도시락을 만들었다. 찬합에 담는 화려한 느낌이 아닌 좀 더 간단한 주먹밥이 좋을 것 같았다. 마침 꽃놀이 도시락을 먹고 싶었던 참이라 교정의 벚꽃들을 바라보면서 먹을 생각이었다.

그러면 벚꽃들에게도 조금 위로가 되지 않을까. 일년에 한 번 꽃을 피우는 시기에 그 아름다움을 사랑해주는 존재가 있다는 걸 조금은 기쁘게 생각해 주지 않을까.

그건 그렇고 마법은 편리했다.

주먹밥을 하기로 마음먹고 갓 지은 밥이 필요한데, 라고 생각하면 어느새 깔끔한 나무 밥통 안에서 따끈따끈한 흰 밥이 밥주걱과 함께 튀어나왔다. 김도 필요한데, 하면 향기롭고 바삭한 김이 적당한 크기로 잘려서 튀어나왔다. 옆에는 작은 단지에 담긴 먹음직스러운 소금도 나왔다.

리쓰코는 속재료로 무얼 넣을지 고민하다가 서양식으로 만들어도 좋겠다고 생각하며 냉장고를 열었다. 반들반들 광이 나는 붉은 명란과, 고급 브랜드의 크림치즈, 병에 든 마요네즈, 맑고 아름다운 색의 생햄, 윤기 나는 연어가 마치 리쓰코를 기다리고 있던 것처럼 그 안에 있었다. 발밑에는 채소 바구니가 있었는데 막 사 온 듯한 매끈한 햇양파가 굴러다녔다. 그렇게 조미료도 이것저것 갖고 싶다고 생각하자 어느새 소금 단지 옆에 애용하던 브랜드의 올리브오일과 발사믹 식초, 굵은 흑후추 병도 생겨났다.

"왠지 마법은 눈에 보이지 않는 눈치 빠른 가정부나 숙련된 조수가 뭐든 해주는 것 같은 느낌이야."

리쓰코는 양손에 소금을 살짝 묻히고 김이 모락모락 나는 뜨거운 밥을 삼각형으로 쥐며 고개를 끄덕였다. 그러고는 삼각형 주먹밥 꼭대기에 여러 가지 재료를 얹은 다음 김으로 감쌌다. 생햄을 넣은 주먹밥에는 마요네즈와 크림치즈, 흑후추로 간을 맞췄고, 연어는 얇게 썰어 물에 담근 후 매운맛을 뺀 양파를 밑에 깔고 올리브오일과 발사믹 식초를 약간 뿌렸다. 명란 주먹밥은 심플하게 딱 명란만 넣었다. 디저트는 과일이 좋을 것 같아서 냉장고를 열었더니 떡하니 보석처럼 예쁜 딸기가 한 팩 들어 있었다.

멜로디는 뒷발로 일어나서 부엌 조리대에 앞발을 짚었다. 그리고 목을 길게 빼더니 흥미롭다는 듯 리쓰코를 올려다보고 있었다.

"멜로디 도시락도 만들자."

— 멋있어, 멋져. 리쓰코, 고마워.

멜로디는 기쁜 듯 눈을 빛내며 수염을 위로 올렸다.

리쓰코는 멜로디 도시락을 만들기 위해 닭가슴살을 살짝 데쳐 잘게 찢었다. 그리고 눈 깜짝할 사이의 마법으로 남은 닭 육수를 젤라틴으로 굳힌 뒤 잘게 자르고 장식으로 흩뿌렸다. 수정 조각처럼 반짝반짝 빛나는 그 위로 크림치즈를 아주 살짝 곁들이고 가다랑어포를 조금 올려 완성했다.

포트에 물을 끓여서 차도 만들고, 멜로디를 위해 고양이가 좋아하는 개박하 향기가 나는 물도 담았다. 마법으로 앙증맞은 바구니도 두 개 꺼냈다. 큰 바구니에는 리쓰코의 도시락, 작은 바구니에는 멜로디의 도시락을 넣었다. 조릿대 잎으로 포장한 주먹밥과 닭가슴살 그리고 디저트 딸기를 넣고, 역시 마법으로 만들어낸 벚꽃 조화를 장식했다.

리쓰코는 연분홍빛의 삼베 보자기를 꺼내 두 바구니를 느슨하게 감쌌다. 그리고 작은 바구니를 멜로디에게 건넸다.

"자."

— 고마워.

멜로디는 두 앞발로 소중히 받으며 기쁘게 웃었다.

교정의 벚나무 아래에는 오래된 벤치가 있었다. 리쓰코는 멜로디와 나란히 거기에 앉았다.

"잘 먹겠습니다."

　리쓰코는 손을 모으고 말한 뒤 흩날리는 벚꽃과 봄 하늘을 보면서 갓 만든 도시락을 먹었다.

"아, 내가 했지만 맛있네."

　잊힌 듯 아무도 없는 학교 건물 앞에서 도시락을 먹는 시간이 쓸쓸하게 느껴졌지만 바람에 흩날리는 벚꽃은 아름다웠다. 리쓰코는 기분 탓인지 아니면 이제 자신이 사람이 아니라 그런 건지, 벚꽃들이 기뻐하는 것처럼 보였다.

"봄이 올 때마다 벚꽃은 활짝 피었지."

　돌아온 봄을 축하하듯이. 인간과 여러 생물과 함께 기뻐하고 축하하듯이. 아무도 없어도.

　리쓰코는 적어도 올해는 자신이 이곳에 있어서 다행이라고 생각했다.

"있잖아, 멜로디."

　— 응?

"내년 벚꽃이 필 때, 다시 여기로 꽃놀이 올까?"

　— 또 도시락 싸줄 거야?

"응."

— 와아.

멜로디가 활짝 웃었다.

식사 후 차를 마시며 디저트로 딸기를 먹은 리쓰코
는 문득 누군가의 시선이 느껴져 고개를 들었다.

학교 건물 창문 너머 어둑어둑한 교실 안에서 무언
가 번쩍인 것 같았다. 리쓰코는 고개를 갸웃거리며 도
시락 바구니를 벤치에 놓고 일어섰다.

"뭐지, 방금 저 빛."

리쓰코는 조금 무서웠지만 마법의 보호를 받고 있
어서 사람들 눈에는 보이지 않을 터였다. 더구나 지금
은 불사의 존재, 말하자면 불사신의 몸이다. 호기심이
앞선 리쓰코는 학교 건물로 다가갔다.

— 왜 그래?

벤치에서 뛰어내려온 멜로디도 리쓰코 뒤를 따랐다.
리쓰코가 깨진 창문으로 교실 안을 살짝 들여다봤다.

"앗."

교실 구석에 창백한 빛 두 개가 분명히 보였다. 모
두 흔들리고 있었다. 반딧불처럼.

리쓰코는 깜짝 놀랄 수밖에 없었다. 두 빛이 스르
르 창문 가까이, 리쓰코 쪽으로 천천히 다가왔기 때문
이었다. 그 창백한 빛 주위로 희미하게 동물의 모습이

보였다. 불빛이 깜빡였다. 그것은 눈을 깜빡이는 동작과 같은 것으로, 빛은 그 희미한 생물의 두 눈이었다.

창백하게 빛나는 눈이 깜짝 놀란 듯 리쓰코 쪽을 바라봤다. 몇 번 더 눈을 깜빡였다.

— 누구야? 당신, 누구야?

그 생물은 분명히 그렇게 물었다.

어린아이 같은 귀여운 목소리였다. 마치 리쓰코를 무서워하는 것처럼 목소리는 떨렸고 몸은 한껏 움츠려 있었다.

"저, 저기."

리쓰코도 창문 너머로 눈을 깜빡이며 '아, 인간이 아닌 생물이기에 내가 보이는 건가' 하고 생각했다.

그 생물은 벌벌 떨고 있었다. 두 눈이 이상하게 빛나고 있어 조금 무서웠지만 가까이서 보니 나무 열매처럼 동그랗고 아기자기한 검은 눈이었고, 둥글둥글한 몸집과 큼직한 꼬리를 가지고 있었다. 그 모습은 분명 리쓰코가 그림책이나 동물도감에서 본 적이 있던 생물이었다.

"음, 당신은 그, 너구리?"

— 맞아, 그렇긴 한데…… 당신은 인간이야?

"그래, 맞아. 그런데 너구리가 인간과 이야기를 할

수 있었던가?"

리쓰코는 너구리를 실물로 보는 게 난생처음이라, 무심코 물으면서도 바보 같은 질문을 한다고 생각했다. 꼭 무슨 그림책처럼, 아니면 옛날이야기나 민화의 세계 같다고. 야생동물이 말을 할 리가 없었다. 하지만 정작 리쓰코는 자신이 지금 그림책 속 등장인물과 다르지 않은 존재이자 꿈 같기도 한 두 번째 인생을 살고 있으니, 말하는 너구리와 마주친다 해도 그다지 놀라운 일도 아니라는 생각이 들었다.

너구리는 흥미롭다는 듯 웃었다.

— 보통은 말을 못 하지. 하지만 나는 오래 산 너구리 요괴라서 인간의 말도 할 수 있지. 나뭇잎을 머리에 얹으면 여러 모습으로 변신도 할 수 있어.

너구리는 의기양양하게 가슴을 내밀었다. 그러고는 조심스럽게 물었다.

— 인간이 이런 느낌이었나? 말하는 너구리가 무섭지 않아? 이 산에는 더 이상 인간이 없어서 오랜만에 말을 들으니까 깜짝 놀랐어.

너구리는 쭈뼛거리는 자세로 아직 두려워하는 것 같았지만 창가의 리쓰코 쪽으로 조금씩 가까이 다가왔다. 햇살 속에서 보니 너구리 털은 윤기가 흐르고 아름다웠으나 세월의 흔적인지 희미하게 은빛이 감돌았다. 어딘지 모르게 성스러워 보이는 게 요괴라서 그런 건가 싶어서 리쓰코는 옆에 있는 멜로디를 돌아봤다. 멜로디 역시 같은 생각을 하고 있었는지 리쓰코를 올려다보며 얌전한 얼굴로 고개를 끄덕였다.

너구리는 들뜬 목소리로 즐겁게 말을 이어갔다.

— 있지, 나는 친구들과 여기서 살고 있어. 아주 오래전 인간들이 이 산에 많이 살 때부터 몰래 숨어 살았지. 밤에는 학교에 아무도 없잖아? 요괴가 숨어 살기에는 딱이었지. 비록 지금은 인간이 모두 사라져서 하루 종일 마음대로 살 수 있지만, 너무 조용해서 쓸쓸하기도 해. 오랜만에 인간을 만나서 정말 기쁜데, 정말로 내가 안 무서워? 도망가고 싶지 않아? 인간은 말하는 너구리 같은 요괴와는 친구를 하지 않거든. 무섭다고 생각하니까. 하나도 안 무서운데. 우리는 인간에게 나쁜 짓을 하지 않는데도 말이야.

너구리는 코를 훌쩍거렸다.

"걱정 마, 너구리야. 나는 무섭지 않아."

리쓰코가 상냥하게 말했다. 자신은 인간의 범주에 들지 않을지도 모른다고 생각하면서.

너구리는 다시 기쁜 듯이 웃었다.

— 되게 오랜만에 인간의 목소리가 들린 것 같아서 기쁘고 그리웠어. 기분 탓이 아니었구나.

너구리는 부드럽게 웃었다.

— 좋은 냄새가 나.

코를 쿵쿵거리는 너구리에게 리쓰코는 도시락을 들고 꽃놀이를 하러 왔다고 말했다.

— 좋겠다. 나도 하고 싶어. 옛날에 마을 사람들이 벚꽃 아래에서 하던 거지? 맛있는 걸 먹고 마시고, 노래도 하는 거. 그거 부러웠는데.

너구리가 눈을 반짝이며 말하자, 리쓰코는 이 너구리의 도시락도 만들어야겠다고 생각하며 빙그레 웃었다. 너구리와 교정의 벚꽃 아래에서 함께 노래하는 것도 재미있을 것 같았다.

그때 문득 피아노 소리가 들려왔다.

"어머, 쇼팽의 「이별곡」이잖아."

학교 건물 안에서 들리는 소리 같았다. 리쓰코가 귀를 기울였다. 마치 레코드나 CD에서 흘러나오는 것처럼 완벽하고 아름다운 선율이었다.

— 맞아, 쇼팽의 피아노야. 잘하지?

너구리가 자랑하듯 말했다.

나이 먹은 요괴와 그 친구들만 있는 산간의 폐교

옆, 리쓰코와 멜로디는 천상에서 울리는 듯한 그 아름다운 피아노 선율을 시간이 가는 줄도 모르고 듣고 있었다.

☕

4월. 오랜만에 쉬는 일요일 낮.

"가볍게 등산하려고 했는데."

케이는 한숨을 내쉬었다.

"남은 길이 꽤 머네."

지도상으로는 목적지까지 바로 보였지만 산길을 계속 가도 종점까지는 시간이 꽤 걸릴 것 같았다. 목적지는 케이가 3학년 때부터 초등학교를 졸업할 때까지 살았던 그리운 마을이었다.

'지금은 마을이라기보단 그 흔적만 남았겠지만⋯⋯.'

머릿속으로 생각을 정정한 케이는 낙담하며 고개를 숙였다가 입술을 깨물고 다시 앞을 바라봤다. 그리고 계속 걸었다. 생각해 보면 그때는 부모님이나 친척의 자동차를 타고 올라갔던 산이었다. 자동차로는 순식간에 도착한 것 같았는데, 이제는 그곳을 걷고 있다고 생각하니 케이는 스스로 진짜 어른이 된 것 같아서 우쭐한 기분을 느꼈다. 무엇보다 오랜만의 휴일이라 무 언가에 홀린 것 같기도 했다. 피크닉이나 하이킹을 하 는 기분이 들 것 같아서 준비할 때부터 마음이 들떠 있었다. 배낭에 물통과 간식 조금, 땀 닦을 수건까지 챙기는 일은 나이를 먹어도 즐거웠다. 모험을 떠나는 것 같아서.

케이는 잘하는 과목이 지리였기에 지도만 있으면 어 디든 갈 수 있을 것만 같았다. 스마트폰 지도 앱도 있 으니 여유 있는 등산이라고 생각했다. 목적지까지 편 도 두 시간 정도의 짧은 여행이 될 것으로, 오전에 출 발해서 목적지에서 잠깐 쉬었다가 다시 내려가면 밤이 되기 전에는 돌아올 수 있을 것 같았다. 케이는 이번 봄부터 시작될 선생님 업무를 대비해 아이들과 뛰어놀 수 있도록 몸을 단련하고 싶었고 체력도 자신 있었다. 어릴 때부터 병치레가 잦았던 탓에 체질 개선을 위해 의식적으로 몸을 관리하고 있었고 그 덕분인지 감기 한 번 걸리지 않는 몸은 작은 자랑이기도 했다. 두 시 간을 올라야 하는 산길이 도시 생활을 하는 자신에게 조금 무리인 것도 같았지만, 새로운 마음으로 기합을 넣는다는 생각으로 다녀올 참이었다. 게다가 봄의 산 길을 오르는 건 분명 즐거운 일이 될 것 같았다.

처음 담임을 맡은 3학년 아이들에게 오늘 일을 들려
줘도 재미있겠다는 생각이 들자 케이는 꼭 가야겠다
는 마음이 들었다. 동경하던 직업을 갖게 돼서 그런지
교단 위에서 아이들의 얼굴을 보면 가슴이 두근거리고
얼굴이 달아올라 긴장해서 말을 제대로 할 수 없었다.
하지만 작은 모험 이야기라면 웃는 얼굴로 이야기할
수 있을 것 같았다.

어릴 적의 자신처럼, 곧 만날 아이들과 같은 나이었
을 때 이사 와 몇 년을 살았던 산속 마을. 그 추억담
을 함께 들려준다면 분명 즐거울 것 같았다. 그렇게
케이는 언젠가는 다시 그곳으로 가야 한다는 사명감
을 갖게 되었다. 그러나 산길로 접어들고 얼마 오르지
않아 서서히 후회가 밀려왔다.

"걸어서 온 게 실수였을지도⋯⋯."

적어도 자전거, 아니 오토바이. 아니야, 둘 다 안 된
다며 곧바로 고개를 내저었다. 이런 산길을 바퀴로 오
르면 사고가 날 수도 있었다. 그렇다고 면허나 자동
차가 있는 것도 아니었다. 도시 생활에서는 별 필요가
없었고 주차장 요금도 아까웠다.

산길은 제대로 손질되지 않았는지 길 주변이 잡초
에 침식된 데다 이끼도 끼어 있어 땅이 질퍽거려 걷기

가 힘들었다.

케이는 오랜 도시 생활로 다리와 허리가 물러진 것 같았다. 스니커즈 안 발가락도 아까부터 느낌이 별로 인 게, 물집이 잡혔는지도 모른다. 스스로가 한심했다.

어릴 때는 이 산을 뛰어다니며 친구들과 술래잡기를 하곤 했는데, 케이는 한숨을 내쉬었다.

"학교를 졸업한 지 십여 년 만인가. 그때도 인구가 적은 동네 같긴 했지만 이렇게 금방 사람이 사라지게 될 줄은 몰랐어."

알았다면 더 일찍 찾아왔을 텐데, 케이는 그 생각만 벌써 몇 번째였다.

"학교 방학 때라도 왔어야 했는데."

교직 이수 과정을 밟고 과외나 식당 아르바이트를 하느라 긴 방학에도 케이는 항상 바빴다. 그래도.

'없어질 줄 알았다면.'

그 그리운 학교에 누군가가 있을 때 가고 싶었다. 당시의 담임선생님은 분명 없겠지만, 다른 선생님들이 나 그때의 친구들을 만날 수 있었을지도 모른다. 학교 옆에 있던 작고 오래된 잡화점도 찾아가고 싶었다. 친절했던 마을 사람들을 만나서 많이 컸구나,라는 말을 듣고 싶었다.

"그 몇 년의 시간이 즐거워서 초등학교 선생님이 되고 싶었지. 그래서 대학에 들어가고, 공부도 하고, 교사 임용시험에도 합격했다고 알려주고 싶었는데."

그리고 무엇보다 올봄부터 초등학교 선생님이 되었다고 멋지게 말할 수 있었다면 좋았을 텐데. 그런 생각을 하자 케이는 코가 찡해졌다. 갑자기 감정이 차올라 멈춰 서 손등으로 번진 눈물을 닦았다. 그리고 한숨을 내쉬고 다시 걷기 시작했다. 케이는 원래도 눈물이 많았지만 어린 시절을 생각하니 눈물샘이 터져버렸다. 길을 서두르지 않으면 귀가가 늦어질 것이다.

"게다가 벚꽃은 모름지기 낮에 봐야지."

부드러운 푸른 봄 하늘에 흩날리는 꽃보라를 보고 싶었다. 초등학생 시절 그리운 학교 교정에서 친구들과 함께 올려다봤던 그 아름다운 벚꽃을.

어쩌면 그리운 친구들을 만나게 될지도 모른다. 그 시절이 꿈이 아니라면.

'언젠가 같이 꽃놀이를 가자고 약속했는데.'

케이는 쓸쓸해진 기억을 떠올렸다. 벚꽃 아래에서 꽃놀이를 하며 맛있는 도시락을 먹자는 그 약속을 이루지 못한 채 시간이 흘러버렸다.

케이가 살았던 마을은 옛날에 탄광으로 번창하던 곳이었다. 그곳에서 일하는 사람들을 위한 주택지와 목욕탕이 있었으며, 영화관과 서점, 양품점, 식료품점 등 다양한 가게들이 많아서 살기 좋은 아름다운 마을 이었다. 주민 대부분이 탄광 관계자들이어서 사람들끼 리 사이도 좋았다. '서로 가족 같았다'고 케이는 어렸 을 때 상점가 사람에게 그런 말을 들은 적이 있었다. 탄광 회사는 복리후생도 좋았고 급여도 높아서 그 시 절 마을 사람들은 풍족하게 사는 편이었다.

그 무렵 근처에 있었던 전철역은 아침저녁으로 열차 를 타고 내리는 사람들로 북적거렸다. 그러나 시대가 변하면서 탄광은 폐쇄되었고 일자리를 잃은 주민들은 하나둘씩 마을을 떠나 산을 내려갔다.

그에 반해 정든 땅을 떠나고 싶지 않았던 사람들과 낯선 지역을 꺼리는 노인들은 남았다. 물론 앞으로의 생활에 부푼 희망을 가진 사람들도 있었다. 사업을 새 로 시작하려던 사람들도, 탄광 사람들을 상대로 장사 를 하던 사람들도 대부분 그대로 가게를 열었다. 하지 만 산간의 작은 마을이 예전 같은 활기를 되찾기는 어 려웠고, 사람들은 조금씩 꿈과 희망을 버리고 결국 마 을을 떠났다.

이 이야기들은 케이가 어릴 적 서점 할머니에게 들었던가. 마을에 막 이사 왔을 무렵, 산골 생활에 익숙하지도 않고 친해 보이는 아이들 무리에 끼이기 두려웠던 케이는 동네 서점에 자주 드나들었다. 선반에 있는 책 제목을 모두 외울 정도로 작은 가게였지만 그래도 재미있는 책과 만화가 많았다. 어쩌면 그 근처에 있던 오래된 식당 아주머니에게 들었던 이야기일지도 모른다. 그 가게는 덮밥과 빙수가 맛있었다. 부모님 곁을 떠나 친척 집에 맡겨져 처음 산골에서 살게 된 케이를 상점가 사람들은 이것저것 챙겨주며 귀여워했다.

케이가 그 마을에서 살았던 몇 년의 시간은 마을 사람들이 재생의 꿈을 접고 하나둘씩 마을을 떠나 산을 내려가던 그 시기였다. 마을 사람들은 밝고 다정해 보였지만, 어딘가 조용히 체념한 사람들의 쓸쓸한 분위기를 당시 케이도 느낄 수 있었다. 그 무렵 상점가의 몇몇 가게는 이미 문을 닫았고, 낡은 건물에는 셔터가 내려져 있었다. 사람이 살지 않게 된 주택지는 유령 도시 같았다.

케이가 다니던 초등학교도 건물만은 크고 훌륭했지만 아이들 수는 적었다. 지금 케이가 교사로 있는 도시 학교 아이들도 한 반의 인원수가 상당히 적었지만 그것과는 차원이 다르게, 한 교실에서 전 학년의 아이들이 공부를 했다. 초등학생뿐만 아니라 다른 교실에서는 중학생들이 수업을 하고 있을 정도였다.

아이들은 형제처럼 사이가 좋았고 항상 웃음소리로 떠들썩했다. 도시에서 온 케이가 신경 쓰였는지 어깨나 등을 두드리며 친절하게 말을 걸기도 했지만, 케이는 그게 무서웠다. 거리감이 너무 가깝다고 할지, 갑자기 간격을 좁히는 듯한 느낌이 케이는 낯설었다. 그런 모습 때문에 자신들을 싫어하는 것처럼 보였는지 아이들도 머뭇거리며 케이와 거리를 두기 시작했다.

아이들은 잘못이 없었다. 케이가 섬세하고 겁이 많은 아이였을 뿐이다. 그 시기의 케이는 특히 마음에 큰 불안을 안고 있어서 고개를 자주 숙이기 일쑤였다.

애초에 케이는 자신이 친척에게 맡겨진 이유부터 마음이 편하지 않았다. 아빠의 해외 근무가 갑자기 결정되었는데, 그 나라의 정세가 불안하던 참이라 다시 국내로 철수하게 될지도 몰랐다. 몸이 약하고 섬세했던 케이를 데려가기엔 걱정이 많았던 부모님은 케이만 국내에 남기고 엄마만 아빠를 따라 가기로 의견을 모았다. 그렇게 사이좋은 친척이 사는 산골의 멋진 마을에 케이가 살면 좋겠다고, 자연이 풍부한 시골에 케이를 유학 보낸다고 생각한 것이다. 어른들의 선의 덕에 친척들은 기꺼이 케이를 맡아주겠다고 했고, 그렇게 지낼 곳도 정해지면서 케이는 3학년 때부터 부모님과 떨어져 그 마을에 살게 되었다.

케이가 생각을 정리할 시간도 없이 갑자기 정해진 전학이었다. 그 마을에 대해 아는 게 없어서 가기 싫은 마음도 있었지만, 정세가 많이 불안한 나라로 가는 부모님이 걱정된 케이는 아무 말도 하지 못한 채 어른들의 말을 따랐다. 분주하게 해외 전근을 준비하는 부모님에게 짐이 되고 싶지 않다는 이유도 있었다.

부모님은 일을 아꼈다. 게다가 해외 생활에서는 엄마의 역할이 필요했다. 어렸을 때 부모님과 함께 해외에서 산 경험이 있던 케이는 그런 부모님이 존경스러웠고, 자신이 방해가 되고 싶지 않을 정도로 사랑했다. 이제 3학년이니 철들어야 한다는 생각까지 들었다.

"하지만 철들어야 한다고 생각하는 사이, 이미 지쳐버렸지."

산길을 오르면서 케이는 쓴웃음을 지었다. 스스로 '이제 3학년'이라고 생각했지만 어른이 된 지금 와서 보니 '고작 3학년'이었다. 팔다리와 목도 가늘고 전체적으로 연약한 게 체력도 부족했다. 아직 어린 마음도 마찬가지였다. 학교에 친구라도 있었다면 놀거나 이야기를 나눌 수 있었을 것이다. 상급생이나 중학생을 스스럼없이 대했다면 편해졌을 것이다. 상냥하게 배려해 준 선생님에게 응석을 부려도 좋았을 것이다.

하지만 그때의 케이는 그럴 수 없었다. 교실에서 고개를 숙이고 가만히 시간을 보냈다. 외로움도, 무서움도 혼자 견뎌야 한다고 생각했다. 모두가 자신을 걱정하고 있다는 걸 알았지만 마음이 쉽게 열리지 않았다.

그러던 어느 날의 일이었다.

저녁 무렵, 케이는 교실에 두고 온 물건이 있다는 걸 깨닫고 혼자 어두컴컴한 학교 건물로 돌아왔다. 음악 수업 피리 테스트가 코앞인데 책상에 넣어두고 깜박한 것이다.

지금보다 옛날이었고 거기다 시골 학교라서 건물 현관은 잠겨 있지 않았다. 케이는 혼자 삐걱거리는 나무 계단을 올라 2층 교실까지 갔다.

아무도 없었다. 고요한 학교 건물에는 창문으로 해 질 녘의 발그스름한 빛이 비쳐 들어 조금 무서웠다. 공기도 싸늘하니 어디선가 찬바람도 불어와 문득 귀신이나 요괴가 나올 것 같은 기분이 들었다.

역사가 깊은 오래된 학교로 옛날에는 학생 수도 많

고 설비도 호화로웠다. 지금은 거의 사용되지 않아 창고로 쓰이지만, 교실 수도 많고 복도도 넓었다. 천장도 높아 인기척이 없으면 너무 조용해서, 더더욱 여기저기 얽히는 어스름이 무섭게 느껴졌다.

복도를 걷던 케이는 자신의 발소리 외에 누군가의 발소리가 따라오는 것 같은 느낌이 들었다.

'말도 안 되는 일이야……'

그렇게 생각하려고 해도, 방금 지나간 과학실의 고풍스러운 인체 모형과 포르말린에 담긴 물고기와 개구리가 떠올랐다. 인체 모형의 반쪽은 피부가 없었고 내장과 근육, 뇌가 드러나 있어 불쾌했다. 포르말린에 담긴 물고기와 개구리는 오랫동안 유리병 속에서 빛바랜 모습이었지만 뚜껑을 열면 밖으로 튀어나와 움직일 것만 같아서 섬뜩했다.

'인체 모형이 한밤중에 움직인다는 말이 있잖아.'

'학교 운동장을 달린다던 소리, 못 들었어?'

이런 말들을 케이는 어떤 친구에게서 들은 적이 있다. 도시에서 학교를 다닐 때였다. 학교 괴담이나 7대 불가사의 같은, 어느 학교에서나 있을 법한 말들이었다. 도서관에도 그런 책이 있었고 만화에도 나오곤 했다. 하지만 낮에 학교 친구들과 함께 있을 때는 케이는 웃으면서 그럴 리가 없다고 말했다.

'화장실 귀신 하나코* 같은, 그런 게 있을 리가 없으니까⋯⋯.'

하필 화장실 앞을 지나가면서 그 생각이 떠올랐다. 화장실 귀신은 단발머리에 하얀 블라우스와 빨간 치마를 입은 여자아이. 하나코라는 이름을 부르면 귀여운 목소리로 대답을 해주지만, 말을 잘못하면 화장실 안으로 끌고 들어가 버린다고 했던가?

케이는 냉정하게 아이 혼자 그 좁은 화장실 변기 속에 끌려 들어가는 건 구조상 말이 안 된다고 생각했다. 아니, 애초에 화장실에 요괴가 있을 리가 없다고, 화장실뿐만 아니라 요괴라는 존재는 이 세상에, 현실 세계에 있을 리 없었다.

"무섭지 않아. 그러니까, 무섭지 않아."

케이는 스스로를 다독이며 걸었다. 원래 감수성이 강하고 겁이 많다는 걸 본인도 알고 있었다. 하지만 학교 괴담 같은 논리적이지 않은 것을 무서워해서는 안 된다고 생각하기도 했다. 이제 3학년이니까. 정말

• 학교 화장실에 나타난다는 일본 학교 괴담 속 여자아이 귀신

로, 내년이면 4학년이니까. 당연한 말이지만.

교실 문을 열 때도 용기가 필요했다. 아무도 없을 교실에 누가 있으면 어쩌나 싶어 가슴이 두근거렸다.

다행히 아무도 없었다.

케이는 안도감에 가슴을 쓸어내렸다. 그리고 서둘러 자신의 자리로 가 피리를 꺼내고는 빠르게 교실을 나와 문을 닫았다. 다시 긴 복도를 걷고 현관을 향해 계단을 내려가려 할 때, 케이는 흠칫 등을 떨었다.

피아노 소리가 났다.

무심코 계단을 뛰어내려 학교 건물 밖으로 도망치고 싶어진 건, 학교 괴담이나 7대 불가사의 같은 데서 '음악실에서 피아노가 울린다'는 이야기가 있었던 것 같아서였다. 한밤중 음악실에서 피아노가 울린다더라, 그 소리를 이상하게 여겨 음악실 문을 열면 그곳엔 아무도 없었다는 이야기.

하지만 케이는 마음을 다잡고 멈춰 섰다. 흘러나온 음악이 케이가 좋아하는 곡이었고, 더구나 귀를 의심할 정도로 연주가 훌륭했기 때문이었다. 케이는 조심스레 피아노 소리가 나는 쪽을 돌아봤다. 같은 층 끝에 있는 음악실. 틀림없이 그쪽에서 들려오고 있었다.

'쇼팽의 「이별곡」이다.'

그건 아빠가 좋아하는 곡이었다. 쉬는 날이면 가끔씩 연주하던 걸 케이는 기억하고 있었다. 느릿하면서 부드러운 그 선율을 듣고 있으면 마음이 차분해졌다. 그 곡을 연주하고 싶어서 케이는 아빠에게 조금씩 배운 적도 있었다.

음악을 튼 게 아니었다. 누군가가 실제로 피아노를 치고 있었다. 케이는 평소에 피아노 라이브 연주를 들었기 때문에 그 느낌을 구분할 수 있었다. 아무도 없을 해 질 녘 학교 건물에서 피아노 소리가 나다니. 분명 누군가가 피아노를 치고 있었다.

처음에 케이는 소름이 끼쳤지만 듣다 보니 그 피아노 연주가 무척 훌륭하다는 것을 느낄 수 있었다. 부드럽고 아름다운 선율에 두려움은 어느새 녹아내리듯 사라졌다. 마치 듣고 있는 누군가에게 다정히 말을 건네는 듯한 그런 연주였다.

'그래, 누군가가 연주하고 있어……'

요괴가 아니라 인간이.

케이는 고개를 끄덕였다. 피아노를 잘 치는 누군가가 실제로 연주하고 있는 거라고.

어쩌면 그 사람은 아무한테도 연주를 들려주고 싶지 않아서 방과 후 아무도 없는 저녁 시간에 학교에서

몰래 피아노를 치고 있는 게 아닐까 생각했다.

'그럼 방해하면 안 되려나……'

그렇게 생각한 케이는 발소리를 죽이고 계단을 내려가려고 했지만, 도중에 발을 멈추었다.

그대로 눈을 감고 피아노 소리를 들었다. 연주자는 어지간히 「이별곡」을 좋아하는지, 아니면 오늘은 같은 곡만 연주하고 싶은 건지 계속 반복했다.

'아빠 같아.'

아빠는 기분이 좋으면 「이별곡」을 계속 연주하곤 했다. 그럴 때마다 엄마는 "또 시작이네" 하고 웃으면서도 질리지 않는다는 듯 들어주었다. 케이는 그날의 일상이 그리워졌다.

음악실 앞으로 간 케이는 문에 살며시 손을 얹고 살짝 밀었다. 안은 어두컴컴했다. 불을 꺼두고 있어서 어둡지 않을지 생각하는데, 음악실 한가운데에 놓인 피아노 앞에 그림자가 보였다. 어린이는 아니었다. 키가 크고 마른 체격의 남자가 거무스름한 옷을 입고 의자에 걸터앉아 있었다.

'학교 선생님인가?'

케이는 학교에 저런 사람이 있었나, 하고 고개를 갸웃했다. 이목구비의 윤곽이 뚜렷해서 외국인처럼 보이는 어른이었다. 그는 어두컴컴한 음악실 안에서 케이를 보고는 건반에 긴 손가락을 얹은 채 빙그레 웃는 듯했다.

안이 어두운 탓인지 순간 그 모습이 아빠를 닮은 것 같아서 케이는 음악실 안으로 발을 들여놓았다.

"저기……."

케이가 순간적으로 말을 걸었을 때, 그는 미소를 띤 채 눈앞에서 한 줄기 빛나는 연기로 변했다. 그리고 케이 앞을 살랑 스치더니 칠판 위로 날아올라 벽에 걸린 초상화 속으로 바람처럼 휙 사라졌다.

케이는 제 눈을 의심하며 초상화 쪽으로 비틀거리며 다가가 칠판 위를 올려다봤다. 초상화 속에는 방금까지 피아노를 치며 웃던 사람이 있었다.

"쇼팽이다. 쇼팽의 초상화다……."

학교 괴담 같았다. 음악가의 초상화 요괴. 케이는 그림에서 눈이 움직인다는 말을 들은 적 있었는데, 피아노를 치는 경우도 있었나, 하고 희한할 정도로 냉정하게 생각했다.

"음, 그렇다는 말은 어느 쪽이든 요괴라는 거지…… 요괴가 피아노를 치고 있었네?"

목소리가 떨렸다. 피아노 쪽으로 돌아보자 뚜껑이

열려 있는 피아노 앞에는 아무도 없었다. 케이는 얼굴이 새파랗게 질리는 것을 느끼며 그 자리에 우두커니 서서 한 번 더 초상화를 올려다봤다. 초상화 속 쇼팽이 부드러운 눈으로 케이를 내려다보는 듯했다. 그 표정 역시 아빠를 닮아 보였다. 지금은 멀리 외국에 가 있는 다정한 아빠를.

"응, 안경을 썼다면 완전 아빤데⋯⋯."

그렇게 생각하니 마음이 차분해졌다. 조금 전의 그 것이 괴담이든 요괴든, 귀신 같은 그런 존재가 맞고 순간적으로 일어난 일일 수도 있지만, 케이가 보고 있는 쇼팽은 다정한 존재처럼 느껴졌다.

"피아노 연주 정말 멋있었어요."

케이가 중얼거렸다.

"오랜만에 들었던 곡이라 반가웠어요."

혼자 있었기 때문일까 아니면 지금도 귓가에 맴도는 멜로디가 완벽하게 아름다웠기 때문일까.

눈가에 눈물이 맺힌 걸 알아차린 케이는 손끝으로 눈을 비볐다. 아빠의 갑작스러운 해외 근무가 결정되고 나서, 마음을 강하게 먹기로 다짐했기 때문에 남들 앞에서 울지 않으려고 노력했었다. 그래서인지 자연스럽게 나오는 눈물이 오랜만이라 케이는 이 순간이 너무나 신기하게 느껴졌다.

젖은 손끝을 쳐다보자마자 갑자기 눈물이 줄줄 흘러 멈추지 않았다. 케이는 처음에 초조해하다가 이윽고 단념하고 그냥 울었다. 흐느끼듯 울음이 터져나왔다. 그동안 스스로 깨닫지 못했었다. '나는 울고 싶었구나'라고 생각한 케이는 지금은 혼자니까 울어도 상관없을 것 같았다.

그때 굉장히 귀여운 목소리가 들려왔다.

— 안녕, 쇼팽이 피아노 잘 치지? 네 생각도 그렇지?

느닷없이 들려온 목소리였다. 아까 전의 요괴 피아니스트 말고는 아무도 없다고 생각했는데, 어두컴컴한 텅 빈 음악실에서 그 귀여운 목소리가 어디선가 불쑥 말을 걸어온 것이다.

그 목소리는 말이 조금 빨랐는데, 어째서인지 초조한 듯한 말투로 이어 말했다.

— 어쨌든 쇼팽 초상화에서 태어난 요괴라서, 피아노도 쇼팽처럼 잘 친대. 아무리 그래도 정말 대단해.

너무나 갑작스러워 깜짝 놀란 케이는 그대로 심장이 입 밖으로 튀어나올 것 같았다. 그런데 그 귀여운 목소리가 당황한 듯 말을 이었다.

— 저기, 거, 걱정하지 마. 난, 우리는 무섭지 않아.

나쁜 요괴는 아니니까.

조심스럽게 주변을 둘러보던 케이는 목소리의 주인을 찾았다.

밤이 가까운 컴컴한 음악실 안, 바닥 근처에서 푸른 빛 두 개가 별처럼 반짝이고 있었다. 빛은 이따금 눈을 감았다 뜨는 것처럼 점멸하며 케이 곁으로 다가왔다.

'아, 저 두 개의 빛은 누군가의 맑은 눈동자구나' 하고 케이는 바로 알아차렸다. 오래전 인터넷에서 본 해외 동물 보호 구역의 밤 짐승들의 아름다운 눈동자 같았다. 부드럽고 풍성한 털에 폭신폭신한 긴 꼬리, 포근하고 따뜻한 모습의 생물이 아장아장 케이 곁으로 다가왔다. 푸르게 빛나는 그 눈동자는 벽에 걸린 초상화를 올려다봤다.

― 옛날에 이런 이야기를 들었어. 초상화 속 쇼팽이 이곳에서 오랫동안 아이들의 노랫소리와 합주를 듣다가 영혼이 깃들어 귀신이 되었다는 거야. 그 후로 아이들은 초상화를 보며 '살아 있는 것 같다'라고 말하곤 했는데, 어느새 정말 살아 있는 그림이 된 거지. 나? 나는 너구리. 너구리 요괴야. 요기 옆에 있는 산에 살았는데, 오래 살다보니 이렇게 요괴가 됐어.

가슴을 내밀며 너구리가 웃었다.

말을 듣고 보니 커다란 꼬리가 달린 둥글둥글 푹신한 모습은 그림책이나 만화에서 보던 너구리였다. 예전에 TV나 동물원에서 봤던 너구리보다 크기가 커서 표정을 짓는 얼굴이 더더욱 이야기 속 존재처럼 느껴졌다. 민화 속에서 안녕, 하고 튀어나온 것만 같았다.

— 있잖아, 너를 알아. 케이.

너구리가 갑자기 케이의 이름을 불렀다. 케이가 소리 없이 놀라자 너구리는 어쩐지 의기양양하게 웃었다.

— 나는 요괴라서 그 정도는 안다고. 부모님이 멀리 외국에 나가면서 넌 혼자 이 산골 마을에 왔지? 그래서 늘 친구 없이 혼자 다니고. 너 쓸쓸하지?

아주 부드러운 목소리로 너구리는 말했다.

— 우리는 늘 널 걱정했어. 조용히. 이상하게 신경이 쓰였지. 음, 우리도 요괴라 쓸쓸하니까.

"……쓸쓸해?"

너구리는 응, 하고 푹신한 머리로 고개를 끄덕였다.

— 옛날과 달리 지금은 문명에 밝아진 세상이 되었지. 과학의 힘으로 도시는 밤이 되어도 여전히 밝고 인간들은 더는 우리를 두려워하지 않아. 해 질 녘과 밤의 어둠이 사라졌으니. 무심코 우리를 발견하면 겁을 먹기는커녕 "요괴가 세상에 어딨어"라는 말들을 하더

군. 그거 알아? 인간이 그런 식으로 말할 때마다 요괴의 힘은 약해지고 모습은 점점 희미해져. 그렇게 사라지는 거야. 요괴가 있다는 사실을 믿어주지 않으면 우리는 살 수가 없어. 그래서 지금 이 세계의 요괴들은 어둠이 짙은 산속이나 인기척이 없는 곳을 찾아서 숨어 살게 된 거야.

"그렇구나."

케이는 고개를 끄덕였다. 갑작스러운 요괴와의 만남은 정말 놀랍고 무서웠다. 꿈을 꾸고 있는 것 같기도 했지만 차츰 즐거워지기 시작했다. 마치 만화 속 주인공이 된 듯한 놀라운 전개 같아서 이를 기뻐하지 않는 아이는 없지 않을까, 하고 케이는 생각했다.

'그렇구나, 옛날 민화나 괴담에 나오던 요괴들이 요즘 마을에서 보이지 않는 건 이렇게 시골이나 산속에 숨어 살고 있기 때문이구나.'

케이는 팔짱을 끼고서 고개를 끄덕였다. 그리고 동시에 슬퍼졌다. 요괴들이 불쌍해서. 너구리의 말처럼 자신들이 있다는 사실을 믿어주지 않아서 살아갈 수 없다면, 그렇게 인간 곁에서 자취를 감추면 언젠가는 인간에게 잊히지 않을까. 그렇게 되면 요괴는 이 세계에서 사라지지 않을까.

생각에 잠긴 케이에게 너구리가 이어 말했다.

— 하지만 요괴 중에서도 나처럼 오랫동안 마을 인근에 살면서 인간들을 좋아하거나, 쇼팽들처럼 학교에서 태어난 요괴들은 너무 외로워서 먼 곳으로 못 가. 이렇게 마을 인근이나, 방과 후 또는 방학처럼 아이가 없는 학교에 숨어 살기도 해.

그렇구나, 하면서 고개를 끄덕이던 케이는 문득 너구리의 말을 되풀이했다. 무심코 듣다가 이상한 말을 들은 것 같다.

"쇼팽'들'처럼?"

'들이라면 둘 이상이라는 말인데, 그렇다면…… 요괴가 또 있다는 말이야?'

케이의 생각을 읽은 듯 너구리가 기쁜 듯이 고개를 끄덕였다. 그러고는 짧고 푹신푹신한 손으로 음악실 바닥 쪽을 가리켰다.

어둠이 한층 짙게 깔린 그곳을 자세히 보니, 두 사람 같은 형체가 보여서 케이는 깜짝 놀랐다. 검은 사람의 형체가 무릎을 세우고 두 팔로 감싼 채 웅크리고 앉아 있었다.

— 마침 지금 두 친구와 함께 쇼팽의 피아노를 듣고 있었어. 둘 다 쇼팽처럼 학교에서 태어난 요괴인데

아이들을 아주 좋아해. 저 둘도 학교에 있으면서 항상 너를 지켜보고 있었어. 아마 너는 몰랐겠지만.

"응, 전혀……."

케이는 그렇게 대답하면서도, 몇 번인가 누군가의 시선을 느낀 적이 있었을지도 모른다고 생각했다. 누가 나를 보고 있는 걸까, 하고 돌아보아도 아무도 없었던 적이 있었는데 기분 탓이라고 생각했었다. 그리 불쾌하고 무서운 느낌은 들지 않았기에 지금껏 잊고 있었다.

― 다들 도시에서 온 애가 외로워 보여서 걱정이라며 항상 너를 지켜봤어. 그런데 우리는 요괴잖아. 그래서 말을 걸어서 힘을 주는 것처럼 친구가 될 수는 없다고 몇 번이나 이야기했어. 애초에 우리가 여기에 있다는 것 자체가 비밀이니까. 그런데 말이야, 아까 네가 너무 괴로워 보였어. 울음까지 터뜨리니까 그만 말을 걸고 말았네.

너구리는 그렇게 말하며 헤헤 웃었다. 두 사람의 형체가 팅기듯 일어서더니 그대로 사뿐히 케이에게 다가왔다.

― 안녕.

― 안녕, 케이.

한 명은 단발머리에 하얀 블라우스와 빨간 치마를 입은 여자아이로, 웃는 얼굴과 목소리가 분위기 있으면서도 귀여웠다. 하지만 어딘지 모르게 옷도 머리도 촉촉하게 젖은 것처럼 보였다. 다른 한 명은 플라스틱처럼 딱딱해 보이는 몸이었는데, 절반은 피부 없이 내장과 근육이 다 보이는 남자였다. 이건…….

'화장실 귀신과 인체 모형이잖아.'

"안녕하세요."

케이는 울다가 웃으며 요괴들에게 인사했다. 흐름에 휩쓸려 그렇게 말해버렸다.

'잠깐만, 혹시가 아니라 진짜 요괴잖아. 이거 진짜 학교 괴담이잖아.'

케이는 있을 수 없는 일이라고 생각했지만 분명 눈앞에 있었다. 그 모습들이 현실적인 사건처럼 느껴지진 않았지만 세상에 '이런 일'도 있구나, 하고 순순히 받아들일 수밖에 없었다. 요괴들은 참으로 밝고 다정한 미소를 지으며 수줍은 듯 케이를 바라보았고, 한편으로는 서로 신나게 시선을 주고받는 모습들이 매우 기뻐 보였다.

너구리가 말하길 그들은 쇼팽과 마찬가지로, 이 학교의 오랜 역사 동안 대대로 아이들의 상상력이 씨앗

이 되고 양식이 되어 만들어진 요괴들이었다. 화장실에 귀신이 있을지도 모른다, 과학실의 인체 모형이 움직일 수 있을지도 모른다, 이런 식으로 아이들이 무서워하고 소문을 내는 사이 그 상상 속에 영혼이 깃들어 요괴가 된 것이라고 했다. 너구리는 들뜬 얼굴로 이 세상에는 아이들이 만들어낸 요괴가 많은 것 같다고 이야기해 주었다. 이 세상의 학교 화장실에는 귀신이 숨어 있고, 과학실의 인체 모형이 몰래 움직이거나 달리고 있을 거라고. 음악실에 있는 음악가 초상화들 속에도 영혼이 깃들어 남몰래 피아노를 치고 있을지도 모른다.

— 그러니까 너희 인간 아이들은 학교 요괴들의 소중한 창시자랄까, 아니, 역시 소중한 친구라고 생각해.

너구리는 고개를 끄덕이며 그렇게 말했다.

— 아, 물론 나도 마찬가지야. 마을 옆에서 쭉 살아왔으니 인간을 정말 좋아해. 인간은 소중한 친구니까.

'그렇군, 그렇구나.'

케이는 생각했다. 요괴는 착하구나. 나를 가만히 지켜봐 줬구나. 쓸쓸해 보인다, 외톨이라고 생각하면서 남몰래 걱정하고 있었구나. 그렇게 생각하니 왠지 마음속에 작은 불이 켜진 것처럼 기뻤다.

'그래도 솔직히 무섭긴 하지만.'

어쨌거나 케이가 보는 것은 화장실 귀신과 인체 모형 귀신이었다.

'너구리도.'

귀여워 보여도 너구리도 오래된 요괴일 것이다.

'무서워. 솔직히 소름 돋아. 그런데……'

케이는 그런 생각이 들면서도 마음 깊은 곳에서부터 즐거움이 차올라 웃음이 났다. 이 마을에서 처음 생긴 친구가 요괴였다. 그게 조금은 멋진 일처럼 느껴졌다.

케이가 그 요괴들을 만난 건 분명 가을에 일어난 일이었다. 케이는 요괴들과 실컷 놀았다. 가까운 산에 가서 맛있는 나무 열매를 따 먹기도 하고, 나무들 사이에서 야성미 넘치는 술래잡기도 했다. 덤불에 걸려 상처투성이가 되기도 했지만 즐거웠다. 비밀기지를 만들어 꽈리 열매와 예쁜 꽃으로 꾸미기도 했다. 야산의 짐승들과 새들이 놀러 왔다. 학교 건물에 사람이 없을 때는 쇼팽의 피아노 연주를 듣기도 했다. 쇼팽은 어쨌든 쇼팽이었기 때문에 「이별곡」 외에도 「녹턴」이나 「빗방울」 등 쇼팽의 여러 명곡들을 즐겁게 연주했다.

케이는 남몰래 요괴들과 놀면서 조금씩 산속 생활에 익숙해졌고 체력도 붙고 활기차게 웃을 수 있게 되었다. 요괴들은 마을뿐만 아니라 주민들에 대해서도 잘 알고 있었다. 그 덕분에 케이는 점차 마을에 적응해 갈 수 있었다. 요괴들은 학교 아이들이나 선생님들도 주의 깊게 살펴본 뒤 그들의 장단점들을 이것저것 알려줬다. 그러다 보니 케이는 어느새 학교 사람들이 원래부터 알던 사이처럼 친근하게 느껴졌고, 자신도 모르게 말을 걸거나 인사를 나누게 되었다. 마을 아이들은 그런 케이를 기쁘게 친구로 받아들였다.

이윽고 케이는 요괴들과 노는 것보다 학교 친구들과 수다를 떨고 지내는 시간이 더 많아졌다. 요괴들은 조금 쓸쓸해 보였지만 케이가 친구 이야기를 하면 기쁜 얼굴로 들어주었다.

어느 날, 케이가 요괴들에게 말했다.

"학교 선생님과 친구들에게 너희 얘기를 해도 돼? 분명 모두 기뻐하며 친구가 돼 줄 거야."

그렇게 제안하자 요괴들은 서로 얼굴을 마주하며 잠시 생각에 잠기더니 고개를 내저었다.

너구리가 조용히 말했다.

— 우리는 역시 인간이 무서워. 좋아하지만 두렵기도 하지. 만약 우리가 정체를 드러냈는데도 "요괴 같은 건 있을 리 없어"라고 무시해 버릴까 봐 불안해. 그

러니까…….

요괴들은 케이에게 자신들에 대해서는 비밀로 해줬으면 좋겠다고 말했고, 너구리가 작은 목소리로 말을 이었다.

— 있잖아, 우리가 네 앞에 모습을 드러낸 것처럼 어쩌면 언젠가 또 다른 인간들과 이야기를 나누고 싶은 용기가 생길 수도 있어. 그들과 친구가 되고 싶을 수도 있겠지. 그날을 기다려주면 좋겠어. 그때까지 우리를 아무에게도 말하지 않고 비밀로 해줬으면 해.

케이는 고개를 끄덕였다. 그리고 요괴들에 대해 아무에게도 말하지 않겠다고 약속했다.

산골의 밤하늘은 도시의 밤하늘과는 차원이 달라서 케이는 계절마다 요괴들과 하늘을 올려다봤다. 케이가 마지막으로 밤하늘을 본 건 초봄이었다. 셀 수 없이 많은 별을 보면서 케이가 별자리 이름을 알려주면 요괴들은 기뻐하면서 함께 별을 찾았다.

별똥별에 소원을 빌기도 했다.

— 언젠가 꽃놀이 도시락을 먹고 싶어.

그건 너구리의 소원이었다. 봄이 올 때마다 마을 사람들은 교정의 벚나무 아래에 모여 즐겁게 꽃놀이를 하며 먹음직스러운 도시락을 먹었다. 너구리는 오랫동안 그게 부러웠다고 말했다.

"그런 건 별똥별에 빌지 않아도 돼. 내가 해줄 수 있으니까. 같이 꽃놀이를 가는 거야."

케이는 친척 집 부엌을 빌려 도시락을 싸면 될 것 같았다. 도시락을 만드는 방법은 도서관이나 인터넷으로 찾아보거나 친척한테 물어보면 될 일이었다.

너구리는 와아, 기뻐하며 두 손을 들었다. 다른 요괴들이 부러워하자 케이는 다 같이 도시락을 먹자며 웃었다.

"약속할게. 언젠가 꼭, 다 같이 즐겁게 꽃놀이를 가는 거야."

요괴들과 함께하는 꽃놀이라니, 케이는 어쩐지 굉장한 것 같으면서도 조금, 아니 아주 설레는 기분을 느꼈다.

'분명 즐거울 거야.'

벚꽃잎이 흩날리는 교정에서 맛있는 도시락을 먹을 것이다.

인간을 좋아하는 착한 요괴들과 함께.

"그런데 내가 그 약속을 잊어버리고 말았네."

어른이 된 케이는 산길을 오르며 홀로 중얼거렸다.

봄 하늘에서는 어디선가 벚꽃잎이 사르르 흩날리고 있었다.

학교 친구들이 늘어나고 마을에 친숙해지면서 케이는 차츰 요괴들과 놀지 않게 되었고, 전해줄 말도 점차 없어졌다. 그러다 이윽고 초등학교를 졸업할 무렵에는 부모님이 외국에서 돌아왔다. 다시 도시로 돌아갈 날이 온 것이다. 교정에 벚꽃이 흩날리는 가운데, 케이는 마을의 몇 안 되는 동급생 친구들과 어린 동생들, 마을 사람들의 배웅을 받으며 학교와 작별했다.

케이는 그날, 사람들의 그림자와 어슴푸레한 건물의 어둠 사이로 착한 요괴들의 기척이 느껴졌고, "졸업 축하해"라는 속삭임이 들린 것 같았다. 그로부터 오랜 세월이 흘러 분주하고 화려한 도시 생활로 돌아가 어른이 된 지금, 그것은 환각이나 착각이었을까, 하는 생각이 문득 들기도 했다. 애초에 3학년 때부터 몇 년간 요괴 친구들과 야산에서 함께 뛰놀던 그 시간들은 어쩌면 쓸쓸했던 환경에서 자신이 만들어낸 환상이었을지도 모른다고. 아니, 오히려 이제 어른이 되었으니 그렇게 받아들여야 한다고 스스로 설득하기도 했다.

'그렇지만…….'

쓸쓸했던 그 시절의 해 질 녘, 케이는 부드럽게 들렸

던 피아노 소리와 산에서 하던 술래잡기, 밤하늘을 올려다보며 별똥별에 소원을 빌었던 일들을 환상으로 여기고 싶지 않았다. 너구리와의 비밀 약속을 지키기 위해 아무에게도 말하지 않았지만, 케이는 그날의 기억들을 계속 소중히 끌어안으며 살아왔다. 당시 외로웠던 자기 마음과 함께.

언젠가 케이는 초등학교 선생님이 되고 싶다는 꿈을 품기 시작했다. 그 시절의 자신처럼, 외로운 아이 곁에 살며시 다가가 함께 웃어주고 싶었다. 아름다운 음악과 여러 가지 이야기를 즐겁게 들려주면서 세상에 마음을 여는 계기를 만들어주고 싶었다. 서툴지만 피아노 연주도 들려주고 싶었다.

착한 요괴들이 자신에게 해준 것처럼.

그래서 케이는 교육학부가 있는 대학에 진학했다. 임용시험에 합격해 이번 봄부터 초등학교 선생님이 되어 3학년 담임을 맡았다. 아직 반 아이들의 이름을 외우는 게 고작인 신입 교사지만, 오랜 꿈을 이뤘다. 더구나 베테랑 선생님들이 자신을 지켜보고 있으니 열심히 하고 싶었다. 케이는 그들의 눈빛에서 문득 먼 옛날 요괴들의 다정한 시선을 떠올렸고, 그래서 그 그리운 학교를 찾아가 보고 싶었다.

그 당시 자신의 마음을 기억하기 위해서.

어쩌면 먼 옛날의 그리운 친구들을 다시 만날 수 있을지도 모른다는 막연한 기대를 품고서.

'만약 그날들이 나의 망상이나 착각이 아니라면……'

혹시 지금까지도 그 착한 요괴들이 어두운 학교 안에 숨은 채 쇼팽의 피아노에 귀를 기울이며 조용히 살고 있지 않을까, 하는 생각을 하면서.

☕

봄 산의 나뭇잎들이 바람에 살랑이며 인적 없는 산길을 부드럽게 감쌌다. 케이는 달콤히 풍기는 바람의 향기에 등이 떠밀리듯 가쁜 숨을 몰아쉬며 올라갔다.

"역시 산의 공기는 맛있네……"

농밀한 생명의 냄새가 느껴졌다. 오르막길은 힘들다고 생각하면서도 물과 나무와 흙냄새를 머금은 바람이 불자 기운이 조금씩 돌아오는 것 같았다. 땀에 젖은 몸이 상쾌해지면서 지친 다리도 가벼워졌다.

"그나저나 배고파……"

케이는 에너지를 다 써 가는지 아까부터 뱃속이 울리듯 허기가 졌다. 조급한 마음에 빨리 나서려고 아침 식사를 간단히 먹은 탓이었다. '아차, 도시락을 싸올 걸 그랬다'라는 생각이 이제 막 들었다.

산 위에서, 그리운 초등학교 교정에서 분명 이맘때쯤 피었을 만개한 벚나무 아래서 편히 쉬면서 도시락을 먹으면 좋을 텐데. 왜 그 생각을 못 했을까 싶어서 케이는 한숨이 나왔다.

우메보시를 넣고 주먹밥을 가볍게 싸와도 됐을 텐데. 흰 쌀밥을 깔고 가쓰오부시를 올린 뒤 김을 얹어 간장을 살짝 뿌린 간단한 도시락이라도 산 위에서 먹는다면 맛있었을 것이다. 달콤한 계란말이에 브로콜리, 소시지나 냉동 튀김을 두세 가지 반찬으로 곁들이면 최고의 진수성찬이나 다름없었을 것이다.

"분명 맛도 좋고 피로도 풀렸을 텐데……."

케이가 챙겨온 먹을 거라고는 초콜릿과 캐러멜 같은 간식이나 음료수뿐이었다. 적어도 감자칩이나 크래커라도 가져올 걸 싶었다. 직접 내린 아이스 커피를 물병에 담아 오긴 했지만 벌써 꽤 마신 상태였다. 얼린 스포츠 음료도 배낭에 넣어 오긴 했지만…….

"그저 짐을 가볍게 할 생각만 했네……."

간식과 음료로 끼니를 때우고 잠깐 쉬었다가 돌아가는 길에는 허기를 안고 따분한 하산을 해야 할 것

같았다. 케이는 하이킹의 연장선을 가벼운 산행이라고
생각한 게 문제였다고 반성했다. 오랜만에 그리운 장
소로 간다는 생각에 들떴다. 그 바람에 준비를 가볍게
끝냈다. 별로 깊이 생각하지 않았고 미리 알아보지도
않았다. 그저 적당히, 이쯤이야, 하면서 배낭을 챙겨 나
왔다.

케이는 만에 하나 피곤하고 초조해서 길을 잘못 들
거나 하면 어쩌나 싶어 새삼 겁이 났다. 노인들이 별
생각 없이 산나물을 캐러 마을 인근의 작은 산에 갔
다가 사고를 자주 당한다는 말을 어딘가에서 읽은 적
있었다. 물론 케이는 젊고 나이도 전혀 많지 않았지만,
혼자서 산길을 걷는 게 불안해졌다. 동시에 혼자라 다
행인 마음도 들었다. 누군가 말려들게 했다면 조바심
이 났겠다는 생각도 언뜻 들었다.

"혼자라면 길을 잃어도 혼자니까."

마음을 다시 잡은 케이는 가보자, 하고 기합을 넣
고 물집투성이가 된 발을 힘차게 내디뎠다.

'될 대로 되겠지. 무슨 일이 생기면 학교에서 아이들
에게 들려줄 무용담으로 쓰지 뭐.'

케이는 도시의 초등학교 3학년 교실에서 자신의 모
험담을 눈을 반짝이며 들어주는 아이들의 표정이 보이

는 것 같았다.

그렇게 부지런히 걸어가다가 케이는 문득 멈췄다.

'아, 여기 아는 데다.'

케이는 익숙한 느낌이 드는 곳에 도착했다는 걸 깨달았다. 아까 전만 해도 오랫동안 사람의 손길이 닿지 않아서인지 아무리 가도 야산의 풀들만 무성했다. 어쩌면 기억에 남아 있던 곳들이 이제는 낯선 산길처럼 느껴졌을지도 몰랐다.

길을 따라 이어진 숲속 나무들 사이로 빛이 쏟아지듯 하늘이 보였다. 그리고 그 아래, 오래된 작은 마을이 펼쳐져 있었다. 그곳을 발견하자 케이는 가슴 가득 그리움이 차오르는 것을 느꼈다.

여기저기에 벚꽃이 피어 있었다. 연분홍빛 벚꽃이 장식된 듯 사랑스러운 작은 마을이 그곳에 있었다. 두 팔 안에 안길 것 같은 작은 마을의 상점가와 골목에서 집들 사이를 누비던 초등학교 3학년의 자신이 보이는 것 같았다.

지금 사는 도시는 끝없이 넓었고 전철로 이동해도 거리가 계속해서 이어졌다. 해외 거주와 여행 경험이 있는 케이는 이 세상이 얼마나 넓은지 잘 알고 있었다. 하지만 그 당시의 케이에게는 이 작은 산골 마을이 온 세상이자 우주 전부였으며, 가장 좋아하는 장소였다. 이 마을의 보호를 받으며 매일 아침을 맞이하며 놀고, 배우고, 책을 읽고 잠들었다.

케이는 목에 두른 수건으로 이마에 맺힌 땀을 닦고 심호흡을 했다. 입가에 미소가 떠올랐다.

"이야, 돌아왔네."

드디어 돌아왔다고 생각했다. 많이 늦어 버렸지만.

'초등학교를 졸업하던 봄에 여기를 떠날 때는 좀 더 빨리 이곳에 돌아올 생각이었는데.'

하루하루를 바쁘게 보내다 보니 어느새 시간이 훌쩍 흘러 케이는 장성한 어른이 되어 있었다. 케이는 이제는 마을에 더 이상 사람이 살지 않는다는 것을 알고 있었다. 아마 내려가더라도 마을은 가게도, 집도 문이 다 닫힌 채 인기척 없이 잠들어 있을 것이다. 그렇게 생각하니 가슴이 아팠지만 여기저기 피어난 벚꽃이, 스쳐 지나가는 바람이 그 순간 들리지 않는 목소리로 "어서 와"라고 말해준 것 같은 기분이 들었다.

이 마을에 어서 와,라고.

초등학교는 옛날 그대로였다. 케이의 기억대로 교정에는 벚나무가 늘어서 있고 꽃을 활짝 피워 꽃잎이 사르르 바람에 흩날렸다. 케이는 추억 속에 들어온 것 같아서 코끝이 찡해졌다.

'아, 그런데 아주 조금 달라.'

학교 건물의 크기도, 벚나무의 키도 기억했던 것과는 달리 어쩐지 작아 보여 사랑스럽기까지 했다.

"내 키가 컸구나."

케이는 먼지투성이 유리창에 비친 자신의 모습을 보며 쓴웃음을 짓고 혼자 고개를 끄덕였다. 어릴 적 케이에게는 지금의 낡은 학교 건물도, 벚나무도 꽤 높아서 멋지게 우뚝 솟아 있는 것처럼 보였다.

"지금도 충분히 훌륭해 보이는 예쁜 건물이지만……."

너덜너덜해졌구나, 그렇게 생각하자 한숨이 나왔다.

학교 건물은 어느새 무성한 덩굴식물로 둘러싸인 것 같았다. 덩굴은 벽을 타고 깨진 창문 틈새로 비집고 들어가 있었는데, 이대로면 결국 건물 전체가 온통 녹색 물결로 뒤덮일 것만 같았다. 그렇게 서서히 무너지면서 언젠가는 완전히 흙으로 돌아갈 것 같았다.

케이는 목조 건물이라는 게 사람의 손길이 닿지 않은 채 바람과 눈을 맞으면 이렇게 낡아버리는구나 싶어 가슴이 아팠다. 이 마을에도, 학교에도 아마 더 이상 누군가가 돌아오는 일은 없을 것이다. 그래서 분명 언젠가 모든 것이 식물들에, 이 산에 삼켜지고 말겠구나 싶었다. 아주 먼 옛날, 이 산에 인간이 살지 않았던 시절처럼 학교도 조용히 산으로 돌아갈 것이다.

그것은 자연스러운 일일지도 모른다. 그러나 많은 사람이 이곳에 있었다. 학교와 마을에서 저마다 다양한 생각을 품고 살던 사람들이 있었다. 그들의 추억이 마치 없었던 일처럼 모두 사라져 버릴지도 모른다고 생각하자 케이는 쓸쓸해졌다.

"나도, 모두가 여기 있었는데."

케이는 초등학생 때 자신이 이 학교에 있었던 그 시간조차 바람을 맞아 사라질 것 같아서 쓸쓸했다. 하지만 그 외로움은 이기적이기도 하다는 걸 어른이 된 케이는 알고 있었다.

아무리 이 산골 마을에 애착이 있어 그리워해도, 케이 또한 이곳을 떠난 도시 사람 중 한 명이니까. 어떻게 보면 케이는 어릴 때 이곳을 버린 것이다. 도시로 돌아가기 위해서.

"이제 와 할 수 있는 게 아무것도 없지만, 적어도……."

케이는 이 교정의 벚나무와 학교 모습을 기억하겠다고 다짐했다. 기억 속에 남아 있으면 몇 번이고 다시 떠올릴 수 있으니까. 그 기억을 누군가에게, 이를테면 케이가 맡은 반 아이들에게 말하면 벚꽃도, 학교도, 작은 마을의 추억도 아이들의 기억 속에 남아 사라지지 않을 것 같았다. 추억의 조각을 보이지 않는 손으로 건네듯이. 작은 나무를 몰래 옮겨 심듯이.

'어쩌면 인간의 역사는 계속 이런 식으로 이어져 왔는지도 몰라.'

케이는 문득 생각했다. 이 지상에는 지금까지 많은 인간이 여러 마을과 나라를 만들어 살아왔다. 하지만 사람의 생명도, 각각의 장소도 늘 영원한 게 아니었다. 언젠가 이런 식으로 초록 물결에 휩쓸리기도 한다.

인간은 누구나 어느 시대든 열심히 산다. 사람들의 추억을 품듯이 마을과 세상은 역사를 새긴다. 흐르는 시간 속에서, 그리고 언젠가 자신도 변해간다.

그러나 사람의 추억은 후세에 살아가는 누군가의 기억 속에 남는다. 그리고 어쩌면……

'이 벚나무는 기억해 줄까?'

자신을 올려다보며 꽃을 사랑해준 사람들이 있었다는 걸. 먼 옛날, 이곳에서 꽃을 피우길 바라며 묘목을 심고 소중히 가꾸어 준 이들이 있었다는 걸. 언젠가 학교 건물과 교정이 초록 물결에 휩쓸려도, 작은 마을이 산으로 돌아가더라도, 분명 벚꽃은 이 자리에서 계속 피어날 것이다.

케이는 아주 오래전일지라도 벚나무가 기억해 주길 바랐다. 봄에 꽃을 피운 자신을 향해 예쁘다고 활짝 웃어주던 아이들이 있었다는 것을, 그 아이들이 이 학교에서 입학도 하고 졸업도 했다는 것을, 그 모습을 환한 미소로 지켜보던 어른들이 있었다는 것을.

"식물에 마음이 있다면 가능한 얘기겠지만."

케이는 어깨를 으쓱했다. 어쩌면 초등학교 교사로서 그런 그림책이나 동화 같은 일들이 현실에 있다고 생각하면 안 될 것 같기도 했다. 상식적으로 당연하지 않으니까. 하지만 어렸을 때 착한 요괴 친구들을 사귄 기억이 있는 케이는 벚나무에도 영혼 정도는 있어야 하지 않을까 싶었다.

'어렸을 때의 그 기억이 내 망상이나 착각이 아니라면, 만약 그게 진짜라면 벚나무에도 영혼이 있을 거야. 벚나무도 사람을 좋아하니까. 이곳에 있던 수많은 사람의 추억을 잊지 않고 있겠지.'

봄이 될 때마다 그들을 떠올린다고.

기도하듯, 케이는 그렇게 믿고 싶었다.

'아, 배고파.'

벚꽃 아래 벤치에 앉아 흩날리는 꽃잎을 올려다보며

케이는 조각낸 초콜릿을 입에 넣었다. 달콤한 맛이 피로를 풀어주듯 마음에 스몄지만, 역시 도시락을 싸왔어야 했다는 생각을 곱씹듯 했다. 한심할 정도로 배가 고팠다. 웃길 만큼 꼬르륵 소리를 내며 배가 난리를 쳤다.

교정에는 메마른 봄바람만 불어올 뿐 아무런 기척이 없었다. 사람뿐만 아니라 요괴의 기척도 느껴지지 않았다. 케이는 학교 건물만 찾으면 그들을 만날 수 있을지도 모른다고 막연히 생각했다. 그게 가능할지 모르겠지만 만약 그들이 실제로 존재하고 지금까지도 학교에 살고 있다면, 케이는 어떻게든 그 안으로 들어가 보고 싶었다. 하지만 찾아봐도 만날 수 없을지도 모른다는 생각이 들자 케이는 벤치에서 일어날 마음이 들지 않았다. 배고픔에 지친 탓인지 다리와 마음은 돌처럼 마냥 무거웠다. 너구리야, 화장실 귀신아, 나잇살 먹고 소리 높여 부르는 자기 모습을 상상하면 한심한 기분도 들었다.

'어른이 돼 가지고, 싶은 생각도 들고……'

만약 불러도 그리운 그 모습들이 나타나지 않고 주위만 고요하다면.

"그런 쓸쓸한 상황은 싫은데."

정말 그렇게 된다면 케이는 마음속에 소중히 간직하고 있는 추억이 없어질 것 같은 기분이 들었다.

"배도 고픈데 이제 내려갈까……."

아무래도 이대로 산을 내려가는 것이 좋을지도 몰랐다. 찾지 않으면 실망하지도, 쓸쓸하지도 않을 테니까. 다시 만나려고 하지 않으면 실망할 일도 없었다.

케이가 고개를 떨구며 눈을 감았을 때였다. 작고 따뜻한 손이 뒤에서 살며시 케이의 두 눈을 가려왔다.

— 누구게?

귀여운 목소리가 케이의 귓가에서 그렇게 물어왔다. 어린아이처럼 높은 음성이었다.

간질간질한 그리운 목소리였다.

— 케이, 다 컸구나. 어른이 되었네…… 나를, 우리를 기억해?

기쁜 것 같으면서도 울 것 같기도 한 떨리는 목소리였다. 작은 손도 마찬가지였다.

"친구를 어떻게 잊어."

케이는 자신의 눈을 가린 작은 손을 붙잡아 살며시 내렸다. 뒤돌아보니 뒷발로 벤치 위에 선 둥글둥글한 너구리가 있었다.

"반가워. 정말 기뻐, 너구리야."

케이의 말에 너구리는 헤헤 웃었다.

— 나도 기뻐, 기쁘다. 이제 다시는 못 만날지도 모른다고 생각했어.

너구리의 검은 눈동자가 눈물로 촉촉해 보였다.

"미안."

케이는 사과하며 너구리를 꼭 껴안았다. 그 보드라운 몸에 어린아이처럼 얼굴을 파묻자 포근한 둥근 몸에서는 풀과 나무, 흙과 약간의 먼지 냄새가 났다. 그리운 냄새였다.

— 간지러워.

그렇게 말하며 너구리는 웃었다.

— 다 큰 어른이 아이처럼 안기긴.

너구리의 작은 손이 케이의 머리를 툭툭 토닥였다. 케이는 어렸을 때 이렇게 너구리를 안은 적이 있었다. 이 마을에 막 왔을 무렵, 케이가 아직 3학년이었을 때였다.

가을인가 겨울의 해 질 녘, 곧 하늘이 어두워지고 밤이 되는 시간. 세차게 부는 바람이 싸늘하게 느껴져 몸도 마음도 얼어붙을 것 같았을 때, 인형을 안듯이 지금처럼 너구리를 끌어안은 적이 있었다. 너구리는 방금처럼 까르르 웃으며 간지럽다고 말하면서도 잠자코

안겨 있었다. 케이가 눈에 살짝 차오른 눈물을 털가죽에 슬그머니 닦아도 너구리는 모른 척해주었다. 머리를 부드럽게 쓰다듬으며 방금처럼 다정히 토닥여줬다. 당시 케이에게 너구리는 자신과 다를 바 없는 몸집이었다. 하지만 너구리를 다시 안은 지금의 케이에겐 너구리는 무릎에 올릴 정도로 작아 보였다.

에헤헤, 하고 케이는 쑥스러운 듯 웃으며 너구리와 눈을 마주치듯 상체를 숙여 말했다.

"신기해. 난 이제 어른이 됐다고 생각했는데, 마음속에 변하지 않는 그 시절의 내가 있는 것 같아."

너구리는 3학년 때의 케이가 이 산골 마을로 돌아온 것만 같았다. 외로움을 많이 타던 섬세한 아이, 요괴들과 친구가 되었던 그 남자아이가 쑥스러우면서도 즐거운 미소를 짓고 있었다. 지금 눈에 보이는 것과는 다르지만, 이곳에서 그렇게 웃고 있었다.

"너구리야, 나 도시 초등학교 선생님이 됐어."

— 선생님? 대단하다.

너구리는 맑고 검은 눈을 빛냈다.

케이는 의기양양하게 가슴을 펴며 고개를 끄덕였다.

"응, 좀 대단하지. 열심히 공부해서 임용시험에 붙었어. 선생님 면허도 땄고 채용도 됐지. 이미 아이들이

나 다른 선생님들이 '선생님'이라고 불러주고 있어. 매일 아침 정장 차림으로 넥타이를 매고 학교로 출근해. 그런데 있잖아, 여기 돌아오고 나서 알았어. 지금 나는 선생님이 됐지만 마음속 가장 깊은 곳의 나는 여전히 아이로 남아 있다는 걸."

케이는 그 마음이 부끄럽기보다는 오히려 소중하게 느껴졌다. 그때와 변함없이 너구리와 이야기를 나눌 수 있는, 요괴 친구를 둔 그런 자신이 좋았다.

'무엇보다 꿈이나 환상, 착각이 아니라 다행이야.'

너구리는 여기 확실히 있었고, 어릴 적 즐거웠던 그 시절은 분명한 현실이었다. 그렇게 생각하자 울컥한 마음이 들었지만 케이는 가까스로 눈물을 삼켰다. 적어도 선생님으로서 눈물이 너무 많으면 안 된다는 생각이 들었다.

가볍게 헛기침을 하고서 케이가 물었다.

"다들 잘 지내? 아직도 이 학교에 살고 있어?"

너구리가 고개를 크게 끄덕이며 말했다.

— 응. 인간들이 모두 떠나버려서 이제 학교에는 아무도 오지 않아 쓸쓸해. 그래도 전과 마찬가지로 우리는 이곳에서 느긋하게 지내고 있어. 귀신은 하루 종일 화장실에 있고. 아무도 오지 않는다는 걸 알면서도 누

군가를 기다리는 게 즐겁대. 인체 모형은 학교 전체를 언제든지 마음껏 달릴 수 있게 돼서 즐거운 모양이야. '어? 모형이 안 보이네' 싶으면 어딘가에서 달리고 있어. 쇼팽은 반대로 다른 사람의 귀를 신경 쓰지 않고 언제라도 피아노를 칠 수 있게 되었는데, 재미가 없어진 모양인지 연주를 관뒀어. 하루 종일 초상화 안에서 자는 것 같아. 가끔 코 고는 소리가 들려.

그래서, 그래서 말이야,라면서 너구리가 즐겁게 이야기를 계속 이어가려던 참이었다. 고개를 끄덕이며 듣고 있던 케이의 배에서 예고 없이 꼬르륵 소리가 났다.

"배가 고파서."

케이가 웃으며 얼버무리려 하자 너구리는 작은 손으로 손뼉을 치더니 잘됐다, 하며 웃었다.

— 그렇지 않아도 다 같이 꽃놀이를 가자고 이야기하던 중이었어. 그래서 다들 부르려고 학교로 가려고 했지. 그러다가 벤치에 앉아 있는 널 본 거야. 가자, 케이도. 같이 꽃놀이 도시락을 먹자. 저 사람한테 부탁하면 분명 케이 몫도 만들어줄 거야. 마법으로 소중한 꽃놀이 도시락을 만들 수 있대.

"어? 꽃놀이 도시락? 누가?"

케이는 어리둥절해 고개를 갸웃했고 너구리는 기쁜

듯이 웃었다.

— 손님이야. 오랜만에 이 마을에 놀러 온 인간 손님이지. 마법사래. 아, 뭐라고 했더라. 맞아, '착한 마법사'랬어. 요리하는 걸 좋아하는데 마침 꽃놀이 도시락을 만들고 싶은 기분이었대. 마법의 힘으로 금방 만들어줄 수 있대. 도시락이 완성되면 다 같이 꽃놀이를 갈 수 있을 거야.

"착한 마법사?"

비현실적인 세계의 말처럼 느껴졌다. 신데렐라에 나오는 마법사가 그런 이름으로 불렸던 것 같았다. 그리고 오즈의 마법사에 등장하는 마법사처럼, 다시 말해 착한 마법사의 동료 같은 느낌이었다.

"마법사가 꽃놀이 도시락을 만들어?"

어쩐지 신기한 기분이었다. 케이는 애초에 마녀나 마법사나, 그런 건 동화나 그림책 속에나 있지 이 세상에 존재하나,라는 생각이 얼핏 들었다. 그렇지만 자신도 너구리 요괴나 다른 귀신들과 어릴 때부터 친구였는데 이제 와서 그런 걸 이상하게 여길 일은 아니라고 생각했다.

학교 괴담이나 7대 불가사의가 있는 세상이다. 마법사가 찾아와서 도시락을 만들고 꽃놀이를 한다는 게 놀라울 일도 아니었다.

— 마법사가 같이 꽃놀이를 하자고 말했어. 저기 봐, 저기. 그 사람이야.

너구리는 즐거운 얼굴로 교정 한구석을 가리켰다. 케이가 돌아보았지만, 그곳에는 아무도 없었다. 벚나무에서 사르르 꽃잎만 흩날리고 있을 뿐이었다. 아까 전과 마찬가지로 교정에는 아무도, 인기척도 없었다.

"너구리야, 저기 어디?"

케이는 일어서서 봄 하늘 아래 손그늘을 만들며 너구리가 가리키는 방향을 뚫어지게 쳐다봤다.

벚꽃잎이 내리는 가운데 뜬금없이 하늘빛 큰 자동차가 세워진 게 보였다. 옛날식 디자인으로 네모난 느낌에 둥근 라이트, 차종은 몰랐지만 저건 아마도 사륜구동, 어디든 달릴 수 있을 것 같은 자동차였다. 케이는 저것이 캠핑카가 아닐까 싶었다.

'어? 저 자동차, 아까도 교정에 세워져 있었나?'

신께 맹세코, 케이가 봤을 때 애초에 저곳에 자동차 같은 건 세워져 있지 않았다. 고개를 갸웃거리는 사이 자동차 옆 풀숲으로 떨어지는 벚꽃잎을 향해 장난을 치듯 고양이 여러 마리가 신나게 뛰고 뒹구는 모습이 보였다. 고양이들 옆에는 반짝반짝한 하얀 바탕에 푸른 글씨가 적힌 법랑 간판이 세워져 있었다.

"이상한 카페 네코미미?"

심지어 어느 틈에 간판 옆에는 식탁보가 덮인 귀여운 하얀 나무 테이블과 의자 몇 개가 놓여 있었다. 정말 어느 틈에, 아까까지만 해도 그곳엔 아무것도 없었는데 말이다.

그런데 지금은 테이블도, 의자도, 간판도 옛날부터 그 자리에 있었다고 말하듯이 가만히 놓여 있었다.

"설마,라고 해야 하나. 아니면 과연일지……."

케이가 말 그대로 이상한 카페인가,라고 중얼거렸을 때였다.

"맞아요" 하고 미소를 지으며 차 안에서 나이 지긋한 여자가 모습을 드러냈다.

"마법사가 취미로 맛있는 음식을 만드는, 조금 이상한 마법 카페랍니다."

본인이 한 말에 스스로 즐겁다는 듯 웃던 여자는 가볍게 가슴을 폈다.

"어서 오세요, 손님. 당신은 아무래도 너구리의 친구 같네요. 괜찮다면, 같이 꽃놀이 할래요?"

"네, 너구리 친구이긴 한데, 그, 괜찮을까요?"

케이는 문득 냉정하게 마법사가 만드는 꽃놀이 도

시락 가격은 얼마 정도 할지, 지갑에 남아 있는 돈이 얼마였는지 생각했다.

"음식값은 받지 않아요."

그때, 여자가 웃으며 말했다.

"취미로 하는 마법 카페인걸요. 배고픈 손님이 마침 그 자리에 있고, 제가 만든 음식을 먹어주는 것만으로도 값지답니다."

케이는 마법사가 손짓하는 대로 이끌려 하얀 나무 의자에 걸터앉았다. 저 여자가 가게 주인이자 마법사인가 생각하면서 케이는 이야기 속 세계로 들어온 듯한 기분이 들어 가슴이 두근거렸다. 허리에 두른 카페 앞치마가 잘 어울리는 산뜻하고 깔끔한 느낌의 현명한 여자 같았다. 어느 틈인지 여자는 향기로운 차를 얹은 쟁반을 들고 있었다.

여자는 "드세요"라는 말과 함께 테이블 위에 차를 내려놓았다. 뜨거운 찻잔에서 김이 피어올랐다. 그녀의 발치에서 작고 연약해 보이는 검은 고양이가 얼굴을 내밀었다. 케이는 무언가 위화감이 느껴졌다. 초록색 눈동자의 그 고양이가 두 발로 서 있기 때문이었다.

케이를 보자마자 고양이는 신중한 얼굴로 여자 뒤로 몸을 숨겼다. 케이는 마법사가 부리는 정령인가, 무심코 생각했다.

"저기."

케이가 조심스럽게 물었다.

"당신은 마법사인가요?"

그러자 여자는 후후, 하고 즐겁다는 듯 웃었다. 수수께끼처럼 알 수 없는 표정 때문인지 케이는 여자의 나이를 가늠할 수 없었다. 아직 할머니는 아닌 것 같았지만 그렇다고 누나라고 부를 정도로 젊어 보이지는 않았다. 그런데 지금까지 여러 곳의 길모퉁이에서 스친 적 있는 듯한 느낌이 들었다. 여자는 이상한 그리움과 친근감을 느끼게 하는 미소를 입가에 머금고 있었다.

케이는 여자를 보며 확실히 마녀 혹은 마법사 같다고 생각했다.

벚꽃잎이 흩날리는 봄날의 고운 하늘 아래, 케이는 오랜 친구들과 재회했다. 화장실 귀신과 인체 모형, 쇼팽 초상화 귀신은 어른이 된 케이를 올려다보며 수줍게 웃기도 하고 기쁜 마음에 교정을 뛰어다니거나 조용히 미소를 짓기도 했다.

아무래도 여자는 정말 마법사인 것 같았다. 요괴들이 테이블에 앉아 있어도 흥미롭다는 듯 눈빛을 반짝

일 뿐 놀라지도, 무서워하지도 않았다. 아니, 애초에
그 이전에 너구리와 대화를 나눴다는 대목만 봐도 보
통 사람일 리가 없다고 케이는 다시 생각했다.

이윽고 벚나무 아래 하얀 테이블 위에 놓인 건 붉은
바탕에 벚꽃이 그려진 찬합으로, 마치 꽃이 만발한 것
처럼 형형색색의 아름다운 도시락이었다. 케이와 요괴
들은 보자마자 환호성을 질렀다.

아기자기한 사이즈로 동그랗게 만 초밥은 데굴데굴
굴러온 것 같았고, 연어와 생햄, 식초에 절인 도미회에
는 새싹과 다진 유자 껍질이 예쁘게 올려져 있었다. 먹
음직스러운 계란말이, 살짝 구워 간장으로 양념한 참
새우, 데친 봄 채소에 된장소스를 바른 꼬치, 붉은 윤
기가 흐르는 얇은 로스트비프와 오리 로스트까지. 단
식초로 간을 해 꽃잎처럼 엷게 물들여진 순무는 얇게
썰려 유채꽃과 함께 곁들여져 있었다.

"초밥을 만들었지만 죽순밥도 먹고 싶어서."

여자는 먹음직스러운 죽순밥과 함께 작은 잔에 담
긴 매실주와 따뜻한 차를 음료로 내주었다. 마법사
주인은 검은 고양이와 함께 자기들 몫의 도시락과 작
은 테이블을 서둘러 가져왔고, 모두 함께 꽃놀이 시간
을 즐겼다.

마법사와 고양이, 케이와 요괴 친구들은 춤추는 벚꽃잎 아래에서 도시락을 맛있게 먹었다. 식후로는 벚꽃을 닮은 분홍색 단팥이 든 인절미와 짙게 우린 차가 나왔다.

행복하게 배가 부른 케이는 추억을 떠올리며 옛날 같으면 이곳에서 마을 사람들이 가져온 노래방 기계로 노래자랑 같은 게 열렸을 거라고 요괴들과 정겹게 이야기했다.

그때 마법사가 말했다.

"아쉽게도 전 노래방에는 문외한이라 노래방 기계는 제 마법으로 나오게 할 수 없을 것 같아요. 그래도 이건 준비할 수 있을지도 몰라요."

그러면서 벚나무 아래를 가리켰다. 그 순간 나타난 것은 아름다운 그랜드 피아노였다.

모두가 탄성을 지르며 그 주위로 모여들었고, 쇼팽이 기쁜 듯 피아노에 앉아 건반 위에 긴 손가락을 미끄러뜨리며 춤을 추듯 피아노를 쳤다. 그의 연주에 모두 귀를 기울였다. 부드러운 봄바람이 부는 소리도 즐겁게 들렸다. 반들반들한 검은 피아노 뚜껑 위로 벚꽃잎이 쏟아지는 모습은 빛처럼 반짝이기도 했다.

정신을 차리고 보니 곧 해가 기울어질 것 같았다.

모두 피아노 옆에서 시간을 보냈다. 쇼팽의 반주로 노래도 부르고, 마지막으로 모두의 요청으로 케이가 직접 「이별곡」을 연주했다.

어렸을 때는 머뭇대면서 쳤던 곡이지만, 지금은 아빠나 쇼팽 귀신만큼은 아니어도 능숙하게 연주할 수 있었다.

마법사도, 검은 고양이도 모두 케이를 향해 박수를 쳤다.

"아유, 감사합니다."

케이는 그들을 향해 인사하며 머리에 손을 얹고는 웃었다.

곧 저녁이 되었고, 그 끝에 밤이 올 차례였다.

돌아갈 길은 내리막길이라 올라왔던 것보다는 편할 것 같았지만, 케이는 어두워지기 전에 산을 내려가려면 이제 슬슬 모두에게 작별을 고해야 한다는 생각에 망설여졌다. 그래도 케이는 오랜 친구들을 향해 그 한마디를 꺼냈다.

"나 이제 가야 해."

학교의 요괴들은 침울한 표정을 지으며 모두 말을 멈추었다. 그리운 추억담과 도시 생활, 도시에서는 귀신을 만난 적 없다는 이야기라든지, 한창 떠들썩하게 이야기를 나누고 있었는데 갑작스레 분위기가 조용해 졌다. 벚나무 가지가 바람에 흔들리는 소리만 주위에 울렸다. 이별의 쓸쓸함이 몸에 사무치는 듯, 모두 아무 말이 없었다.

너구리가 울먹이는 목소리로 물었다.

— 케이, 다음엔 언제 올 거야? 또 올 거지?

요괴들은 저마다 작게 고개를 끄덕였다. 어렸을 때는 케이가 올려다봐야 했던 친구들이었다. 존경하면서도 조금 무섭기도 했던 옛 친구들이 지금은 아주 작아 보였다. 어쩐지 불안하고 쓸쓸해 보이는 모습으로.

"꼭 다시 올 거야. 금방 올게. 그러니까……."

케이는 웃는 얼굴로 약속하면서 애틋한 마음을 느꼈다.

'이 마을과 작별하던 그때 같아.'

그때도 분명 다시 돌아오겠다고 생각했다. 이 산골 마을과 친구들이, 마을 사람들과 선생님, 오래된 학교 건물도, 따뜻하고 아름다운 자연도 모두 좋았으니까. 그래서 분명 금방 돌아올 거라고, 언제든지 그럴 수 있다고 생각했다.

'하지만 그러지 못했지.'

시간은 금방 흘렀다. 분명 이번에도 마찬가지일 것이다. 슬프게도 도시에서 생활을 하다 보면 꼭 용궁에서 지내는 것처럼 쏜살같이 시간이 지나갔다. 마음은 변하지 않더라도, 모두 함께한 추억을 소중히 품고 있어도 시간은 흘렀다.

케이는 언젠가 자신이 바쁜 일상에 파묻혀 이 마을과 소중한 친구들을 잊게 된다면 어떻게 될지 생각했다. 이 학교의 착한 요괴들은 아무도 모르는 사이에 잊히게 되는 걸까. 그렇게 결국 이 세상에서 완전히 사라지고 마는 걸까.

'그건 안 돼. 그런 쓸쓸한 일이 일어나선 안 돼.'

이렇게 착한데, 사람을 정말 좋아하는데.

'외로웠던 내게 친구가 되어준 요괴들인데.'

케이는 고개를 크게 끄덕였다. 그리고 요괴들에게 손을 내밀며 말했다.

"함께 도시로 가자. 우리 학교에서 사는 거야. 학교 괴담의 새로운 귀신이 되는 거지. 요괴가 도시에 있는 것도 괜찮지 않을까?"

뭐? 하고 요괴들은 숨을 삼켰다. 케이는 몸을 숙여 웃는 얼굴로 말했다.

"걱정 마, 내가 있잖아. 무서워하지 않아도 돼. 만약 누군가가 너희를 발견하고 '요괴 따위는 없어', '그런 게 어디 있어'라고 하면, 나는 아니 요괴는 있어, 여기 있어,라고 말할 거야. 세상에는 인간을 좋아하는 착한 요괴들도 있다고. 나는 알고 있다고, 내 친구니까. 백 번이고 천 번이고 그렇게 말해줄 거야."

케이의 말에 요괴들은 놀란 듯 당황한 얼굴이 되더니 이내 서로 눈을 마주하며 어쩌지, 하는 듯한 표정을 지었다. 망설이듯 하늘을 올려다봤다가 고개를 숙이고 땅을 차며 잠시 생각에 잠겼다. 그리고 마침내 모두가 케이를 올려다보며 크게 고개를 끄덕이며 기쁘게 웃었다. 케이도 똑같이 따라하며 말을 이었다.

"모두에게 부탁이 있어. 예전의 나에게 그랬듯이 외로운 아이들의 친구가 되어줘."

요괴들은 서로 눈을 마주치더니 다시 고개를 끄덕였다. 아주 기쁜 얼굴로.

"도시에도 어렸을 때의 나처럼 겁이 많고 상처를 잘 받아서 친구를 잘 못 사귀는 아이들이 있어. 예를 들면 먼 나라에서 살다 와서 외롭고 불안한 아이들 말이야. 집안 사정 때문에 힘든 아이도 있고, 즐겁고 행복해 보이지만 종종 지치는 아이도 있어. 선천적으로 무리들과 잘 어울리지 못하는 아이도 있고. 그럴 때 이야기 속 세계처럼 신기한 존재가 현실에도 있다는 사실을 알게 되면 안심하는 아이가 분명 있을 거야. 과거의 나처럼 말이지. 세상은 보이는 게 다가 아니라는 걸 깨닫는 게 중요하니까. 어쩌면 인간에게는 어둠이 필요해. 보이지 않는 것을 두려워하고 미지의 세계를 꿈꿀 시간이. 과학이나 상식만으로 모든 게 밝혀지는 건 너무 잘 보여서 피곤해. 그러니까, 나랑 같이 가자. 너희들이 우리 학교로 오면 좋겠어."

케이는 빙그레 웃었다. 언젠가 이 그리운 학교 건물과 교정이 초록 물결에 부드럽게 삼켜진다고 해도, 이곳에 살았던 아이들과 선생님의 기억이 시간 너머로 사라진다 해도, 먼 도시의 학교에서 이 귀신들이 살고 있다면, 새로운 아이들의 친구가 되어 두려운 존재로서 전설이 될 수 있다면, 정말로 사라지지 않을 것 같았다. 적어도 자신은 그렇게 믿을 거라고 생각하면서 케이는 고개를 끄덕였다.

벚나무를 올려다봤다. 조용히 꽃잎을 흩날리는 그 모습은 마치 벚나무도 착한 요괴들이 케이와 함께 가는 것을 기뻐하며 그 여행을 축하해 주는 것 같았다.

그때, 마법사가 모두를 향해 말했다.

"괜찮으시면, 제가 아래까지 데려다줄게요. 이 자동

차는 엄청나답니다. 마법의 힘으로 하늘을 날 수 있으니까요. 하늘 드라이브 어떠세요?"

그러자 요괴들이 와아, 하고 환호성을 질렀다. 즐거워진 케이도 소리 높여 웃고 말았다.

'세상에는 귀신도 있고 마법사도 있다. 인간이 눈치채지 못하고 있을 뿐. 신기한 일도, 마법도 엄청 많아.'

이 얼마나 멋진 일인가. 그렇게 생각하자 어느새 케이의 눈가에 눈물이 차올랐다. 하아, 진짜 눈물 많은 거 고쳐야 하는데, 하면서 케이는 쓴웃음을 지었다.

"음, 꽤 기분 좋은 동네네."

7월 초, 곧 칠석 무렵이었다.

오랜만에 지상으로 내려온 리쓰코는 멜로디와 함께 오후의 거리를 산책하고 있었다. 한때 살았던 곳과는 꽤 먼 곳으로, 리쓰코를 아는 사람은 없을 것 같은 낯선 동네였다. 널찍한 아치형의 공간은 화사하고 즐거운 분위기를 풍겼다. 리쓰코는 걷기만 해도 떠들썩한 기운이 나는 것 같았다.

공간을 스치는 마른 바람이 칠석 장식을 흔들며 여름의 열기를 흩뿌리고 있었다.

이제는 사람의 몸이 아닌 리쓰코에게는 여름의 더위도 예전만큼 고통스럽게 느껴지지 않았는데, 희한하게도 불어오는 바람의 상쾌함은 지금도 변함없이 느껴졌다.

완만하게 흐르는 강을 따라 펼쳐진 거리의 중심, 상점가에는 칠석을 맞아 화려한 장식들이 천장에 매달려 있었고 곳곳에는 조릿대가 정성스레 꾸며져 있었다. 소원이 적힌 오색 쪽지들이 녹색 조릿대에 달린 잎과 함께 바람에 팔랑팔랑 흔들렸다. 멜로디는 이따금 흔들리는 쪽지에 넋을 잃고 있다가 리쓰코와 저만치 멀어지면 황급히 뒤를 쫓아오곤 했다.

곧 해가 질 것 같았다. 학교를 마치고 집에 가거나 학원으로 향하는 듯한 아이들이 서둘러 걸으며 친구끼리 장난을 치는 모습이 보였다. 산뜻한 하복 차림의 중학생과 고교생들은 수다를 떨며 서점이나 문방구를 들여다보거나 길거리에서 아이스크림을 사 먹었다.

일을 하는 것 같은 어른들이나 쇼핑을 하는 중년의 여성들은 그런 아이들의 모습을 보며 자신들도 조금 즐거운 듯한 표정을 지으며 지나갔다.

"모두 즐거워 보이네."

무엇보다 곧 여름방학이었다. 슬슬 단축 수업이 시작될 시기여서 아이들에게는 가장 기쁠 때지, 하면서 리쓰코는 미소를 지었다. 아이를 키워본 적은 없지만, 먼 옛날 자신도 어렸을 때가 있었으니까 알 수 있었다. 종종거리며 걷고 있는 멜로디가 리쓰코의 얼굴을 올려다보며 빙긋 미소를 지었다.

— 왠지 즐겁네.

고양이는 사람이 내뿜는 감정의 파도를 보지 않고도 느낄 수 있었다. 그렇게 사람들과 함께 들뜨며 기뻐해 주는 동물이었다. 이제는 멜로디가 살아 있는 고양이가 아니라 해도, 멜로디 또한 아이들과 리쓰코가 느끼는 기운을 함께 받아 발걸음을 즐겁게 내디뎠다.

리쓰코가 멜로디에게 말을 걸었다.

"그러게, 칠석은 크리스마스와 겨울 만큼 즐거운 날일지도 몰라."

— 일 년 중에서?

"응, 인간들에게는 지금이 일 년 중에서 가장 좋거나 또는 그 다음으로 근사한 시기라고 할 수 있지."

— 마법사와 고양이에게도지?

"그럼."

멜로디는 바람에 흔들리는 쪽지들을 올려다보며 눈을 동그랗게 떴다.

— 칠석, 신기하고 즐겁네.

멜로디는 리쓰코에게만 들리는 목소리로 말을 걸면서 웃었다.

— 그리고 이 거리, 어쩐지 기분이 엄청 좋아.

"멜로디도 그렇게 생각해?"

— 응. 이유가 뭘까. 상쾌하고 기분 좋은 바람이 계속 부는 것 같아. 선선한 곳에서 낮잠을 자는 듯한. 아, 내가 아기였을 때 엄마와 함께 잠을 잘 때처럼 안심이 되는 행복한 기분이야.

"아, 맞아."

리쓰코는 고개를 끄덕였다. 리쓰코에게는 엄마 고양이가 없었지만 멜로디의 말처럼 엄마와 조부모님의 다정한 보살핌을 받았을 때와 같은 상냥함이 느껴지는 곳이었다. 온화한 공기가 거리를 가득 감싼 듯한.

"신기하네. 왜 그럴까?"

지금 그 자리에 있는 것만으로도 어깨에 힘이 빠지고 마음이 편안해지는 기분이었다. 거리를 걷는 사람들의 표정도 부드럽고 행복해 보였다.

상점가 옆에는 큰 공원이 있었다. 그네와 미끄럼틀, 벤치와 화단이 있어서 옛날 그대로의 마을 공원 같은 느낌이었다. 리쓰코에게는 그리움을 느끼게 하는 곳이었다. 땅거미가 지고 조금씩 공기가 보랏빛으로 물들자 공원의 정경은 옛날 사진 속 풍경처럼 보였다.

어느덧 아이들이 집에 돌아갈 시간이라 그런지 공원

에는 사람들의 자취나 인기척이 느껴지지 않았다. 그때 문득 무슨 소리가 들린 것 같아서 리쓰코는 걸음을 멈췄다.

아이의 목소리, 아니 울음소리가 들렸다. 어린아이가 근처에서 울고 있었다. 그 소리는 해 질 녘의 바람을 타고 조각조각 들려왔다. 매우 슬프고 불안한 목소리였다.

"어머나, 무슨 일이지?"

리쓰코는 멜로디와 눈을 마주치고는 주위를 살폈다. 공원 어딘가에서 아이가 울고 있었다.

"엄마라고 부른 것 같았지? 길을 잃었나?"

주변을 둘러보며 찾고 있는데, 문득 리쓰코 눈앞에 작은 그림자가 스쳐 지나갔다.

"어머, 고양아."

새끼 고양이가 한 마리, 아니 두 마리, 세 마리가 어디선가 와르르 달려나와 발밑을 지나 어스름 속을 달려갔다.

신기하게도 새끼 고양이들의 몸이 희미하게 빛을 발하고 있어서 한 걸음 내디딜 때마다 공원의 바닥 위로 빛이 흩어지는 것 같았다. 꼭 별똥별이 뿌려지는 것처럼 보이기도 했다.

새끼 고양이들이 달려간 쪽에서 어린아이의 울음소리가 들리는 것 같았다.

리쓰코는 새끼 고양이들을 쫓아가려고 했지만 밤이 와 조금씩 어두워지는 공원에서 새끼 고양이들의 모습은 환상처럼 휙 사라져 버렸다. 그때 멜로디가 말했다.

— 이쪽.

그러고는 검은 몸을 날리듯이 어딘가로 달리기 시작했다. 공원 곳곳에 배치된 정겨운 모양의 가로등에 드문드문 불이 밝혀졌다. 공원에는 많은 나무가 심어져 있었다. 리쓰코가 그 사이로 걸어나가자 가로등 아래 벤치가 보였다.

여자아이가 혼자 벤치에 앉아 두 손을 눈에 갖다 댄 채 울고 있었다. 그 아이 쪽으로 빛나는 새끼 고양이들이 달려갔다. 마치 깃털처럼 가볍게 모두 벤치 위로 뛰어올랐다. 몸집이 작아서 별똥별 같은 빛들이 흩어졌다.

새끼 고양이들은 제각기 여자아이에게 달라붙거나 우는 얼굴을 핥아주기도 하고, 무릎에 올라 자신들의 작은 머리를 비비거나 무슨 일이냐는 듯 사랑스럽게 울기도 했다. 여자아이는 놀랐는지 울음을 멈추고 주위에 모여든 새끼 고양이들을 바라보다 웃었다.

"고양이 귀여워."

리쓰코가 벤치로 다가가 여자아이에게 말을 걸려고 했을 때였다. 여자아이가 앉아 있는 뒤쪽 부근에 어느새 또 한 명, 울고 있던 아이보다 더 큰 소녀의 모습이 불쑥 나타났다.

그 소녀는 새끼 고양이들처럼 몸이 희미하게 빛났다. 가지런히 자른 단발머리가 흔들릴 때마다 별똥별 같은 빛이 밤공기에 흩어졌다.

— 무슨 일이니?

그 소녀가 울고 있던 여자아이에게 물었다. 마치 밤바람이 속삭이는 것 같은 보드라운 목소리였다.

— 왜 울고 있어? 벌써 밤이 됐는데. 왜 너 혼자 공원에 있는 거야?

"엄마가 없어. 조금 전까지 함께 상점가를 걷고 있었는데, 어느새 없어졌어. 그래서 찾고 있어."

코를 훌쩍거리며 여자아이가 대답했다. 소녀도 벤치에 앉아 살며시 여자아이의 머리를 쓰다듬으며 위로했다.

— 그렇구나. 길을 잃었나 보네.

"엄마가 길을 잃은 것 같아."

— 그래? 큰일이네.

여자아이는 고개를 끄덕이며 말했다.

"맞아. 큰일이야."

여자아이는 눈가의 눈물을 닦으며 고개를 다시 끄덕였다.

"엄마가 길을 잃어버려서 걱정돼. 그래서 불쌍하고 슬퍼서 눈물이 났어. 엄마도 분명 울고 있을 거야."

입을 삐죽 내민 여자아이를 소녀는 다정한 눈빛으로 지켜봤다. 그 소녀는 반소매 블라우스에 몸빼바지를 입고 있었다. 리쓰코가 TV 드라마나 영화, 또는 옛날 사진이나 영상에서만 볼 수 있었던 그런 복고풍 차림이었다.

'꼭 옛날에 살던 아이 같은 모습을 하고 있네. 단발머리도 그렇고. 귀엽게 잘 어울리긴 하지만.'

리쓰코가 무심코 미소를 짓자 소녀가 시선을 알아차렸는지 고개를 들고는 수줍게 웃었다.

그때 어디선가 뛰어오는 발소리가 들렸다. 젊은 여자가 벤치에 있는 여자아이를 향해 달려오고 있었다.

"아, 여기 있었구나."

"엄마."

아이의 엄마는 벤치에서 일어난 아이에게로 달려가 두 팔로 꽉 감싸 안았다.

"엄마 옆에 꼭 붙어 다니라고 했지."

엄마의 목소리는 화가 났지만 우는 것처럼 들렸다. 여자아이는 큰 소리로 울면서 엄마에게 꼭 달라붙었다. 그 모습을 소녀와 새끼 고양이들이 미소를 지으며 지켜봤다. 소녀의 검은 눈동자는 어딘가 그리운 것을 바라보는 듯했다. 어째서인지 부러워하는 것처럼, 한편으로는 쓸쓸해 보이기도 했다. 리쓰코는 그 시선이 조금 애틋하게 느껴졌다.

엄마는 품에 안은 아이를 끌어안다가 문득 정신을 차린 듯 그 자리에 있던 리쓰코와 소녀에게 인사했다. 리쓰코는 방금까지 자기 아이 말고는 눈에 아무것도 들어오지 않았을 거라고 생각했기에 자신도 가볍게 인사했다.

엄마는 다시 한번 고개를 숙인 뒤 그 자리를 떠났다. 리쓰코가 돌아보았을 때 단발머리 소녀도, 그리고 새끼 고양이들도 그 자리에서 사라지고 없었다.

처음부터 그곳에 아무도 없었던 것처럼.

리쓰코는 멜로디와 눈을 마주치고는 중얼거렸다.

"응, 나도 같은 생각이야. 그 아이들은 아무래도 평범한 소녀와 새끼 고양이들이 아니었던 모양이야."

그 소녀와 고양이들은 이 세상 존재가 아니었을 것

이다. 리쓰코는 미아가 되어 울고 있는 여자아이 곁에 살며시 다가와 준 다정하고 쓸쓸해 보이는 존재들을 생각했다.

멜로디가 그 아이들의 기척을 찾듯이 아쉬운 듯 주위를 둘러보며 말했다.

— 옛날에 죽은 새끼 고양이들이야. 소녀도 그렇고. 죽어서 귀신이 된 건가……

"글쎄. 귀신이 되어서 지금도 이 거리에 살고 있는지도 모르지."

리쓰코는 공원에서 울고 있는 아이가 있으면 방금처럼 단발머리 소녀가 살며시 다가와 줬을지도 모른다는 생각이 들었다. 아이가 울음을 그칠 때까지 이야기를 들어주는 그런 착한 귀신일지도 몰랐다.

"옛날 전쟁 때 죽은 아이들이었는지도 몰라."

그렇다면 이미 칠십여 년도 더 전에 죽은 아이들일 것이다. 리쓰코는 그 아이들이 전쟁이 끝난 후 불탄 자리에서 평화를 되찾아 가는 세상을 지켜봐 주고 있었다는 생각이 들었다.

줄곧 아이의 모습으로.

저녁 하늘에 반짝이는 별들이 점점 늘어났다.

리쓰코는 멜로디와 함께 강 쪽으로 걸음을 옮겼다. 강가에는 우거진 여름풀이 밤바람에 조용히 흔들리고 있었다. 리쓰코의 자동차는 이 강가 한구석에 세워져 있었다. 리쓰코는 이 거리를 금방 떠나는 게 아쉬워서 천천히 걸었다.

강가에는 아름다운 산책로가 있었고 건너편으로 오래된 큰 돌다리가 놓여 있었다. 여기저기 반딧불처럼 가로등이 켜진 다리 옆에는 향기로운 하얀 백합꽃이 여럿 피어 있었다. 역사가 있을 법한 이끼 낀 돌다리 옆에는 다리 이름과 그 다리의 유래가 적힌 간판이 세워져 있었다.

"백합공주다리래."

아주 먼 옛날 멀리서 도망쳐온 공주와 그의 하인인 청년 한 명이 여름 깊은 밤 이 다리에 도착했다고 한다. 그러나 심한 상처를 입고 지쳐 있던 두 사람은 다리를 다 건너 왔을 쯤 안타깝게도 힘이 다해 조용히 숨을 거두었다고.

날이 밝아서야 두 사람의 시신을 발견한 마을 주민들은 그들을 불쌍히 여겨 눈물을 흘렸고, 두 손을 모아 기도했다. 그리고 두 영혼이 편히 잠들 수 있도록 정성껏 애도하며 작은 사당을 세웠다고 한다. 공주의 시신은 손에 흰 백합꽃을 들고 있었는데, 신기하게도 시신을 묻은 강변 다리 쪽 사당 옆에는 그때부터 여름이 올 때마다 백합꽃이 무리 지어 피어났다. 누가 먼저 부르기 시작했는지, 처음에는 그냥 돌다리로 불렸던 다리가 언젠가부터 '백합공주다리'라고 불리게 되었다.

"사당을 세운 이래로 어떤 재앙도, 유행병도 이상하게 이 다리를 넘어오지 않았으니, 마을 사람들은 죽은 공주와 하인이 신이 되어 이 땅을 수호해 주는 것이라 믿었고, 그 감사의 마음을 담아 사당은 후에 신사가 되어……."

리쓰코가 정신을 차리고 보니 다리 옆에는 풍성한 수목으로 둘러싸인, 오래되었지만 깨끗한 신사 모습이 보였다.

"아, 공주와 하인을 모신다는 신사가 저곳인가? 꼭 전래동화 같은 이야기네."

신사 주위에도 백합꽃이 별처럼 피어 있었다. '백합공주신사'라는 이름답게 그 유래가 새겨진 나무 간판도 보였다. 거기엔 이 신사의 영험한 이야기가 쓰여 있었다. 전쟁 때 마을이 공습을 받던 날, 이곳으로 피신한 사람들이 불길로부터 무사히 보호를 받았다는 것이었다.

해 질 녘의 고요한 공기 속에 신사는 조용히 자리를 지키고 있었다. 성역을 감싸는 나무들의 잎사귀가 바람에 흔들리며 희미한 소리를 냈다. 그 소리에 이끌리듯 리쓰코는 신사를 향해 인사를 한 뒤 도리이*를 지나 안으로 들어갔다.

리쓰코는 차가운 물에 손을 씻고, 자갈길을 밟으며 한가롭게 경내를 둘러봤다. 운세 뽑기 자동판매기가 있었다. 하나를 뽑아보니 대길이 나왔다. 소원이 이루어진다는 말에 리쓰코와 멜로디는 함께 기뻐했다. 칠석의 조릿대는 이 신사에도 장식되어 있었다. 조릿대는 소원 쪽지와 함께 밤바람에 살랑거렸다. 리쓰코는 그중 어린아이 글씨로 쓴 것 같은 '전쟁이 끝나게 해주세요'라는 내용이 담긴 쪽지가 눈에 띄었다. 그러고 보니 상점가 여기저기에 걸려 있던 조릿대의 소원 쪽지에서도 평화를 기원하는 내용들을 몇 장 본 것 같았다.

리쓰코는 불전함에 5엔짜리 동전을 넣고 큰 방울을 울려 신을 향해 두 손을 모았다. 옆에서 멜로디도 뒷발로 서서 젤리 발바닥을 모으는 것 같았다.

• 신사 입구에 세운 기둥 문

'그나저나 무엇을 기원하나?'

리쓰코는 눈을 감고 한숨을 내쉬며 자연스럽게 기도했다. '소원은 나도 마찬가지구나' 하고.

"평화로운 시대가 오기를."

바다 건너편에서 전쟁이 계속되고 있었다. 리쓰코는 그 사실이 너무 괴로웠다. 지금의 리쓰코는 사람들 틈에서 벗어나 자유롭게 여행을 다닐 수 있었다. 하지만 지금까지 먼 이국의 땅에서 매일같이 사람들이 상처 입고 죽어가며 나라가 파괴되고 있다는 사실에서는 벗어날 수 없었다.

하늘을 나는 자동차로 날아가면 한두 사람이라도 구할 수 있을지도 모른다고 생각했지만, 리쓰코의 작은 손으로는 감당할 수 없을 만큼 많은 생명이 날마다 사라지고 있었다. 리쓰코는 그 현실에 그저 압도돼 움직일 수 없었다. 그리고 마음속에서 무언가 상하고 썩어가는 듯한, 부드러운 것이 상처를 입고 너덜너덜해지는 그런 기분을 느꼈다.

어느새 마음이 슬픔의 구렁텅이에 빠져 있었다. 할 수 있는 건 기도뿐이라는 걸 내심 알고 있었는지도 몰랐다.

'인간은 언제쯤 누구에게도 상처주지 않고 평화로운

시대를 살아갈 수 있을까······.'

리쓰코는 저녁 공원에서 만난 단발머리 소녀와 새끼 고양이들을 생각했다. 옛날 전쟁 때 죽은 아이라면 그 아이는 어떤 최후를 맞았을까.

그리고 이곳에 모셔진 신들이 그 옛날 전쟁의 불길에 쫓겨 도망쳐 온 공주와 그 하인이라면, 죽음 이후 신이 되어 이 마을을 줄곧 지켜보고 있는 거라면, 그들은 시간이 흘러 미래가 되어도 평화롭다 할 수 없는 지금 이 세상을 어떻게 생각하고 있을까.

'슬프겠지, 분명······.'

리쓰코가 애절함을 느끼고 있을 때, 눈 가장자리로 무언가 빛나는 게 보인 것 같았다. 분명 눈을 감았는데 눈꺼풀 앞으로 희고 고운 옷을 입고, 길고 윤기 나는 검은 머리가 스르르 지나가는 게 보인 것 같았다. 백합꽃 향기와 옷이 스치는 감촉도.

눈을 떴을 때 눈앞에는 낡은 신사만 있을 뿐이었다. 리쓰코는 해 질 녘 한순간의 환영을 본 듯한, 그런 이상한 기분을 느꼈다.

그날 밤은 달이 참 고왔다.

리쓰코는 강가에 차를 세우고 테이블과 의자를 내

놓았다. 그리고 멜로디와 고양이들의 영혼, 화초들 영혼과 함께 달을 올려다봤다. 여름의 달은 거룩할 정도로 밝았다. 그 앞을 이따금 구름이 레이스 커튼처럼 천천히 움직이며 달빛을 가로막았다가 다시 지나갔다. 구름 사이로 모습을 드러낸 달빛은 지상을 내려다보는 커다란 존재의 눈동자 같았다.

'달은 끊임없이 이 세상을 내려다보고 있었겠지.'

수백 년, 수천 년 동안. 신처럼.

인간이 태어나고, 성장하고, 죽어가는 모습을.

무슨 생각을 하며 지켜봤을까.

'내가 달님이었다면 슬프거나 공허했으려나. 인간은 어쩌면 이렇게도 어리석을까, 하고 생각했으려나.'

리쓰코가 그런 생각에 빠져 있을 때였다.

— 맞아. 달님뿐만 아니라, 마신도 계속 사람들을 지켜봤지. 여러 나라와 역사를. 기가 막히기도 하고, 슬프기도 했어.

어느 틈엔가 커다란 금빛 램프가 데구루루 굴러와 리쓰코 발치의 풀 속에 놓여 있었다. 리쓰코는 아주 잠깐 쓴웃음을 짓고는 램프를 쓰다듬으며 고양이 마신을 소환했다.

"달구경 같이 할까요, 마신님?"

장미와 박하 향을 머금은 바람이 살랑이며 밤하늘에서 내려온 것처럼 황금 왕관을 쓴 날개 달린 커다란 페르시아고양이가 나타났다. 고양이 마신은 하얗고 아름다운 털을 밤바람에 휘날리며 말했다.

— 잘 지냈어?

  마신은 푸른 눈동자를 가늘게 접으며 미소를 짓더니 리쓰코와 함께 진지하게 달을 올려다봤다.

— 달님과 이야기한 적은 없지만, 역시 우리 마신과 비슷한 생각을 하고 있지 않을까 생각한 적은 있지. 오래도록 영원한 시간을 살면서 이 땅의 사람들을 지켜봐 왔으니.

  마신은 헛기침을 하고는 하늘 꼭대기까지 들릴 말을 이어갔다.

— 뭐, 마신은 오래 사니까 그저 변덕스러운 심심풀이로 인간들의 생활을 가끔씩 본 거지만. 그래서 아까 당신이 한 생각을 나도 몇 번이고 느꼈어. 인간은 아주 잠깐 살다 가면서 어쩜 그렇게 서로에게 상처를 주고, 또 죽이는지. 시간을 들여 지상에 키워낸 문명도, 아름다운 건물도, 마을도, 일궈낸 밭도, 정성껏 기른 과수원도 모두 파괴해 버리지. 평화롭고 평온하게 그저 살아 있음에 감사하면서 유한한 삶을 소중히 살아

가면 될걸. 왜 일부러 깨부수고 태워버리는지 말이야. 한 번 사라진 생명은 마신도 되살릴 수 없는데, 정말 바보 같은 짓이지.

마신은 조용히 중얼거렸다.

— 이대로라면 언젠가, 인간은 고향인 이 땅을 다 태워버리고 생명이 살 수 없는 세상으로 바꿔버리는 게 아닐까. 그렇게 되고 나서야 비로소 자신들이 저지른 죄를 뉘우치고 반성하려나⋯⋯.

리쓰코는 계속해서 달을 올려다보고 있었다.

태양이 팽창해 지구가 멸망하는 먼 미래를 상상하며 두려움에 떨었던 적이 있었다. 하지만 그보다 훨씬 먼저, 인간은 인간의 손으로 이 별을 멸망시켜 버릴지도 몰랐다.

"사람도, 별도 생명에는 한계가 있는데 어째서 소중히 여기지 못하는 걸까요?"

어쩌면 리쓰코가 사람의 몸으로 살았다면, 적어도 자신은 인간적으로 바르게 살자고, 나약하고 덧없는 것을 지킬 수 있도록 조금이라도 강하게, 때로는 목소리도 내야겠다고 생각했을지도 모른다. 하지만 지금의 리쓰코는 더 이상 사람이 아니다. 영원한 생명을 얻어 인간이 사는 곳에 내려왔다. 당사자가 아니라 지켜보는 쪽으로 돌아서게 된 것이다. 그 무력함과 슬픔을 리쓰코는 처음으로 느꼈다.

옆에 있던 멜로디가 겁먹은 듯한 얼굴로 살며시 리쓰코에게 다가왔다. 희미하게 떨고 있었다. 고양이는 인간의 슬픔이나 공포의 감정도 함께 느낀다. 하물며 멜로디와 리쓰코는 같은 영혼을 공유하는 것과 다름없는 사이였다. 멜로디는 리쓰코의 마음을 그대로 바로 전해 듣고 있는지도 몰랐다. 그렇다면 지금 리쓰코 마음속에 펼쳐진 사막처럼 메마른 슬픔과 공포, 끝없는 무력감을 멜로디 또한 느끼고 있을 것이다.

"미안해."

리쓰코는 멜로디를 쓰다듬으며 작은 몸을 살며시 안아 무릎에 앉혔다. 계속해서 가만히 쓰다듬자 이윽고 멜로디의 떨림이 멈췄다.

"국수 삶을까?"

그러고 보니 아직 저녁을 먹지 않았다.

— 국수?

멜로디의 귀가 쫑긋 섰다.

"응, 곧 칠석이니까 오랜만에 국수를 삶아볼까 싶어서. 여행을 하게 된 뒤로 국수는 처음인가?"

요즘 시대에는 고양이에게 국수를 주지 않는 게 상

식이지만, 옛날만 해도 고양이에게 가끔 사람이 먹는 것을 조금씩 나누어주곤 했다. 고양이 밥에 대한 연구가 진행되지 않았을 때 일반적인 고양이용 사료를 구하기 어려웠던 시절 얘기다.

고양이와 살던 옛날 사람들은 사람이 먹는 음식을 고양이도 먹을 수 있는지 연구했다. 그렇게 고양이 주인들은 서로 함께 지혜와 지식을 나누기도 했다. 리쓰코가 어릴 때는 더운 여름철이 되면 조부모는 국물이 없는 시원한 냉국수를 만들어 고양이들에게 나눠주었다. 아주 조금, 몇 가닥만 고양이 밥에 얹어주거나 반쯤 장난감처럼 고양이 머리 위에 늘어놓기도 했다. 그러면 고양이도 기꺼이 잘 물어 먹었다. 더위로 식욕이 떨어진 고양이가 다시 음식을 입에 대기도 했다. 새끼 고양이 때부터 식사량이 적고 몸이 약했던 멜로디도 그때의 국수는 즐겁게 먹어주었다.

마신이 흥미롭다는 듯 이쪽으로 귀를 돌리며 수염을 세웠다.

— 국수라고 하면 음, 언젠가 당신이 삶고 있는 것을 본 적이 있어. 하얗고 긴 가느다란 면 말하는 거지? 큰 냄비에 면을 삶은 다음 차가운 물에 담가 식히지. 생선이나 말린 버섯, 다시마로 우린 육수를 차게 해서

먹는 거…….

리쓰코는 웃으며 고개를 끄덕였다.

"맞아요, 그거예요. 여름 음식인데 시원하고 맛있어요. 칠석 때 먹는 음식이라고 들은 적이 있는데, 사실 우리 집에서는 그 무렵 자주 삶았어요."

— 나도 주나?

"물론이죠. 같이 먹어요."

마법 자동차의 마법 부엌은 오늘 밤에도 편리하고 멋있었다. 붙박이 찬장에는 품질 좋은 소면이 들어 있었고, 옆에는 맛있는 향이 나는 말린 표고버섯과 다시마, 보기 좋게 얇게 깎아낸 가다랑어포도 있었다. 익숙한 브랜드의 간장과 미림, 설탕까지. 개수대 옆 테이블에는 파와 생강, 양파처럼 바구니에 담아 장식용으로 쓸 만한 채소들이 들어 있었다. 양념이 될 만한 재료들까지 이것저것 모두 갖추어진 셈이었다.

"아, 오크라가 있네. 필요했는데."

살짝 데쳐서 얇게 썰면 별 모양이 되는 오크라는 국수에 올리면 칠석 분위기를 내줬다. 냉장고를 열자 신선한 닭가슴살도 있었다. 이것도 삶자, 하고 리쓰코는 미소 지었다. 단백질은 중요하니까. 분명 사람이 아닌 우리에게도.

리쓰코는 마법 냄비와 가스레인지로 육수를 내고 소면과 닭가슴살을 삶았다. 고향 집의 작은 부엌에서 국수를 삶을 때는 가스레인지의 열기로 부엌 온도가 올라가 이마에 땀이 맺혔다. 리쓰코는 그날을 떠올렸다. 더웠지만 창문으로 불어오는 바람은 시원했고, 툇마루에서 풍경이 울리는 소리도 났다. 그것도 나름대로 즐거웠다. 조부모가 살아 있을 때는 가족을 위해 맛있는 국수를 삶는 즐거움이 있었다.

"누군가를 위해 국수를 삶는 건 오랜만이야."

마법의 가스레인지는 순식간에 끓어오르고 무엇이든 순식간에 삶아줬기 때문에 자동차 부엌이 더워지진 않았다. 이마에 땀을 흘리는 일도 없었는데, 이건 오히려 리쓰코가 사람의 몸이 아니기 때문일지도 몰랐다. 다 삶아진 재료에 리쓰코가 후, 하고 입김을 불었다. 소면과 닭가슴살이 바로 차가워졌다. 리쓰코는 입김이 얼음에 섞여 꼭 눈의 정령 같다며 웃었다.

"어떤 그릇으로 내갈까?"

찬장을 돌아보니 어느새 아름다운 유리그릇들이 늘어서 있었다. 국수를 담을 시원하고 큰 것 하나, 앞접시로 좋아 보이는 것 몇 개, 그리고 육수를 담을 만한 작은 그릇들도 있었다.

"마법은 편리하다니까."

여느 때처럼 리쓰코는 즐거워져서 웃음을 터뜨리고 말았다.

그렇게 순식간에 국수가 완성됐다. 리쓰코는 찢은 닭가슴살에 다진 양념을 접시에 올려 밤하늘 아래에서 먹었다. 국수는 은하수처럼 유리 접시 위에 곱게 소용돌이치며 빛나고 있었다. 거기에 오크라의 초록별이 불을 밝혔다. 닭가슴살과 잘게 썬 오이, 토마토 모두 소면의 하얀색이 돋보이도록 곁들여져 있었다.

고양이 마신이 무척 기뻐했다.

— 세상에, 아름다운 음식이야. 더구나 시원하기까지 하니 최고군.

긴 발톱이 난 손, 아니 앞발로 마신은 능숙하게 젓가락을 들고 미끈미끈한 국수를 먹었다. 연신 맛있다며 입맛을 다셨다.

멜로디는 그리운 듯 국수를 바라보다가 손톱으로 소중하게 국수 몇 가닥을 들어 올려 입에 가져가 쭉 빨아들이고는 웃었다.

— 그립네, 리쓰코.

리쓰코도 오랜만에 시원한 냉국수를 먹으며 마신과 멜로디와 함께 밤바람을 맞았다. 직접 삶은 국수는 역

시 맛있었고 옆을 흐르는 강물은 시원해 보였다. 그
상쾌한 기분이 오늘 밤은 조금 쓸쓸하게 느껴졌다.

'칠석의 조릿대라도 꾸며볼까?'

바라면 조릿대를 장식할 쪽지와 도구들이 리쓰코
앞에 바로 나타날 것이고, 마신과 멜로디도 기뻐할 게
틀림없었다.

'그리고 쪽지에 세계 평화 소원을 적을까?'

리쓰코는 소원이 이뤄질 날을 생각하다가 문득 옛
기억을 떠올렸다. 아주 예전에 책에서 읽었는데, 칠석
은 위령제처럼 세상으로 돌아오는 망자들을 맞이하는
명절이기도 했다는 내용이었다.

전쟁으로 목숨을 잃은 망자들은 거리의 칠석 장식
뒤에 숨어 있는 걸까. 그리고 쪽지에 적힌 소원을, 가
끔 평화를 기원하는 말이 적힌 소원을 읽고 부드럽게
미소를 짓기도 할까.

리쓰코는 공원에서 만난 단발머리 소녀와 새끼 고
양이 영혼들의 사랑스러운 모습을 떠올렸다. 상냥한
목소리와 수줍던 미소를. 그 아이도 살아 있을 때는
가족과 국수를 맛있게 먹고 쪽지에 소원을 적었을까.

그때 리쓰코는 밤바람에 섞여 누군가의 발소리가
다가오는 것을 느꼈다. 사람 발소리와 비슷하지만 더

가볍고 은밀한 발소리가 강변의 풀을 밟고 다가왔다.

— 어라.

마신이 귀를 움직였다. 재미있다는 듯 푸른 눈이 웃었다.

— 어쩐지 이상한 손님이 왔군. 일반 사람이 아니야. 그런데 요괴도 아니네. 어디 보자, 아마도 마신에 조금 가까운 것들. 신성하고 큰 마법의 힘을 가진 그런 존재들이네.

마신의 말이 채 끝나기도 전에 그, 아니 그들은 자동차가 밝히는 마법의 불빛 속에서 모습을 드러냈다.

주변에 백합꽃 향기를 풍기는 바람이 서늘하게 불어왔다. 흰 바탕에 백합꽃 무늬 기모노를 입은 긴 머리의 아름다운 아가씨와 그 곁을 따르는, 입가에 미소를 머금은 청년이었다. 그는 허리에 검을 차고 있었다. 아름다운 아가씨는 방긋 미소를 지었다.

— 안녕하세요. 조금 전 저희 신사를 찾아주셔서 감사했습니다.

노래하는 듯한 목소리로 아가씨가 말했다. 가슴에는 진주로 만든 십자가가 걸려 있었다.

— 멋진 자동차군요.

백합 무늬 기모노를 입은 아름다운 아가씨는 리쓰코의 자동차가 밝히는 빛을 받아 눈이 반짝였다.

그 옛날, 이곳으로 도망쳤지만 결국 쓰러져 죽었다는 바로 그 공주와 하인이었다. 그리고 지금은 신사에 모셔져 여신이 된 아가씨는 매우 사랑스러워 보였다. 생기발랄한 아가씨였지만, 맑고 검은 눈동자는 투명했고 표정이 휙휙 바뀌었다. 어렴풋이 인광이 감도는 공주와 하인의 모습에서 리쓰코는 그들이 사람이 아님을 느끼고 있었다.

— 이 자동차에서는 저희 마을을 오가는 북적이는 차들과는 달리 마법의 향기가 납니다. 당신도 마찬가지. 이 신기한 자동차는 당신의 것인가요?

밤바람이 조용히 부는 가운데 구슬이 굴러가는 듯 아가씨의 목소리가 울렸다. 풀숲에서 노래하는 벌레들의 울음소리처럼 상냥한 음성이었다.

아가씨는 마치 깃털이 바람에 날리는 듯 사뿐히 옆으로 발걸음을 옮겨 자동차 안을 들여다보려 했다. 아가씨는 밝은 빛에 싸인 마법의 자동차가 어지간히

멋져 보이는 모양이었다. 원래 호기심이 왕성한 성격인지도 몰랐다. 리쓰코가 그렇게 생각한 이유는 살아생전부터 늘 따라다닌 것 같은 옆의 청년이 은근히 조마조마하는 것처럼 보였기 때문이었다. 역시 인광이 감도는 그도 젊어 보였다. 지금 세상에 살고 있었다면 둘다 고등학생쯤 됐을 거라는 생각에 리쓰코는 입꼬리를 올렸다.

둘의 모습은 조금 전 이 마을 상점가에서 즐겁게 하교하던 반짝반짝 빛나던 소년 소녀들과 비슷한 또래 같았다. 호리호리하고 어깨 쪽이 얇았다. 리쓰코가 보기에 둘은 여전히 아이 같았다. 먼 옛날 전란의 불길에 쫓기다가 그 어린 몸에 상처를 입고 이 땅에서 목숨을 잃은 것 같았다. 리쓰코는 그들이 가여워졌다.

리쓰코는 아가씨를 향해 고개를 끄덕이며 이 차는 마법의 힘으로 하늘을 날 수 있다고 설명했다. 아가씨는 멋지다며 하얀 두 손을 모았다.

— 저는 살아 있을 때 그저 땅 위를 걷는 평범한 사람이었습니다. 죽어서 지금의 상태가 되긴 했지만 하늘을 나는 멋진 일은 할 수 없습니다. 아직 어리고 미숙한 여신이기 때문일까요?

신이 된 아가씨는 조금은 쓸쓸하게 웃으며 별이 빛

나는 하늘을 올려다봤다.

— 새처럼 하늘을 나는 것은 옛날이나 지금이나 제일 동경하는 꿈입니다. 특히 살아 있을 때는 긴 여정 속에서 이 길을 날아갈 수 있다면 얼마나 좋을까 생각했습니다. 아무리 멀리 가도 다리가 아프지 않고, 누군가에게 쫓기고 있는 건 아닐지 뒤를 두려워할 필요도 없이요. 먼 여정의 목적지로 가볍게 날아 가고 싶었습니다. 그리고 고향을 떠나 먼 곳에 이르러도 눈 깜짝할 사이에 하늘을 날아 그리운 땅으로 돌아갈 수 있는 그런 날개를 갖고 싶었습니다. 비록 그 땅이 이미 초토화되어 아는 사람이 아무도 없다고 해도, 그 사실을 알고 있어도 하늘을 날아 다시 돌아갈 수 있길 바랐습니다.

아가씨는 먼 곳을 꿈꾸는 듯한 눈빛으로 말했다.

— 저희가 고향을 떠나 먼 길을 걸어 이 땅까지 온 것은 꽤 오래전의 이야기입니다. 도중에 죽게 되었지만 이곳 사람들이 극진히 조의해 주신 것에 은혜를 느꼈습니다. 그 이후 이 땅을 수호하는 자로서 존재하게 되었습니다. 사실은 '신'이 아니라 그냥 돌아갈 성이 없는 공주였을 뿐인데요. 하지만 감사하게도 지금까지 '신'으로 모셔져 존경받고 사랑받고 있습니다. 지

금은 이 땅을 사랑하고 제 고향이라고 생각하고 있지만, 여전히 먼 옛날에 나고 자란 땅과 하늘, 바다가 그립습니다. 하늘을 날 수 있다면 보러 갈 텐데 말이지요. 아름다웠던 성도, 도성의 마을도 그 시대에 모든 것이 부서지고 불타버렸습니다. 지금은 아마도 달라져서 사람들이 행복하게 사는 곳이 되었을 것입니다. 제가 아는 경치는 작은 조각도 남아 있지 않겠지만, 분명 하늘과 바다의 색은 변하지 않았을 것입니다. 달도, 해도 그때와 마찬가지로 매일 뜨고 가라앉겠지요. 그것만은 누구의 손으로도 빼앗을 수도, 불태울 수도 없는 것이니까요.

그 목소리에 슬픔의 기운은 느껴지지 않았지만 청년 모습의 하인은 괴로운 듯한 눈빛이었다.

공주는 고양이를 좋아하는 모양이었다. 리쓰코가 데리고 있는 고양이 영혼들이 그것을 감지했는지 공주 곁으로 우르르 모여들었다. 구르거나 바싹 달라붙으며 응석을 부리는 고양이들에게 둘러싸인 공주는 그게 즐거운지 몸을 숙여 "아유, 사랑스러워라"라고 웃으며 받아주었다.

마침내는 멜로디를 안아 올리며 공주는 옛 고향 성에서 이런 검은 고양이와 함께 살았다고 했다. 공주는 날개 달린 고양이 마신 곁으로도 두려움 없이 다가가더니, 왕관을 쓴 거대한 고양이 머리에 하얀 손을 뻗어 살며시 쓰다듬었다. 마신도, 멜로디도 갸르릉 목을 울리며 공주가 하고 싶은 대로 하게 놔두었다.

그 모습이 리쓰코의 눈에는 마치 아서 래컴*의 그림 속 풍경처럼 보였다. 희미하고 섬세하지만 요정과 식물들이 강한 색채와 선으로 그려진, 마법 같은 빛에 둘러싸인 아름다운 정경 같았다.

그날 밤 리쓰코는 길고 긴 시간 동안 공주와 이야기를 나누었다.

문득 생각난 맛있는 술을 공주와 청년에게 대접했더니 둘은 무척 기뻐했다. 겉보기에는 십 대, 현대 기준으로 말하면 고등학생이지만, 성인이 되는 게 빨랐던 시대의 젊은이들이었다. 어쨌거나 지금은 더 이상 사람이 아니니까 술도 꽤 맛있을 것이다.

리쓰코도 오랜만에 술을 마셨다. 생전에 마셔보고 맛있다고 생각한 전통술을 마법으로 불러내어 작은

• 영국의 삽화가·화가(1867~1939)

290

잔에 따랐다. 그 어떤 진귀한 전통주라도 마법 냉장고의 문을 열면 틀림없이 그 안에 기억 속의 술이 들어 있었다.

술맛도 좋았던 데다가 서로의 대화가 질리지 않았던 건 리쓰코도, 공주도 남의 이야기를 듣는 것을 좋아했기 때문이었다. 누군가의 생애를 조용히 듣는 시간을 즐겁게 여기는, 사람을 좋아하는 성품을 가진 둘이었다. 그들은 누군가가 살아온 삶과 그 마음을 사랑하고 소중히 여길 줄 알았다. 그리고 무엇보다 지금까지는 자신들의 이야기를 진정으로 들어주는 사람을 만난 적 없었기에 지금 이 순간이 더 즐거운 건지도 몰랐다. 요괴도, 신도 길을 걷다가 만날 수 있는 존재가 아니었다. 인간이었다가 시간을 초월하여 영생의 운명으로 바뀐 사람은 그리 많지 않았다.

달빛이 비치는 강물에는 간간이 은빛 광채가 반짝였고 물고기들이 이따금 튀어 올라 빛의 조각 같은 물보라를 흩뿌렸다.

— 불합리한 적의 침략으로 일어난 전란에서 고향 땅이 불타버렸습니다. 그렇게 가족을 모두 잃고 먼 길을 걸어온 저는 인간 생애 마지막 밤, 이 강을 건너는 다리 끝에 다다랐을 때 모든 기력을 다한 상태였습니

다. 사실은 끝까지 쭉 달아나 일행과 계속해서 서쪽 끝에 있는 먼 바다가 있는 마을까지 가야만 했습니다. 거기서 배를 타고 바다를 건너 이국으로 도망쳐야 한다는 말을 듣고 여기까지 달려왔어요. 돌아가신 부모님과 가신들의 당부였고, 저는 반드시 그렇게 하겠다고 맹세했어요. 그렇게 도망쳤습니다. 하지만 완전히 지치고 말았어요. 저도, 일행도 성을 빠져나갈 때 화살에 맞았던 상처가 아물지 않고 더 심해졌어요. 더운 여름날이어서 상처는 심하게 곪았고 열도 나기 시작하면서 걷는 것조차 힘들어졌습니다. 가져온 음식도 바닥이 났지만 배고픔을 느끼지 못할 정도로 병들고 지쳐 있었습니다. 그래도 남겨두고 온 고향 사람들을 생각하면, 모두 우리가 살아남기를 바라고 있다고 생각하면 한 걸음이라도 앞으로 나아가야 한다고 생각했습니다. 그러나 문득 이 이상 사는 게 무슨 의미가 있을까, 하는 생각이 들었습니다. 이 강에 도착하기 전에 산길에서 한 무리의 백합꽃이 피어 있는 것을 발견했습니다. 제가 그 꽃을 좋아하는 것을 알고 있는 일행이 허리에 찬 검으로 꽃을 한 다발 베어 건네주었습니다. 백합꽃은 그리운 성의 정원에 피어 있던 꽃이었습니다. 어렸을 때부터 쭉 봐왔지요. 성이 불탈 때 쳐들어온 다른 나라의 병사들에게 짓밟히고 불타버렸지만요. 고향을 잃고 멀리 도망쳐 왔지만, 품 안의 백합꽃은 서늘하면서도 부드러웠고 좋은 향기가 났습니다. 그대로 쉬고 싶었습니다. 여기서 잠들어도 용서받을 수 있을 거라고. 이제 이런 도망은 그만두고 그리운 사람들이 있는 곳으로 가고 싶었어요. 고향 사람들은 제게 분명 '하늘의 신'이 지켜줄 테니 멈추지 말고 걸어가라고 말했어요. 그 말을 믿고 싶었지만, 이제는 됐다고 생각했습니다.

공주의 검은 눈동자는 이슬을 머금은 듯 달과 별빛 아래서 반짝였다. 눈을 깜박이자 눈물이 하얀 뺨으로 흘렀다. 입술을 깨물고 있는 그 표정에서 풍겨온 것은 슬픔과 조용한 분노였다.

— 분명 '하늘의 신'은 존재하지 않습니다. 그런 신은 어디에도 없습니다. 그러니 제 고향은 망해버렸고 모두가 무참히 죽었습니다. 저와 일행만이 이 세상에 남겨졌다고 생각했습니다. 제 고향 사람들은 서양에서 온 가르침, '하늘의 신'을 믿었습니다. 작은 나라였지만 온화하고 착한 사람들이 사는 평화롭고 풍요로운 나라였습니다. 저도 신을 믿었어요. 하지만 사랑하는 나라를 잃었습니다. 모두가 죽음으로 헤어졌지요. 발

걸음마다 느껴지는 고통을 안고 먼 길을 괴로움으로 도망치는 동안, 그 믿음이 과연 옳은 건지 알 수 없어지더군요. 무고하고 선량한 사람들이 무참히 죽었고 성도, 마을도 모두 불타버렸어요. 신은 어디에도 없는 것 같았습니다.

리쓰코는 공주의 말에 귀를 기울인 채 아무런 대답도 하지 못했다. 이미 자신이 마음속에 품고 있던 생각과 같았기 때문이다. 세상에는 마신이 있었고 마법도, 기적도 존재했다. 그건 리쓰코 스스로 경험했기 때문에 알고 있었다. 그렇지만 인간을 지켜주는 착한 신, 그림책에 나올 법한 신이 정말로 존재하는 것인지 가끔 생각한 적이 있었다. 지금까지 인류의 오랜 역사 속에서 무수한 천재지변과 전란으로 잃어버린 수많은 생명 중에는 신에게 구원을 청한 사람도 많았을 것이다. 하지만 언제나 구원의 손길이 닿지는 못했다. 적어도 리쓰코가 알고 이해할 수 있는 형태로는.

날마다 먼 나라의 전쟁 소식이 보도되고 있었다. 수없이 일어나는 끔찍한 죽음이, 아무 의미 없는 학살이 계속 일어나고 있었다. 리쓰코는 오랜 역사를 가진 아름다운 종교 시설이 많은 나라가, 금빛 대천사의 조각상이 광장에 서 있는 나라가 왜 그런 불행한 일을 당하고 구원받지 못하는 것인지 생각했다. 신이라는 존재에 관해서는 책에서 봤던 정보밖에 몰랐다. 자신의 지식이 얕다는 것은 스스로 자각하고 있었다. 하지만 그렇다고 해도, 구원을 바라는 소리가 결코 하늘에는 닿지 않는 것인지, 불합리하게 느껴질 때가 있었다. 신이 존재한다면, 어째서 그저 보기만 할 뿐 침묵하는 것일까. 왜 그 손을 내밀어 주지 않는 것일까.

강물처럼 고요하고 부드러운 목소리로 공주는 말을 이었다.

― 저는 일행에게 이제 이 여정을 그만하고 싶다고 말했습니다. 일행도 제 마음을 알아주었지요. 저희는 피를 나눈 형제와 다름없습니다. 제가 태어난 그날부터 하루 한 시도 떨어지지 않고 함께 자라왔기 때문에 생각하는 것도 언제나 똑같았습니다. 강을 건너는 다리 너머로 마을의 불빛이 보였습니다. 그립고 따뜻한 빛이었지요. 적어도 그 빛 가까이에서 죽고 싶다고, 그렇게 일행에게 부탁했습니다. 우리는 서로를 의지하며 어두운 강에 놓인 다리를 건넜습니다. 그렇게 다 건너고 나서야 숨이 끊어졌습니다. 날이 밝아 햇빛에 드러난 우리의 시신을 마을 사람들이 발견하고 불쌍하다며 애도해 주었습니다. 오랜 여정으로 더러워져 누더기

나 다름없었던 우리 둘을, 상처가 썩어 고약한 악취가 진동했을 저희의 시신을 깨끗이 씻겨주었습니다. 불쌍하다며 눈물을 흘리고 손을 모아 애도해 주었습니다.

공주는 가슴 위의 십자가에 손을 가져갔다.

— 우리를 보면 사연 있는 여행자라는 것을 누구나 알아볼 수 있었겠지요. 그대로 길가에 썩을 때까지 내버려둬도 됐을 텐데 마을 사람들은 정성껏 기도해 주었습니다. 신은 우리를 가엾게 여기지 않았지만, 기꺼이 손을 내밀고 사랑을 준 것은 제가 믿었던 신이 아닌 이 마을 사람들이었습니다. 그래서 우리는 다리 옆에 서서 마을 사람들의 생활을 조용히 지켜보기 시작했습니다. 죽으면 하늘나라에 갈 수 있을지도 모른다는 생각이 들었지만 갈 곳을 찾지 못했어요. 그래요, 제 눈에는 하늘로 이어져 천국으로 간다는 계단은 어디에도 보이지 않았습니다. 어쩌면 천국도 존재하지 않을지도 모른다고 생각했습니다. 신이 존재하지 않는다면 천국이 없다고 해도 이상할 게 없으니까요. 그렇게 갈 곳 없는 우리는 다리 옆에서 다정한 마을 사람들의 생활을 계속 지켜봤습니다. 바람처럼, 빛처럼, 강물처럼, 사람의 눈에는 보이지 않는 모습으로.

공주는 청년과 눈을 마주하며 조용하지만 밝은 미

소를 지었다.

　— 그건 우리에게 생각지도 못한 즐거움을 주었습니다. 여정은 끝났고 이제 더 이상 힘든 일도, 괴로운 일도 없었지요. 하루하루 열심히 살아가며 온화하고 착한 사람들의 생활을 지켜보는 건 움직이는 그림을 보는 것처럼 질리지 않는 날들이었습니다. 그 일상은 행복이라고 해도 좋을 만큼 조용한 기쁨을 주었습니다. 착한 사람들은 우리의 묘비 앞에 여러 제물을 바치고, 계절마다 예쁜 꽃을 장식하며 영혼이 평온하도록 가만히 손을 모아주었습니다. 늙은 사람도, 젊은 사람도, 사랑스러운 아이들도 우리에게 말을 걸어주었고 여정 도중에 죽은 것을 불쌍히 여기며 슬퍼해 주었습니다. 그들의 마음은 우리의 영혼을 갉아먹었던 긴 여정의 피로와 원한, 슬픔을 얼마나 치유해 줬는지 모릅니다. 절실한 기도를 들어주지 않던 신에게 품었던 슬픔과 원망, 그 야속한 마음을 가볍게 털어주고 구원해 주었습니다. 이윽고 저는 이 착한 사람들에게 보답하고 싶었습니다. 물론 고향이 불타버려서 모든 것을 잃은 채 아무것도 가진 게 없는 신세였습니다. 죽은 후에는 영혼만 남아 누군가에게 닿을 수 있는 손끝도, 말을 걸 수 있는 목소리도 잃어버렸지만, 그래도 내가

할 수 있는 일이 없을까 생각했습니다. 그러다 문득 깨달았습니다. 어느새 저는 이 마을을 지킬 신비한 힘을 충분히 갖게 되었다는 걸요. 제가 노려보면 다리를 건너 마을로 들어오려는 병마가 제자리로 되돌아갔고, 불행을 갖고 마을을 향해 달려들려는 수상한 그림자는 순식간에 움츠러들며 사라졌습니다. 네, 그래요. 살아 있는 동안에는 볼 수 없었던 병과 불행이 불길한 형태로 무고한 사람들에게 다가오는 그 모습이, 죽은 후의 제 눈에 보이기 시작했습니다. 그것을 멸할 수도 있게 되었고요. 결국 깨달았어요. 저 역시 요괴가 되었다고. 사람의 생명과 몸을 잃은 대신 불가사의한 힘을 얻었다고요. 그것은 어쩌면 여정 도중 모든 것을 잃고 쓰러져 목숨을 잃을 때, 죽음 직전에 느꼈던 원통함이 힘이 된 게 아닐까 생각했습니다. 짧은 생애를 걸고 믿었던 하늘의 신에게 신앙을 배신당했다는 어두운 절망이 힘을 주게 된 걸지도 모른다고요. 그래서 이 몸은 악령, 원령이 된 줄 알았습니다. 그렇다면 그 힘은 저주스럽고 사악한 것이라고 봐야 할지도 모릅니다. 혹은 신의 존재를 완전히 믿지 못한 불신의 몸으로 마물이 되었기 때문에 천국에 가지 못한 거라고도 생각했습니다. 이 탁한 눈동자로는 천국으로 가는 길을 볼 수 없을지도 모른다고요. 하지만 그래도 괜찮았습니다. 설령 이 몸이 끔찍한 요괴나 원귀로 변한다 해도 이렇게 얻은 힘으로 사랑하는 사람들을 지킬 수 있다면, 저와 일행을 따뜻하게 애도하고 그 영혼의 평온을 빌어준 무고한 사람들을 행복하게 할 수 있다면 그것으로 충분하다고 생각했습니다. 참으로 축복받은 일이라고요.

이제는 여신으로 불리게 된 공주는, 그 호칭과 어울리게 달과 별빛 아래에서 맑고 신성한 미소를 지었다.

— 이 몸은, 마을 사람들의 눈에 보이지 않고 목소리도 귀에 닿지 않습니다. 그렇지만 제 마음은 이 마을에 부드러운 물처럼 가득하고, 불어오는 바람처럼 언제나 그곳에 있습니다. 보이지 않는 팔로 어린아이를 품듯이 모두를 지켜주고 싶습니다. 그렇게 될 때마다 내가 죽은 후에는 얼마나 행복한 나날을 보내고 있는지 생각합니다.

진주 십자가를 가슴께에 장식한 공주는 행복하게 웃었다. 분명 그 모습은 리쓰코라서 보이고, 리쓰코라서 목소리가 들리는 것이리라. 공주는 마을을 하얀 손으로 감싸듯 지켜주고 사랑으로 보살피지만, 마을 사람들에겐 그 모습이 보이지 않았고 목소리도 들리지 않았다.

'아, 그래서 이 마을에 있으면 부드럽고 따뜻한 기분이 들었던 건지도 몰라.'

공주의 시선이 항상 그 자리에 있으니까. 공주의 사랑이 지켜주고 있으니까.

이 마을에 도착해 상점가나 강가를 걸었을 때의 평온한 기분을 리쓰코는 떠올리고 있었다.

리쓰코와 여신은 날이 밝아올 무렵까지 대화를 나눴다. 그러다가 리쓰코가 공원에서 본 단발머리 소녀 이야기가 나왔다.

— 아, 레이코군요.

여신이 미소를 지으며 말했다.

— 그 아이는 아주 착해요. 어린아이를 돌보는 걸 좋아하죠. 길을 잃은 아이가 울고 있으면 절대로 그냥 내버려 두지 않아요. 옆에 가서 말동무를 해주고 가족이 그곳에 찾으러 올 때까지 함께 있어 주는 그런 소녀랍니다. 살아 있을 때는 어린 동생들이 많아 귀여웠다면서 그 아이들의 이야기를 자주 들려줘요.

'살아 있을 때는'이라는 말에 리쓰코는 가슴을 찔린 것 같은 기분이 들었다.

"그 아이는, 역시 죽은 아이였군요."

여신이 작게 고개를 끄덕였다.

— 네, 새끼 고양이들과 함께 오래전 여름에 죽었어
요. 저는 그 아이들을 돕고 싶었어요. 그렇지만 그때는
제가 신이 아니었기에 도울 만한 힘이 없었습니다.

여신은 바람이 스쳐 지나가는 듯한 한숨을 조용히
내쉬었다.

— 전쟁 때 이 나라에서는 가엾게도 개와 고양이를
모아 죽였습니다. 병사들의 옷을 만들기 위해 동물 가
죽을 사용하려고 한 것이지요. 그런 참혹한 일이 일어
났습니다. 길고양이들도 죽임을 당해 공원에 숨어 살
았고, 아주 작은 새끼 고양이들마저 잡혀야 했습니다.
레이코가 밤에 신사를 찾아와 울며 말했습니다. 레이
코는 신사 바로 뒤 꽃이 많이 피는 집에 살던 여자아
이였는데, 어렸을 때부터 정원의 꽃을 손에 들고 자주
놀러 와주었지요. 신사 사람들과도 친하고 다들 예뻐
했어요. 경내 청소를 돕거나 가끔은 부적을 파는 일
을 돕기도 했지요. 그렇게 레이코는 신이시여,라며 제
게 많은 이야기를 들려줬습니다. 제가 대답을 하면 그
아이의 귀에는 그 말이 가끔 닿은 모양인지, 그럴 때면
그 아이는 주위를 둘러보며 기쁜 듯이 웃었습니다. 지
금 신의 목소리가 들렸다면서 말이지요. 가끔 그런 아

이들이 있어요. 눈과 귀가 특별히 좋은. 착하고 마음
씨가 유난히 고운 맑은 물 같은 아이들일지도 모릅니
다. 전쟁이 시작되고, 레이코의 아버지가 먼 남쪽 섬으
로 떠난 뒤에 이 마을도 공습을 받았습니다. 마침내
레이코는 남쪽 섬에서 아버지가 돌아가셨다는 소식을
들었습니다. 그때 레이코는 울음을 참았어요. 대신 새
끼 고양이들을 가여워하며 몹시 울었지요. 그래서 저
는 적어도 새끼 고양이들을 숨겨주기로 했습니다. 신
사 경내에 작은 신비한 정원을 만들었어요. 그리고 거
기로 새끼 고양이들을 데리고 오라고 레이코에게 전했
지요.

"신비한 정원이요?"

— 네, 사람 눈에는 보이지 않는, 아무나 들어갈 수
없는 마법의 정원을 만들었습니다. 그곳은 안전하고
아무것도 무서울 게 없는 아름답고 온화한 빛으로 가
득한, 제 마법으로 만들어낸 시간이 멈추고 슬픈 일이
없는 세계입니다. 사실 이 마을 전부를, 나라 전부를,
아니, 전 세계의 모든 사람을 신비한 정원에 품고 싶
었어요. 저에게 그만한 힘이 있으면 좋겠다고 생각했
습니다. 그렇지만 저는 진짜 신이 아닌 원령, 가짜 신
같은 존재입니다. 이 손으로 할 수 있는 거라고는 경

내에 작고 평화로운 장소를 만드는 것뿐. 거기에 새끼 고양이들을 몰래 숨겨주는 것만이 제가 할 수 있는 일이었습니다.

여신은 조용히 눈물을 흘렸다.

— 레이코는 기뻐하며 제게 몇 번이고 감사 인사를 했어요. 그러고는 마을의 고양이들을 신비한 정원으로 데려오겠다고, 꼭 데려오겠다고 맹세하며 말했어요. 하지만 좀처럼 새끼 고양이들이 잡히지 않았죠. 어느 늦은 밤 레이코가 새끼 고양이들을 찾으러 갔을 때, 이 마을에 심각한 공습이 일어났습니다. 레이코는 결국 새끼 고양이들과 함께 돌아오지 못했습니다. 저는 그날 밤 신사로 도망쳐 온 몇몇 사람들만 구할 수 있었습니다. 끔찍한 날이 밝았을 때는 그 아이도, 새끼 고양이들도 공원의 나무와 꽃들과 함께 불타버린 뒤였습니다. 저는 레이코와 새끼 고양이들의 시신을 이 손으로 안아 올려 신비한 정원에 숨겼습니다. 되살릴 수는 없어도 정원에 있는 동안만큼은 원래 모습으로 살아 있을 수 있도록 마법을 걸었습니다. 그래서 그 아이는 지금도 아무도 모르게 새끼 고양이들과 함께 신비한 정원에 살고 있지요. 오랜 세월 시간이 멈춘 곳에서 살고 있습니다. 가끔 새끼 고양이들과 마을로 놀러

나가 울고 있는 미아를 발견하면 말벗이 되어주기도
하지요. 시간을 초월하여 사는 착한 요정처럼.

"착한 요정처럼……."

아, 그 아이는 분명히 그런 소녀였다고 생각한 리쓰
코는 그 다정한 표정을 떠올렸다. 공원에서 길을 잃은
여자아이 옆에 바싹 붙어 있던 그때의 모습을. 별똥별
을 흩뿌리듯 희미한 빛을 내며 달리는 새끼 고양이들
과 함께 미아 곁을 지켜주던 그 아이를.

길 잃은 엄마가 자식을 겨우 찾아 꼭 끌어안던 모
습을 바라보던 소녀는 더 이상 자신의 가족을 만날
수 없을 것이다. 그 소녀의 어머니나 여동생, 남동생들
은 만약 이 마을을 덮친 공습을 피했다고 하더라도,
그렇게 평화로운 시대가 될 때까지 살아남았다 하더
라도 종전으로부터 긴 시간이 흘러 이미 죽었을지도
모른다. 설령 지금껏 살아 있다고 해도, 헤어진 가족이
사람이 아닌 존재가 되었다고 생각하지는 않을 것이
다. 옛날과 다름없는 아이의 모습으로 시간을 초월하
여 이 세계에 존재하고 있으리라고는.

— 순간적으로 그 아이를 정원에 숨겼지만 이게 과
연 잘한 일인지 가끔 생각합니다. 그 아이도 저 같은
존재가 되었으니까요. 사람이 아닌, 사람들 사이에서

살 수 없는 존재로. 만약 천국이 있다고 해도 거기에는 가지 못한 채 이 세상에 계속 있어야만 할 테니까. 그 아이, 레이코에게 행복한 일이었을까요? 그대로 시간을 멈추지 않고, 정원에 숨기지 않고 죽게 내버려두는 편이 좋았을까요?

가만히 속삭이는 여신을 보며 리쓰코는 그저 잠자코 생각했다. 겉모습은 자신보다 한참 어린 고등학생 정도로 보이지만 리쓰코보다 더 오랫동안 이 세계를 지켜본 존재였다. 그동안 신으로 불리며 많은 생각을 해왔을 것이다.

'생명의 시간이 멈추고 인간 세계를 떠나 살아가야만 한다는 건……'

그건 리쓰코도 마찬가지였다. 리쓰코는 지금의 일상을 즐기고 사랑하고 있었다. 이 삶을 택한 자신의 선택이 잘못되었다고는 생각하지 않았다.

그러나 문득 한 인간, 하나의 생명으로서는 어땠을지 생각했다. 인간으로서 '올바른' 선택이었을까.

'아무리 생각한들 이제 와서 되돌릴 수도 없어. 역시 나는 지금의 삶이 멋지다고 생각하고 싶어. 뜻밖의 선물 같은 나날을 살고 있다고.'

하지만 리쓰코는 그건 자신처럼, 인간으로서의 생활

을 나름대로 즐겨봤었기 때문에 그런 생각이 드는 게 아닐까 싶기도 했다. 혹은 여신이 된 공주처럼 소중한 것을 모두 잃은 끝에 신비한 힘을 축복처럼 얻었기 때문이라면.

'하지만 그 소녀는 어쩌려나⋯⋯.'

리쓰코는 자신이 여신의 입장이 되더라도 비슷한 생각을 할 것 같았다. 내가 한 일이 옳은 일이었을까, 하고. 당연한 생명의 흐름을 갈라놓은 게 그 아이에게 좋은 일이었는지 아닌지. 가족이 그리울 나이에 자기 주변에 있었을 모든 것에서 떨어져 시간을 초월한 삶을 사는 소녀의 마음을 리쓰코는 알지 못했다.

아침의 빛이 마법처럼 세상을 아름답게 빛낼 무렵 여신은 신사로 돌아갔다.

— 제 꿈은⋯⋯.

자동차 곁을 떠나는 순간 여신이 하늘을 올려다보며 말했다.

— 언젠가는 정말로 훌륭한 여신이 되는 거예요. 이 마을 사람들이 그렇게 부르는 데 어울리는 존재가 되는 것입니다. 그때는 먼 이국의 전쟁도 바로 멈출 수 있을 만큼 큰 마법의 힘을 얻고 싶다는 그런 꿈을 꾸

고 있습니다.

"멋진 꿈이네요."

리쓰코는 여신에게 진심을 담아 대답했다.

— 이뤄내겠습니다. 신으로 불리며 살아갈 때마다 하루하루 마법의 힘이 더 강해지는 느낌을 받고 있으니까요. 인간의 기도는 신을 성장시킵니다. 이렇게 신이 되기를 바라는 자가 이 세상의 신이 됩니다. 기도와 소원이라는 시간을 들여서. 그러기 위한 시간이 제게는 얼마든지 있지요. 분명 영원에 가까울 만큼. 먼 옛날 하늘의 신은 제게 손을 내밀지 않았습니다. 그 후 큰 전쟁이 세상을 불태웠을 때, 레이코와 새끼 고양이들이 불에 휩싸였을 때도 구해주지 않았지요. 지금 역시도 먼 나라에서 전쟁이 계속되고 있습니다. 분명 앞으로도 이 세상에는 슬픈 일이 많겠지요. 수많은 사람이 피눈물을 흘리며 헛되이 죽어갈 거고요. 그래서 도움을 청하는 사람들에게 손을 내미는 존재가 되고자 합니다. '신'이라 불릴 자격이 있는 자로. 진실은 부정한 존재로 남아 있더라도, 저는 하늘을 날아 사람들을 구할 거예요.

— ……그때는.

그때 여신 옆에 서 있던 청년이 말했다.

— 그때도 반드시 함께하겠습니다. 세상 끝까지 가는 거예요. 먼 옛날 건너지 못한 바다도, 어디든 같이 여행하겠습니다.

청년의 말에 여신이 미소 지었다.

— 그래, 이제부터 여행을 이어가 보자. 도망치기 위해서가 아니라, 누군가를 지키고 살리기 위해서. 더 이상 누구도 비참하게 죽게 두지 않을 거야. 그러한 '신'이 될게.

— 예.

청년은 밝은 미소로 고개를 끄덕였다.

— 영원히 곁에 있겠습니다. 공주님의 소원이 이루어지는 그날까지.

공주와 청년이 돌아간 뒤 아침 하늘이 맑게 떴다. 그 아래에서 리쓰코가 불쑥 마신에게 물었다.

"신은 존재하지 않는 것일까요?"

— 글쎄.

고양이 마신은 어쩐지 웃으며 대답했다.

— 이 세상과 나 같은 마신이나 인간을 만든 존재가 이 우주 어딘가에는 있지 않을까. 천국이 하늘 너머에 있을 수도 있지. 그렇지만 솔직히 말해서 지금까

지 살아온 길고 긴 시간 동안, 이 눈으로 직접 본 적은 없어서 모르겠어. 만약 천국이 있다 한들 마신은 천국에 갈 수도 없고. 정말, 어떨지 모르겠네. 없다면 실망하면서도 역시,라고 생각할지도 모르지. 왜냐하면 나도 신에게 왜 사람을 구원하지 못하냐고 묻고 싶었던 적이 셀 수 없이 많았으니까.

"마신님도요?"

― 그야 오래 산 만큼 온갖 일들이 있었으니까. 신은 과연 어떤 존재일까 생각할 시간이 많았지.

"어떤 존재랄지, 정말로 어떤 분일까요?"

신은.

만일 이 세상 어딘가에 정말로 존재한다면.

마신은 뒤섞인 한숨 사이로 입가에 미소를 띠고 천천히 고개를 내저었다.

― 다만 만약 그런 존재가 우주 어딘가에 정말로 있다면, 그분이야말로 이 세상을 창조한 존재겠지. 삶과 죽음을 초월하고, 우주의 모든 시작과 끝을 내다볼 수 있는 위대한 존재. 그건 너무 압도적이라 나 같은 마신은 감히 짐작할 수도 없겠지. 그 정도로 엄청난 존재라면 말이야. 이를테면 한 사람의 생명이나 인간 문명의 흥망성쇠는, 신에게 있어 자기 손바닥 위에

놓인 무상하고 작은 존재에 불과할지도 몰라. 사막의 모래알이나 하늘의 무수한 별처럼 많은 생명이 있으니까. 일일이 신경 쓰지 않을지도 모르지.

리쓰코는 마신의 말에 납득하며 고개를 끄덕였다. 마신조차 그렇게 생각한다면 리쓰코도 알 수 없을 테니 어쩔 수 없는 일이라고 생각했다. 확실히 신에게 인간의 생명이란 매우 작은 것으로, 인간은 작은 벌레나 들꽃 한 송이 정도의 존재일지도 모른다.

'좀 쓸쓸하네.'

인간들은 열심히 신에게 기도하는데. 한 명 한 명 모두 열심히 살아가는데.

— 그렇지만 사람은 모두 작고 무상하니까, 생명의 가치를 여기는 걸 의미 없이 생각하는 건지도 모르지. 한순간에 끊어진 생명이라도, 사막의 모래 바다에 휩쓸리듯 순식간에 사라져 버린 문명이라도 신은 그 하나하나의 가치를, 그 고귀함을 계속 기억하고 있겠지. 그러니 사라져 버려도 괜찮다고 생각하는 게 아닐까.

"사라져 버려도, 괜찮다?"

커다란 고양이 마신은 푹신한 가슴팍을 손으로 누르며 살며시 미소 지었다.

— 여기 이 기억 속에 있으니까. 영원의 시간 끝까지

함께 살아가니까. 뭐, 늘 내가 하는 생각이지만. 한 사람의 생명과 그 역사와 문명은 결코 사라지거나 잊히지 않지. 인간은 모두 어느 시대든 강하고 착하게, 그리고 열심히 살았어. 사라진 마을에도, 문명에도 미래를 꿈꾸는 사람들의 소원이 빛나고 있었고. 한 사람한 사람이 열심히, 한결같이 살고 있었어. 비록 시간이 흘러 인간의 눈에는 사라진 것처럼 보여도, 나는 알고있지. 마신이, 그리고 아마도 신이 기억해 줄 거야. 영원히 남도록. 나는 몰라도 신은 사라지지 않는 것 같으니까. 분명 우주 어딘가에 있을 거야.

아침 햇빛에 별빛들은 푸른 하늘에 녹아 사라지듯희미해져 갔다.

리쓰코는 생각했다.

'보이지 않아도, 별이 저곳에 있다는 걸 나는 알고있어.'

푸른 하늘에 녹듯이, 보이지 않게 되어도 사라지는것은 아니다. 사라진 것처럼 보이는 자들도, 잃어버린고향과 나라의 기억도 우주 어딘가에 분명히 남아 있다. 분명 그럴 것이다.

별빛처럼. 이 눈에는 보이지 않을 뿐. 남몰래 빛나고있다.

─ 그리고 말이야, 나는 이렇게 생각해.

마신은 말했다. 그러고는 아침 햇살에 하얗고 긴 털과 날개를 빛내며 하늘 같은 푸른 눈동자로 리쓰코와 멜로디를 바라보았다.

─ 마신이 인간을 내버려두지 못하는 마음, 당신과 멜로디가 서로를 생각하는 마음, 공주와 청년이 마을 사람들과 온 세상의 생명을 귀하게 생각하는 마음이나, 소녀 레이코가 새끼 고양이와 아이들을 생각하는 그 따뜻함을 만약 사랑이라는 말로 부른다면, 서로를 사랑할 수 있도록 만들어졌다면, 우리를 창조한 존재에게도 그런 마음이 있는 게 아닐까. 우리를 사랑스럽게 여기면서 말이야. 그리고 지금도 하늘 어딘가에서 세상을 바라보고 있다면, 이런 이야기를 나누는 우리를 흐뭇하게 보고 있지 않으려나. 공주와 청년의 소원이 이루어질 수 있도록 지켜보고 있을지도 모르지.

마신은 푸른 눈을 가늘게 접으며 부드럽게 웃었다.

리쓰코는 그 마을에서 쉽게 발을 떼지 못해서 여름 내내 그곳에서 보냈다. 줄곧 강가에 자동차를 세우고 지냈지만, 마법의 자동차라 마을 사람들의 눈에 띄지도, 수상히 여기는 사람도 없었다. 그래도 개와 고양이, 들새의 눈에는 보이는 모양인지 비둘기나 까마귀가 신기한 듯 하늘에서 내려다보며 불쑥 놀러 오기도 했다.

그러던 어느 날 아침, 리쓰코가 강가에 테이블을 내놓고 검은 고양이 멜로디와 식사를 즐기고 있을 때였다. 강바람이 불어오고 아직 강하지 않은 햇살 속에서 보드라운 프렌치토스트에 금빛 메이플 시럽을 휙 뿌린 바로 그때였다. 참새 한 마리가 조그맣게 접힌 종이를 물고 테이블로 내려왔다. 부리를 쭉 뻗어 리쓰코에게 종이를 내밀었다. 달걀프라이의 반숙 노른자를 작은 접시에 담아준 것을 핥고 있던 멜로디가 참새에게로 얼굴을 돌려 달려들려고 했다. 리쓰코가 아슬아슬한 타이밍에 고양이를 멈춰 세우고 껴안았다.

― 리쓰코, 방해하지 마. 참새라고. 나 참새 잡을 거야. 아침밥으로 할 거야. 반 나눠줄게.

멜로디가 다급한듯 리쓰코 품에서 나오려고 버둥거렸다.

"안 잡아도 돼. 안 나눠줘도 된다고."

리쓰코는 한 팔로 멜로디를 고쳐 안고 겁에 질려 있는 참새에게서 그 종이를 건네받았다. 종이는 리쓰코의 손에 닿자 희미한 소리를 내며 저절로 펼쳐졌다. 비칠듯 얇은 종이에 아름다운 글씨로 쓰인 편지는 백합공주신사의 여신에게서 온 편지였다. 며칠 전 밤에 맛있는 술을 대접받은 것에 대한 감사 인사가 정중하게 적혀 있었다. 그러고는 다가오는 보름달이 뜨는 밤에 괜찮다면 저녁 식사를 함께하자고. 멜로디와 마신도 가능하면 꼭 같이 오라고 적혀 있었다.

"세상에, 멋져라. '부디 신비한 정원으로 오세요. 레이코와 새끼 고양이들도 만나고 싶다고 합니다'라고 쓰여 있어."

누군가에게 저녁 식사 초대를 받다니, 도대체 얼마만의 일인가 싶었다. 살면서 사람들과 어울리는 일이 거의 없었던 리쓰코였기 때문에 당연히 그러한 기회는 더더욱 드물었다. 사람을 싫어하는 것은 아니었지만 내성적인 데다가 연로한 조부모를 간병하느라 집을 비우기 어려웠던 시기도 길어서 그 시기에 인연이 많이 끊어졌다. 하지만 그런 리쓰코도 어릴 때나 학창 시절에는 친구 집에 초대받아 즐겁게 시간을 보낸 적이 있었기에 오랜만의 초대가 반갑고 그리웠다. 하물며 신의 만찬 초대라니, 대체 어떤 음식이 나올지 기대가 된 리쓰코는 가슴이 설렜다. 그림책 세계에서 펼쳐지는 일 같았다.

신비한 정원, 시간이 멈춘 마법의 정원은 어떤 모습일까.

"참새야, 참새야. 기꺼이 초대에 응하겠다고 여신님께 전해줄래?"

말을 건네자 참새는 고개를 살짝 갸웃거리다 이내 크게 끄덕이고는 하늘로 날아 올라갔다.

"어디 보자."

리쓰코는 허리에 손을 얹고는 싱긋 웃었다.

"어떤 선물이 좋을까?"

초대받은 곳에 들고 갈 선물을 준비하는 것도 즐거움 중 하나였다. 조부모가 건강하셨을 무렵, 리쓰코가 누군가의 초대를 받으면 조부모는 과자니 꽃이니 하면서 즐겁게 준비를 해주었다. 리쓰코는 그때의 풍경이 그리워졌다.

"그리고 뭘 입고 갈까?"

리쓰코는 또 즐거워졌다. 신의 초대니까 근사하게 차려입고 가야할 것 같았다.

보름달이 뜬다는 만찬 당일 오후, 리쓰코는 자동차 부엌에서 과자를 만들기 시작했다. BGM은 FM라디오. 이곳 지역의 방송국 프로그램이었는데 관련된 곡도, 개인적인 수다도 꽤 기분 좋은 느낌이 들었다.

"여름이니까 차갑고 달콤한 묽은 양갱이 좋을 것 같아. 그리고…… 그래, 아이스크림도 괜찮겠네."

— 아이스크림?

부엌 바닥에 서서 개수대에 앞발을 걸치고 있던 멜로디가 리쓰코를 올려다봤다.

— 나는 정말 좋아하지만, 신들은 옛날 사람들이니까 차가워서 배탈이 나진 않을까?

멜로디는 자신의 배를 쓰다듬더니 아, 하지만 신이니까 배는 괜찮지 않을까,라며 덧붙였다.

아주 오래전 멜로디가 보통의 고양이었던 시절, 무더운 여름에 숟가락 끝에 아주 약간의 바닐라 아이스크림을 올려준 적이 있었다.

리쓰코는 추억에 잠겼다. 멜로디는 아이스크림을 무척 좋아했지만 많이 먹으면 배탈이 나서 늘 조금만 주었다. 지금이라면 많이 먹어도 괜찮겠구나, 하고 문득 생각하니 안타까움과 행복이 뒤섞인 기분이 들었다. 살아 있으면 건강을 위해서 지켜야 할 몇 가지의 제한들이 있지만 리쓰코도, 멜로디도 이미 제한이나 약속에서는 해방된 상태였다.

'자유로워졌달까.'

돌아갈 곳은 잃었지만. 그건 여신이나 청년도, 레이코와 새끼 고양이들도 마찬가지였다.

'우리는 행복한 마음과 안타까움을 함께 안고 살아간다. 이 세상에 계속해서 존재해 나간다. 앞으로도 분명…….'

먼 미래까지. 아주 먼 곳까지.

아무도 모르는 시간 너머로.

자유란 어쩐지 불안하고 쓸쓸한 것이구나. 그런 생각을 하면서 리쓰코는 멜로디에게 미소를 보냈다.

"옛날 사람들도 우유로 만든 요구르트나 치즈 비슷한 음식을 먹은 것 같아. 빙수의 조상 격인 음식도 먹었던 것 같고. 그러니까 그들은 아이스크림을 맛있게 먹을 수 있을 거야. 하지만 음, 익숙하지 않은 맛일 테니 바닐라 아이스를 베이스로 해서 살짝 전통식으로 만들어볼까?"

리쓰코는 어떤 아이스크림이 좋을지 고민했다.

레이코도 함께 온다고 했으니 이왕이면 아이도 좋아할 만한 아이스크림을 만들고 싶었다.

"잘게 조각낸 호두와 달콤한 금빛 호두 앙금을 넣은 바닐라 아이스크림은 어떨까. 그리고 딸기 소스를 가늘게 뿌리고. 흑설탕을 끓여 녹인 시럽도 괜찮을 것 같아. 맛있고 예쁠 거야."

리쓰코가 혼잣말을 하는 사이, 어느새 부엌 조리대 위에는 재료들이 가지런히 놓여 있었다. 마법 자동차의 신기한 부엌 소행이었다. 봉투에 담긴 먹음직스러운 갓 볶은 호두와 고급 설탕에 미림과 간장 그리고 커다란 유리병에 담긴 차갑고 맛있어 보이는 우유와 생크림, 윤기가 흐르는 노른자 몇 개, 소금과 바닐라 에센스, 가느다란 병에 담긴 예쁜 색의 딸기 소스에 흑설탕과 차가운 얼음이 잔뜩 들어 있는 하얀 법랑 볼, 그리고 여름 디저트를 만들 때 쓸 만한 여러 가지 도구와 풀을 먹인 깨끗한 행주까지. 마치 보이지 않는 가정부가 어딘가에서 필요한 물건을 딱딱 가지고 와서 보기 좋게 조용히 조리대에 올려놓은 것 같았다.

리쓰코는 늘 마법 자동차의 부엌이 하는 일이 《소공녀》 속 수수께끼 인물인 친절한 인도인의 신기한 기술 같다고 생각했다. 세라 크루가 사는 다락방에 언제부터인가 맛있는 음식과 설레는 물건들을 보내주던 그 멋진 인도인. 그는 사실 마법사가 아니라 옆 건물에 살고 있던 충성스러운 하인으로, 상냥한 주인의 명령에 따라 멋진 물건을 몰래 전해주던 사람이었다.

'그래도 책을 읽으면서 나는 진짜 마법이 아니어서 더 멋지다고 생각했어.'

어렸을 때부터 리쓰코는 신비한 이야기를 좋아했지만 《소공녀》처럼 사람의 손과 마음이 만드는 마법 같은 이야기도 좋아했다. 그 다락방에 기적이 찾아오는 장면을 어릴 적부터 반복해서 몇 번이나 읽었는지.

가난하고 힘든 나날을 보내는 아이에게 상냥한 어른들이 선물한 기쁨의 마법 이야기.

이 세상에 마법이 없더라도, 누군가를 행복하게 해주고 싶은 순수한 마음이 마법을 만들어내는 걸지도 몰랐다.

이야기 속에서만 일어나는 일이 아니라 현실 세계에서도.

지금 세상에 마법이 존재한다는 것을 알고 있어도, 자신이 이렇게 마법사 같은 존재가 되었다고 해도, 리쓰코는 사람들 저마다 다른 형태의 마법의 힘이 있을지도 모른다고 생각했다. 그 변함없음을 동경했다. 리쓰코는 세상에 사람 때문에 벌어지는 슬픈 일이나 괴로운 일이 많지만, 한편으로는 사람의 마음으로 구원받아 행복해지는 사람도 있다는 걸 알고 있었다. 순수한 마음이 누군가를 구하고 그로 인해 세상에 진정한 기적이 생길 수 있다는 것을. 이를테면 여신이 된 공주와 청년의 시신을 정성껏 깨끗이 닦아주고 애도한 사람들이 있었던 것처럼.

그 따뜻함은 원령이 될 수도 있었던 불행한 공주의 마음을 구했다. 공주는 신으로 존재하기를 선택하고, 오랫동안 이 마을 사람들의 행복을 지키고 있다. 사람들의 친절함이 신을 낳았다. 다정함이 기적과 마법을 불러일으킨 것이다. 그 사실을 지금 이 땅에 사는 사람들은 아마 모를 것이다. 분명 앞으로도 알아차리지 못하겠지만.

세상에는 이런 식으로 마법이 생겨나기도 한다. 보통 사람들이 눈치채지 못하는 것일 뿐. 세상 여기저기에 무수한 마법이 존재한다.

'아, 그렇구나.'

리쓰코는 새삼 떠올렸다. 이웃 점쟁이 할머니가 마신이 든 램프를 자신에게 주었던 날을.

그 사람은 리쓰코에게 마법을 선물했고 리쓰코는

마법을 선물받은 것이다. 리쓰코는 이런 식으로 마법이라는 건 일상 속에 숨어 있다가 어느 순간 갑자기 생길 수도 있다는 생각이 들었다.

세상은 분명 마법으로 가득 차 있다.

눈에는 보이지 않는 다정한 마법이 아주 많이.

리쓰코는 개수대에서 손을 씻고 도마 위에 호두를 올려 칼로 잘게 다지기 시작했다.

"시원한 단술도 만들까."

여름 단술은 맛있었다. 리쓰코는 묽은 양갱에 쓰는 팥소를 아이스크림에도 넣을까 싶었다. 바닐라 아이스와 궁합이 좋았다. 생각을 하자마자 맛있어 보이는 팥소가 담긴 병이 조리대 위에 나란히 놓였다.

"아, 경단을 올린 단팥죽도 좋겠네."

리쓰코는 거기까지 생각하고 쓴웃음을 지으며 고개를 내저었다. 전부 다 맛있을 것 같아서 빠짐없이 먹이고 싶었지만, 다 만들어 가져가기에는 조금 힘들 것 같았다.

저녁 무렵이 되자 맛있어 보이는 음식들이 완성되었다. 리쓰코는 작은 부엌 찬장 안에 어느새 가지런히 놓여 있던, 하나같이 자신의 취향에 맞는 아름다운 그

룻과 접시들을 꺼내 음식들을 선물처럼 포장한 뒤 자작나무 바구니에 담았다. 물론 바구니를 감싸는 천도 공중에서 마법으로 꺼냈다.

그리고 리쓰코는 스케치북에 색연필로 오늘 밤 자신이 입고 싶은 옷을 그렸다.

"고급스러운 연두색 벨기에 리넨 슈트가 좋겠어. 약간 옛날식으로 상의 길이는 짧고, 허리를 천 벨트로 꽉 조이는 느낌. 치마 길이는 길고 밑단이 느슨하게 퍼지는 디자인이 좋아. 구두는 베이지색 연한 가죽의 여름용 하프 부츠, 작은 숄더백도 같은 색으로 매치하고……."

그림이니까 얼마든지 고급스러워 보이는 옷감을 사용해도 된다. 세탁이나 다림질이 힘들어 보인다거나 입을 때마다 클리닝을 맡겨야 한다든가, 그런 생각을 할 필요가 없었다. 아무리 비싸 보이는 멋진 신발과 가방도 마음껏 그릴 수 있었다.

리쓰코가 "다 그렸다" 하고 함박웃음을 짓자, 멋진 슈트는 금세 스케치북에서 벌떡 일어나 요정의 날개 가루처럼 반짝이며 리쓰코를 아름답게 꾸몄다. 마찬가지로 리쓰코는 마법으로 불러낸 큰 거울에 자신의 모습을 비춰보았다.

"와, 근사하지 않아?"

리쓰코 자신이 보기에도 잘 어울렸다. 소녀처럼 눈을 반짝이며 얼굴을 붉힌 자신이 거울 속에 있었다. 착한 마법사의 힘으로 멋진 드레스를 입은 신데렐라의 기분을 백 분의 일 정도는 이해할 것 같았다.

"그렇구나, 나 이런 느낌의 예쁜 슈트도 잘 어울렸구나."

리쓰코는 문득 떠올렸다. 사람으로 살 때는, 이런 고급스러운 슈트를 입고 외출한 적이 없었다. 애초에 외출을 거의 하지 않았고, 예쁜 옷이 있어도 입고 갈 데가 없다고 생각했다. 쇼윈도에 장식된 옷을 보는 것만으로 충분하다고 여겼다. 아름다운 물건은 그곳에 있는 것만으로도 마음이 채워지는 법이니까.

하지만 아쉬웠다.

"이렇게까지 좋은 옷은 아니더라도 가끔은 조금 멋을 내고 호텔 커피숍이나 동네를 벗어난 카페에 가서 우아한 시간을 보내도 좋았을 텐데."

리쓰코는 결코 부자는 아니었다. 하지만 소소하게 즐거운 시간을 보낼 수 있을 정도의 돈과 시간은 있었다. 그러나 스스로에게 사치라고, 이제 젊지 않다고, 이런 생각들로 넘기기 일쑤였다. 그 사이에 일생이 갑자기 끝나버렸다.

리쓰코는 거울 속의 자신을 바라보며 한숨을 쉬었다. 그리고 아주 잠깐 상상했다. 나고 자란 동네에서 인간으로 살아가는 자신을. 상상 속 리쓰코는 원래의 본인보다 조금 더 적극적이고 수다스럽고 세련된 멋쟁이 오십 대 여성이다. 마음이 내키면 혼자서 어디든 여행을 가고 운전면허도 땄을지 모른다. 중고라도 자신만의 자동차를 샀을 수도 있다. 그리고 낯선 나라의 모르는 도시에서 여러 사람을 만나 즐겁게 대화를 나눌 수도 있다. 이야기가 활기를 띠면 차를 끓이거나 맛있는 음식을 만들어주기도 하고.

"그런 삶도 있었네……."

사실은 마법의 힘을 가지고 있지 않아도, 한 사람으로 살아도 그런 삶을 살 수 있었다.

거울 속 리쓰코는 조금 씁쓸하게 웃었다.

리쓰코는 슈트와 맞춘 마 리본을 마법으로 불러내 장미꽃 모양의 은방울에 꿰어 가느다란 멜로디의 목에 귀엽게 묶어주었다.

― 잘 어울려?

멜로디가 의기양양하게 코를 쭉 들어 올리며 자세를 취했다. 리쓰코는 잘 어울린다며 멜로디의 작은 머리를 쓰다듬어 주었다. 그런데 함께 초대받은 고양이 마신은 같이 거리를 걷기에는 몸이 너무 컸다. 그렇다고 마신이 들어간 거대한 놋쇠 램프는 무거워서 들고 다닐 수 없었다. 자동차를 타고 신사까지 갈 생각도 했지만 왠지 무례해 보일 것 같았다.

리쓰코가 램프를 문질러 마신을 불러냈다. 어떻게 할까요,라고 묻자 마신은 푸른 눈을 가늘게 접으며 흐응, 하고 웃었다.

— 적어도 마신을 자칭하는 자가 순식간에 몸집을 작게 만드는 일도 못해서야 쓰겠니?

말이 끝나기가 무섭게 마신은 이미 순식간에 몸집이 쪼그라들어 리쓰코 어깨 위에 작은 새처럼 앉아 있었다. 그러고는 득의양양하게 수염을 치켜들고 웃었다.

— 어때?

그렇게 선물을 담은 자작나무 바구니에 마신도 함께 들어갔다.

커다란 보름달이 강물을 비추고 거리를 푸르스름한 빛으로 감쌀 무렵 리쓰코는 바구니를 들고 멜로디와 함께 백합공주신사로 향했다. 달빛 아래서 보는 신사에는 오늘도 사람이 없었다. 다만 어슴푸레한 가운데서 고요한 신의 기운이 서려 있는 것 같았다.

불어오는 밤바람에, 땅에 떨어지는 나무 그림자들에 여신의 눈빛과 숨결이 느껴졌다. 신사를 둘러싼 나무들 사이로 드문드문 불이 켜져 있었지만 주변은 조용했다. 신성하게 푸르스름한 어둠이 주변을 감싸안은 것처럼 보였다.

리쓰코는 가볍게 묵례한 뒤 자갈길을 밟으며 멜로디와 경내로 들어갔다. 그때 몇 걸음 걷기도 전에 신기한 일이 일어났다.

방금까지는 분명 달이 빛나는 밤하늘이었다. 그런데 리쓰코와 멜로디가 발을 들여놓은 곳은 낮의 세계였다. 푸른 하늘의 햇살이 부드럽게 쏟아지면서 주변이 따뜻한 빛으로 둘러싸여 있었다.

발밑은 어느새 형형색색의 작은 꽃들이 만발했고 부드러운 녹색 초원이 길게 펼쳐졌다. 보석을 흩뿌린 것처럼 그곳에 들꽃이 가득 피어 있었다. 들국화와 뻐꾹나리, 민들레와 큰개불알꽃……. 여러 계절의 꽃들이 한꺼번에 피었다. 저쪽에는 산나리가, 이쪽에는 흰색과 노란색 수선화가, 저기에는 석산이 피었다. 꽃피는 들판이 그려진 마법 양탄자를 마치 보이지 않는 손이 넓게 펼친 것 같았다. 그 양탄자 위로 만발한 꽃과 아름다운 개울이 흐르고 있었다. 개울은 하늘을 닮은 푸른

색을 띠었고, 맑은 물살 속에는 작은 물고기가 헤엄치고 있었다. 물길 끝에는 나무와 꽃으로 장식된, 마치 그림책에 나오는 용궁 같은 붉고 아름다운 정자가 있었다.

그곳에서 즐겁게 굴러 나온 새끼 고양이들과 소녀 레이코가 리쓰코 쪽으로 달려왔다.

— 어서 오세요.

레이코는 단발머리를 찰랑이며 수줍게 웃었고 새끼 고양이들이 어지럽게 달려와 멜로디에게 장난을 걸었다. 멜로디는 새끼 고양이들을 다정하게 맞아주었다. 그때 자작나무 바구니 안에 있던 마신이 불쑥 얼굴을 내밀고 주위를 둘러봤다.

— 어라라.

마신은 흥미로운 표정을 지으며 풀밭 위에 내려앉았다. 발이 땅에 닿을 즈음에는 원래 몸집으로 불어나 날개를 달고 왕관을 쓴 거대한 페르시아고양이로 돌아와 있었다. 하얀 털이 바람에 나부끼며 마신은 다시 천천히 주위를 둘러봤다.

— 아름다운 곳이네. 과연 여기가 '신비한 정원'. 시간이 없는 곳…….

새의 모습은 보이지 않았지만 어디선가 휘파람새가

울고 비둘기가 날갯짓하는 소리가 났으며 솔개가 울었다. 푸른 하늘 저 멀리 어렴풋이 아름다운 성의 그림자가 보였다. 무상하게 흔들리는 그 모습은 신기루 같았다. 아마도 그림자일 뿐인 성일 것이다. 이렇게 눈에 보이기는 해도 아무도 그곳에 도달할 수 없을 거라고 리쓰코는 생각했다.

그것은 과거 인간이자 공주였던 여신의 추억 속에 있는 성의 모습이었다. 이 세계에서는 성의 그림자만이 존재하고 있는지도 몰랐다. 오래전에 불타버렸을 성의 자취가 지금도 이 자리에만은 남아 있었다.

붉은 정자는 들장미와 재스민처럼 아름답고 다양한 꽃이 핀 덩굴로 뒤덮여 있었다. 향기로운 꽃 향기가 물씬 풍겼다. 그곳에서 백합 무늬 기모노를 입은 여신과 청년이 환하게 웃으며 리쓰코를 기다리고 있었다.

여신은 어서 오세요,라고 인사한 뒤 리쓰코를 예쁘게 칠해진 붉은 나무 의자로 안내했다. 같은 색으로 칠해진 넓고 반질반질한 테이블에는 이제 막 완성되어 놓인 듯한, 보기에도 아름답고 맛있어 보이는 호화로운 요리가 가득했다. 리쓰코는 그 모습이 마치 민화에 나오는 진수성찬 같다고 생각했다. 신비한 무릉도원의 진수성찬 그 자체 같았다.

잘게 깨부순 얼음 위에 산초 잎을 곁들여 올려진 건 칼집이 깔끔하게 난 갯장어 샤브샤브였다. 매실로 만든 빨간 양념장이 선명한 하얀 몸을 덮고 있었다. 포도덩굴로 장식된 둥근 대나무 바구니에는 각종 여름 채소 튀김이 담겨 있었다. 그 옆에는 맛있는 냄새가 나는 갓 구운 은어 소금구이, 작고 사랑스러운 도자기 그릇에는 삶은 토란과 당근이 담겨 풍미가 느껴지는 양념이 뿌려져 있었고, 잘게 잘린 유자 껍질이 장식되어 있었다. 세공된 작은 유리잔에는 호박색의 차가운 매실주가 달콤한 향기를 두둥실 풍겼다. 도미국은 하얀 김이 날 만큼 뜨거웠고 갓 지은 풋콩밥에서는 윤기가 흘렀다.

멜로디와 새끼 고양이들에게는 꿩 가슴살을 살짝 데친 뒤 잘게 찢어 가다랑어 육수 양념을 곁들인 요리를 건넸다. 고양이가 먹을 수 있도록 바다와 강에 사는 다양한 생선회와 맑은 도미국도 식혀 주었다.

그들은 음식을 먹으면서 두런두런 이야기를 나누며 즐거운 시간을 보냈다.

화제가 끊이지 않는 데다 맛있는 음식이 줄지어 있으니 웃음과 대화가 당최 끊이지 않았다. 그런데도 이 신비한 정원은 내내 낮이었다. 여신의 말대로 시간이

흐르지는 않는 공간인 듯, 리쓰코 일행은 시간 가는
줄 모르고 연회를 즐겼다. 리쓰코가 "맞다"라며 자작
나무 바구니에서 꺼낸 다양한 과자를 다들 신기하게
여기며 기뻐한 것은 말할 것도 없었다.

웃다 지쳐 배가 부른 무렵에야 레이코가 자리에서
일어났다. 머뭇거리며 고개를 살짝 숙이고 말했다.

— 신이시여, 그리고 리쓰코 님. 이렇게 맛있는 음식
을 주셔서 감사합니다. 즐거운 이야기도 많이 들려주
셔서 기뻤어요. 저만 아무것도 준비해 오지 않았으니
노래를 부르겠습니다. 저는 가진 게 없고 달리 할 수
있는 일도 없으니까요.

레이코가 작은 목소리로 중얼거렸다. 하얀 뺨이 귀
까지 붉게 물들어 있었다. 숨을 크게 들이마시고는 맑
은 목소리로 노래를 시작했다. 레이코가 부른 것은 팝
송이었다. 「Over The Rainbow」. 옛날 미국 영화 『오즈
의 마법사』에 나왔던 곡이었다.

Somewhere over the rainbow
Way up high
There's a land that I heard of
Once in a lullaby

Somewhere over the rainbow

Skies are blue

And the dreams that you dare to dream

Really do come true

......

무지개 저편에 있다는 신비한 나라를 노래한 곡. 그
곳에서는 어떤 꿈이든 이뤄지고 현실이 된다는 가사였
다. 레이코의 맑고 투명한 목소리는 신비한 정원의 끝
없는 하늘과 꽃이 피는 들판으로 먼 곳까지 부드러운
바람을 타고 흘러갔다.

이윽고 즐거운 잔치가 끝나고, 리쓰코가 돌아갈 시
간이 다가왔다. 레이코와 새끼 고양이들은 헤어지기
싫다는 얼굴로 배웅을 하러 나왔다.
그 마음은 리쓰코도 마찬가지였다. 신비한 정원을
떠나 속세의 세계로 다시 돌아왔을 때, 그곳은 아직도
보름달의 푸른빛이 감도는 여름밤의 신사 경내였다.
그렇게 긴 시간을 즐겁게 보냈는데, 이곳에서의 시간은
조금도 흐르지 않은 것 같았다. 리쓰코는 멜로디와
다시 작은 몸집이 된 마신, 그리고 레이코와 귀여운 새끼 고양이들과 함께 밝은 밤을 천천히 걸었다.

공원 옆을 지나가다가 리쓰코는 문득 낯익은 사람
이 거기에 있다는 것을 알아차렸다.

그 사람은 벤치에 걸터앉아 가로등 밑에 있었다. 누
군가를 기다리는 것 같기도 하고 가끔 여기저기로 시
선을 던지는 모습은 누군가를 찾는 것처럼 보였다. 그
때 자신을 쳐다보는 시선을 눈치챘는지 그 사람은 리
쓰코 쪽을 바라보며 작게 미소 지었다.

"아, 그때 그 아이의……."

미아가 된 여자아이를 찾고 있던 젊은 엄마였다. 설
마 또 아이를 잃어버렸나, 하고 리쓰코가 무심코 생각
했을 때, 엄마는 "아니요" 하고 웃으며 손을 내저었다.

"지난번엔 고마웠어요. 오늘은 그, 다른 아이를 찾
고 있어요."

"다른 아이요?"

"다른 아이라고 해야 할지, 유령일까요?"

엄마가 생각에 잠긴 듯한 얼굴을 했다.

"저 그때 얼핏 단발머리 여자아이를 본 것 같은데
혹시 못 보셨나요? 왜 새끼 고양이들과 함께 있던 여
자아이……."

애원하는 듯한 눈으로 젊은 엄마는 리쓰코를 바라

봤다.

"그게…….".

그 아이라면 지금 여기에 있다고 대답하며 리쓰코는 레이코를 돌아봤다. 먼 여름날에 죽은 단발머리 소녀는 리쓰코 옆에서 빙그레 웃고 있었다. 아, 엄마의 눈에는 지금 레이코와 새끼 고양이들이 보이지 않는구나, 하고 리쓰코는 깨달았다. 분명 그때 아주 잠깐 보였을 것이다. 기적처럼.

젊은 엄마는 말을 이었다.

"집에 와서야 생각났어요. 옛날에, 제가 아주 어렸을 때도 이 공원에서 그 아이를 만난 적이 있다는 걸요. 그날 전 길을 잃고 벤치에서 울고 있었어요. 그런데 그 아이가 와서 울음을 그칠 때까지 옆에 있어 줬어요. 작고 귀여운 새끼 고양이들과 함께. 맞아요, 지난번과 마찬가지로."

엄마는 그리운 눈빛을 보냈다. 레이코가 벤치 옆에 살며시 걸터앉아 새끼 고양이들과 함께 자신을 올려다보고 있다는 사실을 모른 채.

"어릴 때 그 아이를 한 번 더 만나고 싶어서 그 뒤로 몇 번이나 이곳을 찾아왔어요. 하지만 도저히 만날 수가 없었어요. 그러다가 들었어요. 이 공원에 옛날에 전쟁으로 죽은 여자아이가 있는데, 그 유령이 나온다고 요. 두 번 다시 집에 돌아갈 수 없게 된 외톨이 유령 소녀가 있다고요. 나이를 먹지 않은 어린아이 모습 그 대로, 같이 죽은 새끼 고양이들과 함께…… 무섭다는 생각이 조금 들었지만 그보다는 외롭고 불쌍한 그 아 이의 친구가 되고 싶었어요. 그렇게 해주고 싶었죠. 그 런데 몇 번을 찾아도 만날 수 없었어요. 그러다가 점 점 크면서 잊어버렸죠. 그건 착각이거나 꿈이었을지도 모른다고…….”

그런데, 하면서 엄마가 웃었다.

“그 아이를 만난 거예요. 그때 여기서 다시. 저는 생 각이 번쩍였죠. 맞아요, 어렸을 때 본 여자아이가 착 각도, 꿈도 아닌 이 공원에 분명히 있었어요. 변함없는 모습으로. 그날 내 딸도 그 아이를 만났고, 그 아이는 그때와 마찬가지로 변하지 않는 마음 그대로 착했어 요. 그래서 이번에는 꼭, 그 아이와 친구로서 만나고 싶었어요.”

엄마는 힘차게 고개를 끄덕였다. 그러자 새끼 고양 이들이 즐겁다는 듯 그 모습을 따라하며 고개를 움직 였다.

“그 소녀도 기뻐하겠네요.”

리쓰코도 즐거워져서 웃고 말았다. 덩달아 엄마도 웃으며 나긋나긋한 목소리로 말했다.

"안아주고 싶었어요. 그 아이의 엄마를 대신해서. 분명 그 아이도 그러고 싶었을 테니까. 자기도 외로울 텐데 다른 아이의 외로움을 상냥하게 대하던, 시간 속의 미아 같은 쓸쓸한 그 아이를 누군가는 안아줘야 한다고 생각했어요."

젊은 엄마는 "그 아이도, 새끼 고양이들도 차라리 우리 집에 와 우리 아이가 되면 좋을 텐데"라고 말하고는 환하게 웃었다. 그 눈가에는 눈물이 글썽이고 있었다. 레이코는 부드럽게 미소 지었다. 새끼 고양이들은 엄마에게 살며시 다가가 사람의 귀에는 들리지 않는 작은 소리로 울며 어리광을 부렸다.

감사합니다,라고 레이코의 입이 움직였다. 레이코는 그 사람에게 한 발짝 다가섰다. 엄마는 눈을 깜빡이며 이상한 느낌을 받았는지 옆을 바라봤다. 눈에 보이지 않아도 따뜻한 상냥함이 느껴졌는지도 몰랐다.

"그 마음이 분명 그 아이에게도 전해졌을 거예요."

리쓰코가 가만히 이어 말했다.

"기뻐할 거예요."

하늘에는 보름달이 부드러운 빛을 지상에 던지고

있었다.

"레이코는 영어 노래를 아주 잘 부르네."

달빛을 받아 강변으로 향하는 산책로를 걸으며 리쓰코가 진지하게 말했다.

레이코는 옛날부터 영어를 좋아하고 서양음악도 자주 들으며 영화를 보는 것도 취미였다고 했다. 리쓰코는 신비한 정원에서 들은 레이코의 멋진 노래 실력과 훌륭한 영어 발음에 은근히 놀란 참이었다. 사실 그 곡은 리쓰코의 아빠, 해외 무대에 오르는 것을 꿈꾸던 그가 좋아하던 곡이었다. 어릴 적 리쓰코에게 자주 불러주기도 했던 곡이라 그리움이 느껴진 것이다.

1939년도 곡이라며 리쓰코는 그 무렵에 들은 기억이 있었다. 『오즈의 마법사』는 미국과 전쟁으로 싸우기 전에 미국에서 상영된 영화였나, 하고 깜짝 놀랐던 기억이 났다.

레이코는 쑥스러운 듯 후후 웃었고 감사하다고 말하며 고개를 숙였다.

— 돌아가신 아빠는 젊었을 때부터 무역 일을 하셔서 미국에 오래 사셨어요. 병으로 몸이 나빠지고 귀국한 뒤 엄마를 만나 결혼했죠. 그렇게 저와 동생들이 태

어났어요. 아빠는 우리를 끔찍이 사랑했고 예뻐했어요. 멋쟁이에 모르는 게 없었죠. 노래도, 외국어도 잘하는 멋진 아빠였어요. 제가 제일 사랑하는. 아빠는 몸이 나아졌는지 다시 미국으로 일을 하러 갔어요. 그리고 엄마와 저, 어린 형제들에게 많은 선물과 이야기를 들고 돌아왔어요. 그 나라에서 영화 『오즈의 마법사』를 봤는데 너무 대단했대요. 그때 아빠가 불러준 그 노래를 듣고 따라 부른 거예요.

"「Over The Rainbow」를?"

— 네, 영화를 본 아빠는 노래를 잊지 않으려고 계속 흥얼거렸어요. 뱃길에서도 남몰래 노래를 불렀고 우리 가족한테도 그 노래를 들려주었죠. 그땐 이 나라에서 아직 상영되지 않은 영화였으니까요. 너무 예쁘고 좋은 영화니까, 여기서도 개봉을 하면 가족이랑 다 함께 꼭 보러 가자고. 아빠는 몇 번이나 말했어요. 하지만 영화가 들어오기 전에 전쟁이 일어났죠. 전쟁이 오래 이어지면서 병 때문에 징병에서 제외되었던 아빠도 출정해야 했고, 그렇게 먼 나라에서 목숨을 잃었죠. 그리고 저도 죽어버려서.

달빛 아래 새끼 고양이들에게 둘러싸인 레이코는 조용한 미소를 지었다.

— 영화를 가족과 함께 보자는 아빠의 꿈은 이루어
지지 않았어요. 아빠는 해외여행을 좋아해서 여러 나
라에 친구와 지인이 많았어요. 아빠는 전쟁이 끝나고
평화로워지는 날이 오기를 꿈꿨지만 그 꿈도 이루지
못했어요.

레이코는 하지만,이라고 덧붙였다.

— 아빠는 곁에 없지만, 제 안에 아빠가 가르쳐준
노래는 남아 있어요. 그리고 지금의 세계에 제가 있고
요. 신이 도운 덕분에 더는 사람이 아닌 모습이 되었다
고 해도 행복했다고 생각해요. 아빠를 대신해서 저는
전쟁이 끝난 이 나라의 미래를 볼 수 있었으니까요. 귀
신이 되지 않았다면 그럴 수 없었을 거예요.

웃고 있던 레이코의 얼굴에서 장난스러운 표정이 지
어졌다. 새끼 고양이들이 즐겁게 밤길을 뛰어다녔다.
레이코도, 새끼 고양이들도 옅은 빛을 발하고 있었다.
한 걸음 내디딜 때마다 별들이 흩뿌려지는 듯한 빛이
맴돌았다. 그 모습이 마치 요정 같았다. 팅커벨처럼.

단발머리를 밤바람에 찰랑이면서 레이코가 뒤를 돌
아보며 웃는 얼굴로 말했다.

— 어쩌면 먼 미래에는 정말로 평화로운 시대가 올
지도 몰라요. 세상 어디에도 다툼이 없고 불행이 없는

세상이 실현될 수 있을지도요. 그런 날을 볼 수 있을지도 모른다는 생각이 들어요. 멋지지 않아요? 저 보고 싶어요. 아니, 꼭 볼 거예요. 그게 꿈이에요. 가장 큰 소원일지도요.

레이코의 말이 리쓰코의 가슴에도 조금씩 스며들고 있었다. 리쓰코는 그 마음을 느끼며 미소를 지으며 달밤의 길을 걸었다.

달빛은 잠들어 가는 거리를 비췄다. 온화한 눈빛으로 세상을 지켜보듯이.

마법 자동차에 놀러온 레이코는 생전의 그 나이에 걸맞은 호기심으로 이것저것 차 안을 둘러보며 많은 것이 궁금하다는 듯 질문을 반복했다. 그리고 마신과 함께 홍차를 마시고 쿠키를 먹었고, 리쓰코의 스케치북을 펼치고 즐거운 듯이 그림을 바라봤다. 레이코도 그림을 무척 좋아한다고 했다. 옛날에 살았던 집에 그림이 많았다면서 리쓰코의 그림이 너무 좋다고 말해주었다.

리쓰코는 스케치북을 일기 대신 사용했기 때문에 그날그날의 생각이나 여행 도중에 만난 사람들의 캐리커처, 여러 도시의 스케치를 그렸다.

— 여기 리쓰코 님만의 여행의 추억이 있군요.

레이코가 이어 말했다.

— 마치 신비한 정원 같아요. 그림 속에 시간이 멈춰 있어요. 모두 웃는 얼굴이 즐거워 보여요. 스케치북 속 사람들이 미소를 지으며 리쓰코 님과 함께 여행을 하고 있는 것 같아요. 즐거운 여행이네요.

레이코가 활짝 웃었다. 혼자 하는 여행 같지만 그렇지 않은 여행이네요,라면서.

달이 하늘 꼭대기에 떠오를 무렵 레이코와 새끼 고양이들이 돌아갔다. 그 모습이 밤의 어둠과 달빛에 섞이듯 사라진 후, 거리에는 조용히 레이코의 노랫소리가 울려 퍼졌다. 그 소리를 눈치챈 사람이 있을까, 하고 리쓰코는 생각했다. 오래전에 죽은 여자아이의 목소리는 보통 사람의 귀에는 닿지 않는다. 하지만 오늘 밤은 노랫소리 같은 부드러운 바람이 불었다고, 그렇게 생각한 사람이 있을지도 모른다.

레이코가 돌아간 후, 리쓰코는 스케치북을 펼쳤다. 추억 속의 미소와 지나온 마을들, 리쓰코의 작은 마법으로 맛있는 음식을 받고 기뻐한 사람들이 있었다.

'사람은 언젠가 늙고 죽는다. 오십 년 후, 백 년 후에는 모두 이 세상에서 사라져 버릴지도 모른다. 거리의 모습도 바뀌고, 지상에서 영영 없어질 지도 모르지만……'

모두 시간 너머로 떠나고, 리쓰코만 이곳에 남아 있을 수도 있다.

스케치북 속에는 모두 변함없이 리쓰코와 함께 여행을 하고 있다.

세상의 끝 시간 너머, 앞으로 먼 미래까지.

언젠가 시간 너머로 모두가 사라지더라도 리쓰코는 이 세상 어딘가에 있으면서 만났던 모두를 기억할 것이다.

'먼 미래까지, 나는 계속 여행을 할 거야. 많은 추억을 안고서.'

리쓰코는 그 가을밤의 선택을 후회하지 않겠다고 다짐했다. 하늘빛 자동차를 타고 길고 신기한 여행을 떠난 것을.

'나는 미래로 여행을 하는 거야.'

많은 추억과 수많은 사람의 꿈을 안고서.

이 세상의 아득한 미래로.

이 세상에는 하늘을 나는 자동차를 타고 여행을 다니는 마법사가 있다고 한다. 세계 곳곳에 어느 틈에 문을 여는 맛있는 여행 카페가 있다는 소문도.

그 카페는 거리 한 모퉁이에서 어느 날 갑자기 나타난다. 아름다운 녹색 정원과 함께. 그곳엔 행복해 보이는 고양이들도 가득 모여 있는 모양이다. 귀여운 검은 고양이와 동화에서 나온 듯한 날개 달린 커다란 페르시아고양이를 본 사람도 있다던가.

카페의 주인은 상냥하고 근사한 여자로, 신기한 마법을 사용해 모두를 행복하게 해준다. 그녀가 내오는 음식들은 무척 맛있다고. 무엇보다 그 맛이 마법일지도 모른다는 사람도 있다. 아무튼, 그녀는 마법사다. 못 만드는 것도, 못 가는 곳도 없다. 그 카페가 필요한 사람들이 있으면 그녀는 그들을 찾아가 맛있는 음식을 만들어준다. 그 카페의 이름은 '이상한 카페 네코미미'. 멋들어진 흰 간판에 그렇게 적혀 있다고 한다.

"아, 아무래도 그 카페에 가본 적 있는 것 같아."

밤을 새는 중인 인기 만화가가 컴퓨터 모니터 옆에 둔 오래된 히나 인형을 쳐다봤다. 그리고 미소를 띤 얼굴로 스마트폰을 들고 친구들과 즐기는 SNS에 들어가 글자를 입력했다.

'착한 마법이 세상에 정말로 있구나. 아주 오래전 만화가 데뷔전의 이야기지만, 아무리 시간이 지나도 잊히지 않아. 왜냐하면 두 번 다시 못 먹을 거라고 생각했던 음식을 내줬거든. 만날 수 없는 소중한 사람도 만났고, 꿈을 좇는 용기도 부활했어.'

또 어떤 날은 한 초등학교의 방과 후 시간, 선생님이 복도에서 학생에게 목소리를 낮추고 웃으며 말했다. 자신도 이상한 카페 소문을 들은 적이 있다면서.

"사실은 선생님도 그 마법사를 만난 적 있어. 그때 친구들과 꽃놀이 도시락을 먹었단다."

"진짜요?"

되묻는 아이의 말에 고개를 끄덕이는 그 선생님은 이제 뱃살이 출렁이는 경력 많은 초등학교 교사로, 곧 교장 선생님이 된다. 하지만 그때 그 봄, 벚꽃 피는 교정에서 친구들과 맛있는 꽃놀이 도시락을 먹었던 신입 교사 시절의 마음을 잊지 않았다. 어린 시절의 자신이 지금도 마음속에 있는 것처럼, 봄날의 청년이었던 그때의 자신이 지금도 함께 있었다.

방과 후 학교는 조용하고 어두워서 아이들에게는

무섭게 느껴지기도 한다. 선생님에게 되물었던 아이는 조금 겁먹은 표정을 지었다. 고요한 학교 건물 안에서 무언가 무서운 기척을 느낀 탓이었다.

"괜찮아."

선생님은 몸을 낮추어 그 아이에게 말을 건넸다.

"이 학교에 있는 귀신들은 인간을 좋아하는 우리의 친구니까."

선생님의 말에 아이가 안심한 듯 웃었다. 고개를 숙이고 "선생님 안녕히 계세요"라고 인사하고는 서둘러 돌아갔다. 자신을 가만히 지켜보고 있는 요괴들의 시선은 알아차리지 못한 채로.

학교에 숨어 있는 요괴들은 집으로 가는 그 아이를 즐겁게 지켜보고 있었다. 복도에서 넘어지지 않도록, 계단에서 떨어지지 않도록.

희미하게 음악실의 피아노 울렸다는 사실을 그 아이는 눈치챘을까, 하고 선생님은 젊었을 때처럼 장난스럽게 웃었다.

Somewhere over the rainbow

Way up high

There's a land that I heard of

Once in a lullaby

Somewhere over the rainbow

Skies are blue

And the dreams that you dare to dream

Really do come true

……

리쓰코는 오늘도 마법의 자동차로 하늘을 달린다. 그리운 노래를 흥얼거리며.

조금 전까지 내리던 비가 그치고, 맑은 하늘이 드러났다. 한없이 푸른색이 비치는 듯했다. 그 하늘을 리쓰코는 달렸다. 황홀한 기분을 느끼며.

조수석에는 스케치북을 놔뒀다. 햇살이 비치는 그 옆에는 몸을 기대듯 멜로디가 졸고 있었다.

"다음엔 어느 도시로 가볼까? 이제 새로운 메뉴도 생각해야 되는데."

혼잣말을 중얼거렸을 때 리쓰코는 문득 앞쪽 하늘을 바라보며 눈이 휘둥그레졌다. 푸른 하늘에 무지개가 떠 있었다.

"멜로디, 일어나. 무지개야."

눈을 비비며 고개를 든 검은 고양이와 함께 리쓰코

는 무지개를 바라봤다.

눈앞의 넓은 무지개는 세상에 놓인 커다란 다리 같아서 앞으로 아주 행복한 일이 다가올 거라고 알려주는 것 같았다.

"저 너머로 여행을 가자."

리쓰코는 미소를 지으며 핸들을 잡았다.

작가의 말

이 이야기는 2021년 겨울부터 2022년 여름까지 쇼가쿠칸 소설지 'STORY BOX'에 연재했던 작품입니다. 그것을 이번에 한 권의 책으로 정리했습니다.

줄거리를 간단히 소개하면, 마법 램프의 마신으로부터 힘을 얻어 마법사가 된 오십 대 독신 여성 리쓰코가 검은 고양이 멜로디와 함께 하늘을 나는 자동차를 타고 자유롭게 여행을 다닙니다. 다양한 곳에서 사람과 요괴, 신을 만나기도 하면서 맛있는 음식을 만들어주는 이야기입니다.

조용하고 느긋한 템포의 이야기라 가능하면 매일 조금씩 페이지를 넘기며 리쓰코와 함께 차와 과자, 도시락을 사랑하는 마음으로 즐길 수 있으면 좋겠네요.

일본에서 연재 당시에는 독자들이 어느 호에서 읽어

도 이야기를 즐길 수 있도록 매 회 간단한 설정과 이전 줄거리를 포함했습니다. 하지만 이번에 단행본 작업을 하면서 그런 설명들을 정리했고, 본 이야기에서 약간 벗어나는 에피소드는 생략했습니다. 혹시 제가 연재했을 때부터 이 작품을 만난 독자가 있다면, 그래서 이 책을 가지고 계신 분이 있다면 부디 가지고 계신 잡지도 꼭 간직해 주시길 바랍니다. 어쩌면 여러분 마음에 들어 하는 에피소드가 단행본에는 존재하지 않을지도 모르니까요.

이 작품 타이틀만 봤을 땐 항간에 흔히 보는 이상한 가게의 이야기—거기에 도착하면 행복한 기적이 기다리고 있다, 하는 패턴의 연작 이야기. 졸작이라면 《편의점 황혼당》(국내 미출간)이 그에 해당할 겁니다—라고 오해할 것 같은데, 사실 겉보기는 비슷해도 조금 다릅니다.

이 작품은 매일 부지런히 일하며 여가 시간에는 책을 읽거나 음악을 듣고, 홍차를 끓이며 상냥하고 겸손하게 살아온 어느 평범한 여성의 삶 마지막에 기적이 찾아오는 이야기입니다.

그녀는 착한 마법사가 된 후로 사람들을 행복하게 할 수 있는 힘을 얻게 되는데, 그것은 세상 한구석에서 일어나는 은밀한 이야기, 아주 작은 마법입니다. 이 책은 지구를 구하거나 어둠의 힘과 싸우는 그런 장대한 이야기가 아닙니다. 시간의 틈 안에서 잊히는, 잊힌 것 같은 작은 기도와 생명을 하나하나 소중히 건져 올리는 이야기입니다.

작고 소소한 마법 이야기. 그걸 즐기길 바라는 마음으로 썼습니다.

생각지도 못한 병이 유행하면서 좀처럼 상황이 수습되지 않고, 바다 건너에서는 비참한 침략 전쟁이 계속되고 있습니다. 매일 많은 생명이 사라지는 것. 그걸 너무 가볍게 취급하는 것에 고뇌하고 신음하는 일이 많은 날들입니다. 이럴 때일수록 사소하게 여겨지는 우리의 삶에 의미가 있다고 쓰고 싶었는지도 모릅니다.

끝으로 책 속에 아름다운 그림을 그려주신 구라하시 레이 씨, 감사합니다. 인형과 고양이를 좋아하신다고 들어서, 그런 귀여운 장면을 쓸 때마다 구라하시 씨가 좋아할 모습을 상상하면서 즐겁게 썼습니다. 오랜 세월 응원해 주시는 서점과 도서관에 계신 여러분께도 감사합니다. 졸저인 제 이야기를 기대해 주시는 독자 여러분도, 이 책을 통해 만난 여러분도요.

이 책이 저의 2023년 첫 번째 책입니다. 1993년에 첫 책이 나온 후 정신을 차리고 보니 어느새 30주년, 31년째에 출간되는 책이 됩니다. 걸어온 길의 예상치 못한 길이를 되돌아보면서 앞으로도 꾸준히, 할 수 있는 모든 마음을 담아 이야기를 계속 쓸 수 있으면 좋겠습니다.

2022년 10월 21일
할로윈이 얼마 남지 않은 나가사키에서
무라야마 사키

밀크티와 고양이

초판인쇄　　2025년 5월 10일

초판발행　　2025년 5월 20일

지은이
무라야마 사키

옮긴이
최윤영

기획
조성근, 권진희, 최미진,
주상미, 김가원

편집
김가원, 최미진

디자인
공소라

표지그림
수빈(@ssu_binne)

내지그림
구라하시 레이

마케팅
조성근, 주상미,
이승욱, 노원준, 조성민, 이선민

온라인 마케팅
권진희, 주상미

펴낸이
엄태상

펴낸곳
(주)시사북스

등록번호
제2022-000159호

등록일자
2022년 11월 30일

주소
서울시 종로구 자하문로 300
시사빌딩

전화
1588-1582

이메일
emptypage01@sisadream.com

©무라야마 사키

ISBN
979-11-93873-08-3　　03830